suhrkamp taschenbuch 1564

Thomas Bernhard
Erzählungen

Suhrkamp

Die Erzählungen *Amras, Ungenach, Watten, Gehen* und *Ja*
– in dem Band Thomas Bernhard, *Die Erzählungen*,
Frankfurt am Main 1979, enthalten –
liegen in Einzelausgaben der suhrkamp taschenbücher vor.
Umschlagfoto: Digne Meller Marcovicz

suhrkamp taschenbuch 1564
Erste Auflage 1988
© dieser Ausgabe Suhrkamp Verlag Frankfurt am Main 1979
Quellenhinweise am Schluß des Bandes
Suhrkamp Taschenbuch Verlag
Alle Rechte vorbehalten, insbesondere das
des öffentlichen Vortrags, der Übertragung
durch Rundfunk und Fernsehen
sowie der Übersetzung, auch einzelner Teile.
Druck: Ebner Ulm
Printed in Germany
Umschlag nach Entwürfen von
Willy Fleckhaus und Rolf Staudt

6 7 8 9 10 – 98 97 96 95 94

Inhalt

Das Verbrechen eines Innsbrucker
Kaufmannssohns 7
Der Zimmerer 22
Jauregg 43
Zwei Erzieher 56
Die Mütze 63
Ist es eine Komödie? Ist es eine Tragödie? 81
Viktor Halbnarr 90
Attaché an der französischen Botschaft 96
An der Baumgrenze 102
Midland in Stilfs 112
Der Wetterfleck 135
Am Ortler 170

Das Verbrechen eines Innsbrucker Kaufmannssohns

Schon nach kurzer Bekanntschaft seiner Person hatte ich höchst aufschlußreiche Einblicke in seine Entwicklung, in seine Kindheit vor allem: Geräusche, Gerüche in seinem ihm nun schon jahrelang fernen Elternhaus beschrieb er mir immer wieder, die Unheimlichkeit eines düsteren Kaufmannshauses; die Mutter und die Gemischtwarenstille und die im Finstern der hohen Gewölbe gefangenen Vögel; das Auftreten seines Vaters, der in dem Kaufmannshaus in der Anichstraße dauernd die Befehle eines rücksichtslosen Realitäten- und Menschenbeherrschers gab. Georg sprach immer von Lügen und Verleumdungen seiner Schwestern, mit was für teuflischen Schlichen oft Geschwister gegen Geschwister vorgehen können; eine verbrecherische Vernichtungssucht haben Schwestern gegen Brüder, Brüder gegen Schwestern, Brüder gegen Brüder, Schwestern gegen Schwestern. Sein Elternhaus war niemals ein Haus der Kinder gewesen, wie es die meisten anderen Häuser, Elternhäuser, vornehmlich in den besseren Gegenden, besseren Luftverhältnissen sind, sondern ein furchtbares, noch dazu feuchtes und riesiges Erwachsenenhaus, in welchem niemals Kinder, sondern immer gleich grauenhafte Rechner auf die Welt gekommen sind, Großmaulsäuglinge mit dem Riecher für das Geschäft und für Unterdrückung der Nächstenliebe. Georg war eine Ausnahme. Er war der Mittelpunkt aber seiner Unbrauchbarkeit, der Schande wegen, die er für die ganze dauernd an ihm erschrockene und verbitterte Familie immer und immer dort, wo sie es zu verwischen trachtete, darstellte, ein entsetzlich verkrümmter und verkrüppelter Mittelpunkt, den sie unter allen Umständen aus dem Haus haben wollte. Er war so und auf die infamste Weise von der Natur verunstaltet, daß sie ihn immer verstecken mußten. Nachdem sie von der ärztlichen Kunst und von der medizinischen Wissenschaft überhaupt bis in die Tiefe ihrer fäkalischen und viktualischen Verabscheuungswürdigkeit hinein enttäuscht worden waren, erflehten sie sich in perfider Gemeinsamkeit eine Todeserkrankung für Georg, welche ihn möglichst schnell aus der Welt schaffen sollte; sie waren zu allem bereit gewesen, wenn er nur stürbe; aber er starb nicht, und er ist, obwohl sie alle zusammen alles getan haben, um ihn tödlich erkranken zu lassen, nicht ein einziges Mal (weder in Innsbruck, wo er ein paar hundert Meter neben mir, durch den Innfluß von mir getrennt – keiner hatte vom andern gewußt –, aufgewachsen war, noch später, während unserer Wiener Studien in unserem im dritten Stock eines Zirkusgassenhauses gelegenen Zimmer) *tod*-krank geworden; er war unter ihnen nur immer größer und größer und immer häßlicher und hinfälliger, immer unbrauchbarer und hilfsbedürftiger geworden, aber ohne die Mitleidenschaft seiner Organe, die besser funktionierten als ihre eigenen ... Diese Entwicklung Georgs verbitterte sie, vor allem, weil sie schon in dem Augenblick, in dem er von seiner brüllenden Mutter auf einen Eckstein des Waschküchenbodens geworfen worden war, den Entschluß gefaßt hatten, sich für die entsetzliche Überraschung der Geburt eines zuerst riesigen, feuchten und fetten, dann aber, wenn auch immer größeren, so doch immer zarteren und gesünderen unansehnlichen »Krüppelsohnes« (so rief ihn sein Vater) auf ihre Weise zu rächen, sich zu entschädigen für ein zum Himmel schreiendes Unrecht; einer Verschwörung gleich, hatten sie beschlossen, sich seiner, Georgs, noch bevor er, wie sie grübelten, ihnen einen möglicherweise tödlichen Schaden durch seine bloße Existenz zufügen konnte, und ohne mit dem Gesetz in Konflikt zu kommen, zu entledigen; jahrelang glaubten sie, der Zeitpunkt, da sie ihn ausgestanden haben werden, sei nah, sie hatten sich aber getäuscht, durch sich selbst täuschen lassen, seine Gesundheit, seine Krankheitslosigkeit, was Georgs Lungen, sein Herz, alle anderen wichtigen Organe betrifft, waren stärker als ihr Wille und ihre Klugheit.

Zum einen Teil entsetzt, zum andern größenwahnsinnig, konstatierten sie mit seinem rapiden Größer- und Gesünder- und Zarter- und Intelligenter- und Häßlicherwerden, daß er, das glaubten sie in der Wirklichkeit, nicht aus ihrer jahrhundertealten Kaufmannssubstanz hinausgekommen und unter ihnen hocken geblieben war; sie hätten wohl nach mehreren Totgeburten einen der Ihren verdient gehabt, einen geraden, keinen krummen Balken von Kaufmannsgeblüt, der sie alle zusammen vom ersten Augenblick an schon stützen sollte, später dann tragen, noch höher heben, alle zusammen, Eltern und Schwestern noch höher *hinauf*heben, als sie schon oben waren; und bekommen haben sie, von woher, war ihnen unheimlich, weil letzten Endes doch vom Vater aus der Mutter heraus, ein Geschöpf, das, von ihnen aus gesehen, so ein nutzloses, immer noch tiefer und tiefer denkendes Tier gewesen ist, das Anspruch auch noch auf Kleidung und auf Vergnügen erhob und das man, anstatt daß es einen stützt, stützen mußte, anstatt daß es einen nährt, nähren mußte und das man hätte verhätscheln sollen und nicht verhätschelte; im Gegenteil, Georg war und blieb ihnen ein aus lauter Nutzlosigkeit ständig im Weg und im Magen liegender Fleischklumpen, der auch noch Gedichte schrieb. Alles an ihm war anders; sie empfanden ihn als die größte Schande ihrer sonst nur aus Wirklichkeit und nicht im geringsten aus Einbildung zusammengesetzten Familie. Er sprach in dem Wiener Zirkusgassenzimmer, das wir, nachdem wir uns in einem Gasthaus in der Leopoldstadt getroffen und zusammengetan hatten, gemietet hatten, oft und oft von seinem »Kinderkerker zu Innsbruck«, und er zuckte, wenn er das für ihn immer schwierige Hauptwort »Ochsenziemerhieb« glaubte sagen zu müssen, vor seinem Zuhörer, vor mir, der ich jahrelang, acht Semester lang, sein einziger Zuhörer gewesen bin. Ihm viel zu große, ihm viel zu riesige Keller- und Vorhaus- und Stockgewölbe, ihm viel zu hohe Steinstufen, zu schwere Falltüren, zu weite Röcke und Hosen und Hemden (seines Vaters abgetragene Röcke und Hosen und Hemden), zu schrille Vaterpfiffe, Mutterschreie, das Kichern der Schwestern, Sprünge von Ratten, Hundsgekläff, Kälte und Hunger, borniertе Einsamkeit, ihm viel zu schwere Schultaschen, Brotlaibe, Kukuruzsäcke, Mehlsäcke, Zuckersäcke, Kartoffelsäcke, Schaufeln und stählerne Radelböcke, unverständliche Anordnungen, Aufgaben, Drohungen und Befehle, Strafen und Züchtigungen, Hiebe und Schläge bildeten seine Kindheit. Er war, nachdem er schon jahrelang von zu Hause fort gewesen war, noch immer gepeinigt von den von ihm in den Keller hinunter und wieder aus dem Keller heraufgeschleppten (und von ihm unter was für Schmerzen geschleppten) geselchten Schweinshälften. Nach Jahren noch und in siebenhundert Kilometer Entfernung, in Wien, überquerte er, wenn es finster war, immer noch ängstlich und mit eingezogenem Kopf den elterlichen Innsbrucker Kaufmannshof, stieg er, von Fieber geschüttelt, in den elterlichen Innsbrucker Kaufmannskeller. Wenn er sich, tagtäglich in das elterliche Kaufmannsrechnen hineingeohrfeigt, verrechnete, wurde er (noch nicht sechsjährig das erste Mal) vom Vater oder von der Mutter oder von einer seiner Schwestern in das Kellergewölbe hintuntergesperrt und dann eine Zeitlang immer nur noch »Verbrecher« gerufen; zuerst hatte ihn nur sein Vater einen Verbrecher gerufen, später aber stimmten, wie er sich erinnerte, auch seine Schwestern, dann gar seine Mutter in den »Verbrecher«-Ruf ein. Völlig »erziehungsunfähig« habe sie, die er jetzt, nach Jahren, weil er durch viele Gebirge von ihr getrennt war, in seiner Wiener Studienzeit in einem milderen Licht zu sehen sich einbildete, sich immer gänzlich, was Georg betraf, dem stärkeren Teil der Familie, also dem Vater und den Schwestern gefügt. Vater und Mutter hatten ihn mit einer entsetzlichen Regelmäßigkeit wöchentlich mehrere Male mit dem Ochsenziemer geschlagen.

In den Innsbrucker Kaufmannshäusern heulten in seiner Kindheit, wie in den Innsbrucker Metzgerhäusern die Schweine, die Söhne. Bei ihm war wohl alles am schlimmsten gewesen. Seine Geburt, so versicherten sie ihm bei jeder Gelegenheit, habe ihren Ruin herbeigeführt. Vom Vater war er ständig als »verfassungswidrig« bezeichnet worden, mit dem Wort »verfassungswidrig« stach sein Vater immerfort auf ihn ein. Die Schwestern nützten ihn für ihre Intrigen aus, mit ihrer Verstandesschärfung mit einer immer noch größeren Perfektion. Er war aller Opfer. Wenn ich in seine Kindheit und in sein Innsbruck hineinschaute, schaute ich in meine Kindheit und in mein Innsbruck hinein, mit wieviel Erschrecken gleichzeitig in das meinige, das nicht von derselben Fürchterlichkeit, aber von einer noch viel größeren Infamie beherrscht gewesen war, denn meine Eltern handelten nicht aus der tierischen, wie die Seinigen, sondern aus der radikal philosophischen, aus der vom Kopfe und von nichts als vom Kopfe und von den Köpfen ausgehenden Gewalt.

Eine uns tiefer, als von Natur aus statthaft, traurig machende Verbitterung stieß jeden Tag in aller Frühe unsere qualvollen untüchtigen Köpfe zu einem einzigen heillosen dumpfen Vermutungszustand zusammen: alles in uns und an uns und um uns deutete darauf hin, daß wir verloren waren, ich genauso wie er, was wir anschauen und was wir durchdenken mußten, was wir gehen und stehen und schlafen und träumen mußten, um was immer es sich handelte. Georg war oft tagelang in der entferntesten von ihm so bezeichneten Höheren Phantasie, und er ging, wie ich fortwährend beobachten mußte, gleichzeitig immer in seinen Verzweiflungen hin und her, was auch mich verfinsterte, die Gesetze und ihre Errichter und die tagtäglichen rüden Vernichter aller Gesetze, beide gingen wir von einem bestimmten Zeitpunkt an auf einmal gemeinsam und wie für immer gemeinsam und durch das ganze große krankhafte Schema der Farben, in welchem sich die Natur in einem jeden von uns als der schmerzhafteste aller Menschenschmerzen ausdrücken mußte. Wir hausten jahrelang, wenn auch auf der Oberfläche der Hauptstadt, so doch in einem von uns für uns geschaffenen System von nur für uns sichtbaren, uns schützenden Kanälen; in diesen Kanälen aber atmeten wir auch ununterbrochen eine tödliche Luft ein; wir gingen und wir krochen fast immer nur in diesen Kanälen unserer Jugendverzweiflung und Jugendphilosophie und Jugendwissenschaft auf uns zu ... diese Kanäle führten uns aus unserem Zirkusgassenzimmer, in welchem wir meistens betroffen von der Urteilskraft und von dem ungeheueren Überfluß der Geschichte, von uns selber betroffen auf unseren Sesseln am Tisch saßen, über unseren Büchern, fürchterlichen Verhunzungen, Verhimmelungen und Verspottungen unserer und der ganzen geologischen Genealogie, in den alten uralten Körper der Stadt hinein und aus diesem wieder hinaus in unser Zimmer zurück ... Acht entsetzliche Semester haben wir, Georg und ich, auf diese von mir nur angedeutete Weise in dem Zirkusgassenzimmer zusammen verbracht, zusammen verbringen müssen; keinerlei Unterbrechung war uns gestattet gewesen; wir waren die ganzen acht Semester, in welchen ich mir die Jurisprudenz verekelt hatte, Georg sich nicht weniger seine Pharmazie, nicht fähig gewesen, uns aus

unserer gebückten Haltung, aus unser beider Verkrüppelung (auch ich war bereits verkrüppelt gewesen), weil wir
uns ja, wie angedeutet, in allem und jedem immer in
unsern Kanälen und also gebückt bewegen mußten, aus
dieser Notwendigkeit in eine wenn auch noch so wenig
höhere zu erheben; wir hatten die ganzen acht Semester
nicht ein einziges Mal die Kraft gehabt, aufzustehen und
davonzugehen ... Wir hatten ja nicht einmal die Kraft,
weil keine Lust dazu gehabt, unser Zirkusgassenzimmer-
fenster aufzumachen und frische Luft hereinzulassen ...
geschweige denn hatten wir auch nur eine einzige der
unsichtbaren Kräfte gehabt ... Unser Gemüt war, wie unser
Geist, so fest verschlossen gewesen, daß wir nach mensch-
lichem Ermessen einmal, wir waren nicht mehr gar zu
weit davon, in uns ersticken mußten, wenn nicht etwas,
das nicht von uns, auch nicht *aus einem von uns* kommen
konnte, ein solcher metaphysikalischer Eingriff von außen in uns oder von innen in uns, eine Änderung unseres
Zustandes aus zwei gleichen Zuständen, Georgs und meines, herbeiführte ... Unter einem ungeheuer komplizier-
ten Verfahren gegen uns schrumpften in der für uns
immer noch mehr atonischen Atmosphäre der Hauptstadt
auch unsere Seelen zusammen. Wie so viele unseres Alters
waren wir, rückhaltlos, in der Vorstellung tief vergraben
und tief verscharrt gewesen, die besagt, daß es nirgends,
weder innen noch außen, eine Möglichkeit für frische Luft
und was sie hervorrufen, *auslösen* oder *auslöschen* kann,
gibt, und tatsächlich gab es damals in dem Zirkusgassenzimmer für uns keine frische Luft; acht Semester lang
keine frische Luft.
Wir hatten jeder für sich einen vor vielen, was ihn betrifft,
vor unzähligen Generationen im Gebirge entstandenen
Namen, der, einmal links, einmal rechts des Inn, immer
größer geworden war, jetzt aber, als ein Zerstörer von
uns, am Ende von elterlichen Verfluchungen und Rechen-

kunststücken in die schamlos, wie wir mit ansehen mußten, wehleidig verkümmernde Hauptstadt hereinversetzt
worden war. Jeder von uns war in seinem vielsagenden
Namen eingeschlossen und konnte nicht mehr hinaus.
Keiner kannte den Kerker des anderen, die Schuld, das
Verbrechen des anderen, aber jeder *vermutete,* daß der
Kerker des anderen und die Schuld und das Verbrechen
des anderen die eigenen waren. Unser Mißtrauen fürein-
ander und gegeneinander hatte sich im Laufe der Zeit in
dem Maße verstärkt, in welchem wir mehr und mehr
zusammengehörten, uns nicht mehr verlassen wollten.
Dabei haßten wir uns, und wir waren auch die entgegen-
gesetztesten Geschöpfe, die man sich denken kann; alles
des einen schien vom anderen, ja *aus dem anderen,* wir beide
glichen uns aber doch in nichts und in keiner Sache, in gar
keiner Empfindung, in nichts. Und doch hätte jeder von
uns der andere sein können, alles des einen hätte vom
anderen kommen können . . . ich sagte mir oft, daß ich
Georg sein *könnte,* alles, was Georg war, das bedeutete
aber, daß nichts von Georg *aus* mir war . . . Wie andere
Studenten sich, wenn sie in die Hauptstadt geschickt sind,
mit viel Schwung an deren Zerstreuungsmöglichkeiten
erfreuen und erfrischen, blieb uns doch rätselhaft, uns
beide begeisterte nichts, wir fanden an nichts Gefallen, der
Geist der Hauptstadt war doch ein toter, ihre Vergnü-
gungsapparatur uns zu primitiv.
Wir operierten von Anfang an, er wie ich, mit dem Scharf-
sinn, alles unterwarfen wir unserer in fast allen Fällen
tödlichen Kritik; schließlich mißglückten unsere Aus-
bruchversuche, alles bedrückte uns, wir erkrankten, wir
errichteten unser Kanalsystem. Wir hatten uns schon in
den ersten Wochen aus dem schweigenden Größenwahn
Wiens zurückgezogen, aus der Stadt, in der nun keine
Geschichte, keine Kunst, keine Wissenschaft mehr war, in
der nichts mehr war. Aber schon vor meiner Ankunft in

Wien, noch in der Eisenbahn, war ich (wie auch er), waren wir beide unabhängig voneinander, von einem uns nach und nach traurig machenden Fieber, einer Krankheit angegriffen gewesen, ich von einer in meinem Unterbewußtsein genauso wie im vollen Bewußtsein sich folgerichtig von allem Außen in mich herein vollziehenden *Verstörung zur Todesreizbarkeit* und, in einem der vielen finsteren unserer Schnellzugsabteile, die mit hoher Geschwindigkeit durch das Land gezogen werden, sitzend, in Wahrnehmung meiner selbst und in Wahrnehmung dessen, was mit mir auf immer zusammenhing, von dem ersten Selbstmordgedanken, Selbstmordgedankenansatz nach langer Zeit überrascht. Mit was für einer grauen und gegen mich ungemein strengen Trübsinnigkeit hatte ich auf einmal zwischen den Melker Hügeln vorliebnehmen müssen! Auf dieser Fahrt, die ich gegen meinen Willen zu fahren gezwungen gewesen war, hatte ich mir des öfteren meinen Tod gewünscht, diesen raschen, plötzlichen, schmerzlosen, von dem nur ein Bild der Ruhe zurückbleibt; vornehmlich in den gefährlichen Kurven, wie dort knapp an der Donau bei Ybbs. Die Anreise junger Menschen aus der Provinz in die Hauptstadt, um ein gefürchtetes Studium anzufangen, um ein Studium, das die meisten nicht wollen, geht fast immer unter den entsetzlichen Umständen in Gehirn und Verstand und Gefühl des Betroffenen und Betrogenen und auf solche Weise Gefolterten vor sich. Das Selbstmorddenken der sich in der Dämmerung im Zug einer Höheren oder Hochschule oder Universität in der Hauptstadt furchtsam und in allen Fällen immer weniger kühn als vermutet Nähernden ist das Selbstverständlichste. Wie viele und nicht wenige, die ich gekannt habe und mit welchen ich aufgewachsen bin und die mir genannt worden sind, haben sich schon kurz nach der Verabschiedung von den Eltern auf dem heimatlichen Bahnhof aus dem fahrenden Zug gestürzt ... Was mich und was Georg betrifft, so haben wir uns gegenseitig niemals unsere Selbstmordperspektiven enthüllt, wir wußten nur voneinander, daß wir in ihnen zu Hause waren. Wir waren wie in unserem Zimmer und in unserem Kanalsystem, in unseren Selbstmordgedanken wie in einem höheren Spiel, einem der höheren Mathematik vergleichbaren, eingeschlossen. In diesem Höheren Selbstmordspiel ließen wir uns oft wochenlang völlig in Ruhe. Wir studierten und dachten an Selbstmord; wir lasen und dachten an Selbstmord; wir verkrochen uns und schliefen und träumten und dachten an Selbstmord. Wir fühlten uns in unserem Selbstmorddenken alleingelassen, ungestört, niemand kümmerte sich um uns. Es stand uns jederzeit frei, uns umzubringen, wir brachten uns aber nicht um. So fremd wir uns immer gewesen waren, es gab keine der vielen Hunderttausende von geruchlosen Menschengeheimnissen zwischen uns, nur das Naturgeheimnis *an sich,* von welchem wir wußten. Wie Strophen eines unendlichen gleichmäßig schwarzen Liedes waren uns Tage und Nächte.

Einerseits hatten die Seinigen schon von Anfang an gewußt, daß er für den väterlichen Kaufmannsberuf und also für die Übernahme des Geschäftes in der Anichstraße, das einen wie sie erforderte, nicht in Frage kam, andererseits hatten sie aber lange die Hoffnung nicht aufgegeben, es könnte aus Georg, dem Krüppel, doch noch über Nacht, möglicherweise von einem Ochsenziemerhieb auf den anderen, das werden, was sie von Anfang an in ihm haben wollten: der Nachfolger des jetzt schon in den Sechzigern stehenden Gemischtwarenhändlers! Schließlich aber hatten sie sich, wie auf Verabredung, hinter seinem, Georgs, Rücken, schon über Nacht, für immer, für seine ältere Schwester entschieden, und sie stopften von diesem Augenblick an, wie sie nur konnten, alles, was sie nur konnten, ihre ganzen Kaufmannskräfte und ihr ganzes Kaufmannswissen in die auf dicken Beinen den ganzen Tag wie ein schweres Vieh durch das Kaufmannshaus gehende Person hinein, in die dicke, blutunterlaufene, rustikale Irma; Sommer wie Winter in Puffärmeln, wuchs sie, die erst zwanzig und mit einem Metzgergehilfen aus Natters verlobt war, sich zu einer an den Waden ständig Eiter lassenden Säule des Kaufmannsgeschäfts aus. Im gleichen Augenblick, in welchem sie die Schwester zur Nachfolgerin ihres Vaters bestimmt hatten (wohl auch im Hinblick auf ihren Verlobten!), gestatteten sie Georg ein Studium. Sie hatten Angst gehabt, ihr Gesicht zu verlieren. Sie erlaubten ihm aber nicht, wie er es sich gewünscht hatte, in Innsbruck, wo er neben der Kaufmannslehre auch das Gymnasium besucht und mit gutem Erfolg absolviert hatte, oder im nahen München die Pharmazie zu studieren, sondern nur in dem von ihm und von ihnen allen immer schon gehaßten, weit im Osten liegenden Wien. Sie wollten ihn möglichst weit von sich weg haben, weg *wissen,* und die Hauptstadt lag wirklich am Ende der Welt, jeder junge Mensch heute weiß, was eine Verbannung dorthin bedeutet! Es hatte nichts genützt, daß er ihnen klarzumachen versucht hatte, daß Wien, die Hauptstadt, schon seit Jahrzehnten die rückständigste aller europäischen Universitätsstädte war; es gab nichts, das in Wien zu studieren zu empfehlen gewesen wäre; er mußte nach Wien, und er mußte, wollte er nicht um den niedrigsten aller mir bekannten Wechsel kommen, in Wien, der fürchterlichsten aller alten Städte Europas, bleiben. Eine *wie* alte und leblose Stadt, ein *wie* großer, von ganz Europa und von der ganzen Welt allein- und liegengelassener Friedhof ist Wien, dachten wir, was für ein riesiger Friedhof zerbröckelnder und vermodernder Kuriositäten!

Als ob er ich gewesen wäre, war mir immer in der letzten Zeit unseres Zusammenseins, besonders eindringlich gegen Jahresende, wenn er vor dem Einschlafen all das andeutete, von welchem wir gar nichts wußten . . . Seine Unmöglichkeit, sich auch nur ein einziges Mal in seinem Leben verständlich zu machen, war auch die meinige . . . Seine Kindheit, die ihm als eine unendliche, nicht tausendjährige, wie die des Dichters von *Moby Dick* erschienen war: der ununterbrochene vergebliche Versuch, das Vertrauen seiner Eltern und der anderen Menschen seiner Umgebung, wenigstens der unmittelbarsten, zu gewinnen. Er hatte niemals einen wirklichen Freund gehabt, aber wer weiß, was das ist, nur Menschen, die ihn verspotteten, insgeheim fürchteten, er war immer einer, der eines anderen oder mehrerer anderer Harmonie auf seine Weise, durch seine Verkrüppelung, störte, fortwährend störte er . . . Wo er hinkam, wo er sich auch aufhalten mochte, er war ein häßlicher Farbflecken auf dem schönen beruhigenden Hintergrund . . . Die Menschen waren (für ihn) nur dazu da, ihm Fallen zu stellen, gleich was oder wer sie waren, was sie darstellten, sich darzustellen getrauten, alles stellte ihm Fallen, es gab nichts, das ihm nicht eine Falle stellte, auch die Religion; schließlich war er auf einmal durch sein eigenes Gefühl verfinstert . . . Sein Aufwachen war wohl auch ein solches in den Wahnsinn der Ausweglosigkeit hinein gewesen . . . Er hatte mir auf einmal, der ich mich schon sicher gefühlt hatte, die Tür in meine Kinderzeit aufgerissen, mit der Brutalität der Kranken, Unterdrückten, Verzweifelten . . . Jeden Morgen wachte er in der festverschlossenen Zelle eines neuen uralten Tages auf.

Während mir vor die düstere Szenerie meiner Kinderzeit immer wieder Gestalten, die durchaus als lustig, ja gar als übermütig erkennbar sind, liefen, geschah meinem Freund so etwas nie; es seien ihm immer furchteinflößende Geschehnisse sichtbar gewesen, wenn er in die Vergangenheit schaute, und was da gespielt worden sei und noch gespielt werde, sei noch furchteinflößender; er wolle deshalb, sagte er immer wieder, so wenig oft wie möglich in die Vergangenheit, die wie die Gegenwart und die Zukunft sei, die Gegenwart und Zukunft *sei,* schauen, überhaupt nicht schauen; aber das ging nicht; eine riesige eiskalte Bühne war seine Kindheit, war seine Jugend, war sein ganzes Leben gewesen, nur dazu da, um ihn zu erschrecken, und die Hauptrollen auf dieser Bühne spielten immer nur seine Eltern und seine Schwestern; sie erfanden immer wieder etwas Neues, das ihn verstören mußte. Manchmal weinte er, und wenn ich ihn fragte, warum, dann antwortete er: weil er den Vorhang der Bühne nicht zuziehen könne; er sei zu kraftlos dazu; immer weniger oft könne er den Vorhang der Bühne zuziehen, er fürchte sich davor, ihn eines Tages überhaupt nicht mehr zuziehen zu können; wo er hingehe, wo er sich befinde, in welchem Zustand immer, er müsse sein Schauspiel anschauen; die fürchterlichsten Szenen spielten immer wieder in seinem Innsbrucker Elternhaus, in dem Kaufmannshaus; Vater und Mutter als Triebkräfte seiner tödlichen Szenerie, er sehe und höre sie immer. Oft sagte er aus dem Schlaf heraus die Wörter »Vater« und »Mutter« und die Wörter »Ochsenziemer« und »Keller« oder ein von seinen Verfolgern schließlich zu Tode gejagtes »Nichtnicht!«, das mit seinen vielen Züchtigungen zusammenhing. In der Frühe war sein Körper, sein bis in die der Natur verbotenen Keuschheit hinein verfeinerter, wenn auch verkrüppelter Körper (er hatte die Haut von todkranken Mädchen), naß, ein Fieber, das sich nicht messen ließ, schwächte ihn schon, bevor er noch aufgestanden war. Wir frühstückten meistens nicht, weil uns vor Essen und Trinken ekelte. Vor den Vorlesungen ekelte uns. Vor den Büchern ekelte uns. Die Welt war uns eine aus perverser tierischer und perverser philosophischer Pest und aus widerwärtiger Operette. Den letzten Februar war Georg gleichmäßig traurig und in seiner Traurigkeit immer allein gewesen. Er, der um ein Jahr Jüngere, mußte am Abend unter den uns beiden bekannten Voraussetzungen, unterstützt von Handbewegungen, Bewegungen seines Kopfes, unter allen von ihm gefürchteten Namen von verstorbenen oder von noch lebenden Geschöpfen und Gegenständen erschrocken sein. Die an ihn adressierten Briefe, wenige, enthielten wie die an mich nur Aufforderungen zur Besserung, nichts an Gutmütigkeit. Einmal hatte er das Wort »taktlos« ausgesprochen, er hatte gemeint, die Welt sei wenigstens taktlos. Wie anders hätten wir beide sein müssen, diesem Friedhof, der die Hauptstadt gewesen ist, der die Hauptstadt *ist,* den Rücken zu kehren. Wir waren zu schwach dazu. In der Hauptstadt ist jeder zu schwach dazu, sie zu verlassen. Als Letztes hatte er »Ein aussterbender Friedhof ist diese Stadt!« gesagt; nach dieser Äußerung, die mich nicht nachdenklich gemacht hat, zuerst, wie alle die andern von ihm in letzter Zeit, die sämtlich den gleichen Stellenwert hatten, war ich, es war der Vierzehnte, abends, halb elf, zu Bett gegangen. Als ich wach wurde, kurz vor zwei durch ein Geräusch, denn Georg hatte sich völlig ruhig verhalten, wohl aus dem einen Grund schon, mich unter keinen Umständen aufzuwecken (und jetzt weiß ich, wie qualvoll das für ihn gewesen sein muß), habe ich die entsetzliche Entdeckung gemacht, die Georgs Eltern jetzt als Verbrechen ihres Sohnes gegen sich selbst und als Verbrechen an seiner Familie bezeichnen. Schon um zehn des nächsten Vormittags war Georgs Vater aus Innsbruck in Wien angekommen und hatte von mir Aufklärung über den Vorfall verlangt. Als ich aus der Klinik, in welche Georg gebracht worden war, zurückgekommen war, befand sich Georgs Vater schon in unserem Zimmer, und ich wußte, auch wenn es wegen des schlechten Wetters noch finster gewesen war, es wurde an diesem Tag auch nicht mehr

anders, daß der Mann, der da Georgs Sachen zusammen-
packte, sein Vater war. Obwohl auch aus Innsbruck, hatte
ich ihn noch niemals vorher gesehen. Wie sich aber meine
Augen an die Finsternis gewöhnt hatten und auch die
Finsternis auszunützen verstanden, und diese Schärfe
meiner Augen werde ich niemals vergessen, sah ich, daß
dieser Mensch, der einen schwarzen Überrock mit einem
ausgeschlagenen Schafspelz anhatte, daß dieser Mensch,
der den Eindruck erweckte, in Eile zu sein und alles von
Georg auf einen Haufen zusammenwarf, um es fortzu-
schaffen, daß dieser Mensch und daß alles, was mit diesem
Manne in Zusammenhang stand, an dem Unglück
Georgs, an der Katastrophe die Schuld trug.

Der Zimmerer

Einem, im Falle des Zimmerers Winkler, mit der Plötzlichkeit, die erschüttert, aus der Haft Entlassenen, ist, wie ich immer wieder feststellen muß, nicht zu helfen. Winkler, über den die Zeitungen vor fünf Jahren, während der Dauer seines Prozesses, unglaublich viel Ordinäres und Abstoßendes, an den Wochenenden mit Bildern seines Opfers und seiner Person, vom Prozeß und vom Lokalaugenschein geschrieben haben, ist am 25. Oktober in Ischl gewesen. Seine in der Vöklabrucker Gerberei beschäftigte Schwester hat mich am Nachmittag des fünfundzwanzigsten aufgesucht und mich aufgefordert, ich möge Winkler, der unten warte, empfangen, ihn auf ein paar Augenblicke ins Haus hereinlassen; er habe mit mir zu reden, mir Verschiedenes, seine Person Betreffendes mitzuteilen, Erfreuliches, ebenso Unerfreuliches, mehr Unerfreuliches als Erfreuliches. Er wolle sich, kaum entlassen, bei mir bedanken, denn daß er nur fünf von sieben Jahren habe absitzen müssen, sei doch nur mein Verdienst. Im übrigen sei ich, der ihm nach seiner Festnahme vor fünf Jahren zur Prozeßvorbereitung und zur Verteidigung zugeteilt worden war, der einzige, dem er sich jetzt, nachdem er aus Garsten fort sei, anzuvertrauen nicht fürchte. Vor allen anderen fürchte er sich, umgekehrt fürchteten alle anderen ihn. Vornehmlich seine früheren Bekannten vermieden es jetzt, sich mit Winkler zu unterhalten, sie scheuten den geringfügigsten Kontakt mit ihm. Niemand grüße ihn, niemand lasse sich von ihm grüßen. Kein Mensch verliere an ihn ein Wort. Über ihn aber verlören sie ganz entsetzliche. Sie verhielten sich größtenteils so, als wenn er nicht existierte. Er selber getraue sich nicht, jemanden anzusprechen. Weiterhin würden über ihn Lügen verbreitet, ganz Ischl rede über ihn und seine Unwürdigkeit. Verleumdungen machten die Runde, das verletze ihn auf Schritt und Tritt, sie, seine Schwester, hoffe nur, daß ihr Bruder nicht die Konsequenzen aus allen diesen Fürchterlichkeiten ziehe. Alles würde ihm auf die niederträchtigste Weise erschwert. Sie bilde sich gar nichts ein, mit offenen Augen sehe sie die ihren Bruder verletzenden Vorgänge. Der Ort und seine Umgebung seien eine ständige Quelle ungerechtfertigter Gehässigkeiten gegen ihn. Komme sie nach Ischl, sei auch sie, die doch gar nichts dafür könne, davon betroffen. Daß ein Mensch einen solchen Zustand aushalten kann, glaube sie nicht, daß er weiterhin in der ihn mit allen Raffinessen zersetzenden Gegend existieren werde, könne sie sich nicht vorstellen. Winklers Schwester machte, während sie, nachmittags gegen fünf, in meiner Kanzlei vor mir stand, einen verzweifelten Eindruck auf mich. Sie habe, sagte sie, von ihrem Bruder außer Schlägen, Vorwürfen, äußeren wie inneren Verletzungen, nichts zu erwarten. Sein Charakter sei unverändert und ihr wie mir bekannt. Sie habe in ihrem ganzen Leben, in ihrer ganzen Kindheit und Jugend, vor allem während der wichtigsten Wachstumszeit, unter Winklers »fürchterlichem« Charakter zu leiden gehabt, seine ganze Umgebung, Eltern, Großeltern, sei immer von ihm unterdrückt gewesen. Die Roheit seiner plötzlichen Auftritte und Eingriffe in die Familie, in Ruhe und Ordnung, sein »Zerstörungstrieb« habe immer alle verängstigt. Eltern wie Großeltern wie Nachbarn hätten vor ihm eine fortwährende, selbst von ihren Gliedern ausgehende Angst gehabt, sie selber sei durch ihn die ganze Zeit mit dem Gericht in Beziehung gebracht und schließlich und endlich von ihm ruiniert worden. Sie gab ihm auch die Schuld am frühen Tod ihrer Eltern. Sie nannte viele Beispiele seiner unglaublichen Körperroheit, immer wieder bezog sie sich in allem, was sie jetzt hastig äußerte, auf seine zu einem einzigen großen Unglück zusammengeschmolzene Natur. Er habe »von seinem dummen Kopf aus« alles um sich herum beherrscht, oft »von hoch oben herunter« zugeschlagen, nur hätten sie, Eltern und Schwester, immer alles vertuscht. Größere Verletzungen aber seien der Gendarmerie bekanntgeworden, und immer wieder sei er wegen schwerer Körperverletzung in immer kürzeren Abständen auf immer länger eingesperrt, von ihnen entfernt gewesen. Dabei habe sie ihren Bruder immer geliebt; eine Zuneigung, die sie sich selbst nicht erklären könne, habe sie auch heute noch für ihren Bruder. Oft wäre er tagelang zu Hause in der gutmütigsten Stimmung gewesen, dann aber blitzartig zu dem Tier geworden, als das er ihr oft in der Nacht erscheine. Sie könne über ihren jetzt fünfunddreißigjährigen Bruder »überhaupt nichts Gutes« berichten, wenn sie nachdenke, zuschauen müsse in ihrem Gedächtnis, wie er sie fortwährend auf die niedrigste Weise und schon als um zwei Jahre jüngeres äußerst schutzloses Schulkind behandelt habe, immer *miß*handelt habe, mit den Jahren und mit seiner ununterbrochenen »entsetzlichen Körper- und Geistesentwicklung« immer gröber, immer »ungeheuerlicher«, müsse sie schweigen; sie dürfe nicht an ihre gemeinsame Schulzeit, an ihre gemeinsame Lehrzeit, an die Zeit, in welcher sie in die Gerberei, er in die Zimmerei gingen, denken. Aus dem Hinterhalt seiner Unzurechnungsfähigkeit habe er ihr eine Reihe von zum Teil ihr ganzes Leben beeinträchtigenden Körper- und Geistesschäden zugefügt. Unter seinen Drohungen gegen sie war sie einen Großteil ihrer Kindheit und Jugend ihrer ganzen Umgebung gegenüber auffallend schweigsam geblieben. Wenn sie nur an »die Nacht hinter dem Bahnhof« denke (»Damals bei der Saline!«) – ich verhinderte, daß sie sich näher erklären mußte – sei es ihr unverständlich, daß sie sich jetzt (»aber vielleicht aus Angst vor ihm?«) für ihn, der ihr

Leben »systematisch zertrümmert« habe, einsetze. (»Uns alle hat er ruiniert!«) Überhaupt komme es ihr unheimlich vor, daß sie jetzt vor mir stünde, um für ihren Bruder zu bitten; aber sie bitte »inständig«, ich möge ihn jetzt, »wo er so verlassen ist«, nicht abweisen. Sie sei nur vorsichtshalber zuerst zu mir heraufgekommen, ihn ankündigen; sie müsse in einer knappen Stunde wieder mit dem Postautobus nach Vöklabruck zurück, wo sie »schon seit vier Jahren«, weil sie, nach Winklers Verbrechen, seiner Verhaftung und schließlich Verurteilung in Ischl »nichts mehr zu suchen, nichts mehr zu leben« gehabt habe, angestellt sei. Ich erkundigte mich, ob ihr Auskommen in Vöklabruck gut sei, und sie bejahte. Es sei ihr durch Gewaltakte Winklers, die schon mehr als zehn Jahre zurückliegen, unmöglich, ein Kind zu bekommen. Sie machte aber darüber nur eine mich sehr beunruhigende Andeutung. Jeden Abend in den letzten Tagen habe er, dem seine vorzeitige Entlassung aus Garsten selber eine Überraschung (»eine unangenehme!«) gewesen sei, vor der Gerberei auf sie gewartet und sie abgeholt. Sie habe den Anblick ihres Bruders, der »schmutzig und widerwärtig« tagtäglich vor fünf vor der Gerberei auf und ab ging, nicht aushalten können. »Wie ich mich geschämt habe«, sagte sie. Ohne Geld (»Er hat alles, was er sich erspart gehabt hat, versoffen!«) sei er plötzlich, ohne Ankündigung, »keine Karte, nichts« auf einmal bei ihr erschienen. Sie wohne außerhalb von Vöklabruck, »im Graben«, sagte sie, als ob das ein Begriff sei. »Er hätte oft schreiben können«, meinte sie, aber er hat nicht geschrieben. Sie sprach von einem Ausbruchversuch, von einem Komplott in der Anstalt, dem er sich aber nicht angeschlossen hat, das habe seine Entlassung beschleunigt. Sie hätte ihn nicht in ihr Zimmer gelassen, wenn sie nicht Angst gehabt hätte, »er ist ja nicht allein gekommen, sie waren zu zweit«, sagte sie; der zweite aber sei sofort wieder verschwunden und nicht mehr aufgetaucht. Winkler habe schon immer, »schon als Kind, seinen Fuß in der Tür gehabt«. Ein paar Tage hätten sie miteinander auskommen können, dann hätte er ihr die ersten Vorwürfe, sie täte nichts für ihn, gemacht. In der Nacht habe sie überhaupt nicht geschlafen, nur auf sich »aufgepaßt«. Er sei immer nur auf dem Boden gesessen, »gehockt«, sagte sie, oft auch lang neben ihrem Bett auf dem Boden ausgestreckt gewesen, so, daß er sich mit Kopf und Füßen hat zwischen den Wänden stemmen können. Meistens habe er stundenlang auf die Wand oder auf sie, seine Schwester, geschaut und kaum etwas gegessen. Er sei auch, außer wenn er sie von der Gerberei abholte, nicht fort. Sie habe ihm »alle Augenblicke was zum Trinken« gekauft, nicht viel, aber »viel zu viel«. Sein Geruch, der Geruch, vor dem sie sich zeitlebens gefürchtet hat, sei jetzt in ihrem Zimmer, und sie werde diesen Geruch nicht mehr aus ihrem Zimmer hinausbringen. Vor Müdigkeit habe sie oft nicht mehr stehen können, er veranlaßte sie aber rücksichtslos zu Wegen in verschiedene Gasthäuser um verschiedene Schnäpse. Von dem Augenblick an, in welchem ihr Bruder sich bei ihr niedergelassen hat, habe sie nicht mehr geschlafen. »Seine großen Hände, Herr Doktor!« sagte sie. Das Zusammensein und dann, wenn sie in der Gerberei gewesen war, die Gedanken an ihn seien ihr unheimlich gewesen. Bald habe sie keinen Einfall, wie sie sich von ihrem Bruder wieder befreien könne, mehr gehabt. »Das war schlimm.« In der Strafanstalt habe sich Winkler, ihrer Meinung nach, verschlimmert. Die meiste Angst habe sie vor der Unbeweglichkeit, in welcher er immerfort auf dem Boden »gehockt« war, gehabt. »So ein kräftiger Mensch«, sagte sie. Sie habe »aus Berechnung«, wie sie, was sie sagte, erweiterte, immer wieder ein Gespräch mit ihm anfangen wollen, um sie beide abzulenken, er habe aber niemals ein Wort mehr als unbedingt notwendig gesprochen, selbst das Essen und Trinken und die Kleidungsstücke habe er sich nur mit Handbewegungen, »kurzen, schlagartigen«, von ihr zu sich heranbefohlen. Ihre Ersparnisse seien, weil sie ihm einen Anzug und einen Mantel hat kaufen müssen, Schuhe, Unterhosen (»Ich hab's nicht ungern getan!«), in ein paar Tagen weggewesen. Plötzlich, es war vielleicht ein halbe Stunde vergangen, sagte sie: »Hoffentlich ist er noch unten!« Sie wollte, das sah ich, ans Fenster, getraute sich aber nicht. Was aus ihrem Bruder, der »so groß und so stumm« sei, werden würde, meinte sie, ohne dann auch nur ein Wort mehr außer »so groß und so stumm« zu sagen. Sie drehte sich um und lief, wie wenn sie sich zum Schluß noch vollständig in ihrem Mantel hätte verstecken wollen, ins Vorhaus hinunter, mit solch ungeschickten Bewegungen ihrer Beine, die auf ein, dem Geschöpf, das sie tragen müssen, zugestoßenes Unrecht hindeuten. Ich hörte, obwohl ich es hätte hören müssen, weil die Kanzleitür offen gewesen war und immer alles im Vorhaus Gesagte, auch das Leiseste, deutlich in die Kanzlei herauf zu hören ist, was sie im Vorüberlaufen zu Winkler gesagt hatte, nicht mehr, nichts mehr, nur das mich seit Jahren immer gleich und immer abstoßender erschreckende Zufallen der Haustür. Kurz darauf erschien Winkler in meinem Zimmer.

Er machte denselben kräftigen Eindruck auf mich wie auf seine Schwester. Es fiel mir auf, daß sich sein Gesicht während der langen Haftzeit vergröbert hatte, das Gefährliche in seinen Augen gab mir zu denken. Seine Hände waren unruhig, eine unglaubliche, mich bestürzende Unruhe ging von ihm aus. Zum Teil war er wie ein Kind, zum andern wie ein überfertiger Mensch bei der Tür hereingekommen, so plötzlich aufgetreten, daß ich annehmen mußte, er habe, während ich mich mit seiner Schwester unterhielt, hinter der Tür gehorcht. Aber es war ja nichts, das nicht auch für ihn bestimmt gewesen wäre, zwischen seiner Schwester und mir zur Sprache gekommen. Tatsächlich war ich bei dem Einfall, Winkler habe hinter der Tür gehorcht, sei unbemerkt hinter seiner Schwester ins Haus und durchs Vorhaus herauf, erschrocken; andererseits deutete aber seine Atemlosigkeit auf ein rasches Heraufkommen über die Stiege hin. Er wollte, konnte aber nicht sprechen. Im ganzen schien er froh zu sein, daß seine Schwester vor ihm bei mir gewesen war. Sein Mantel war ihm zu eng, er hatte das Hemd offen; eine krankhafte Einstellung allem und jedem gegenüber hat dieser Mensch, dachte ich. Durch dieselbe Hilflosigkeit wie vor Gericht, ich erinnere mich, daß er hilfloser als statthaft gewesen war, vor allem immer in den entscheidenden Augenblicken, war ich auch jetzt wieder von ihm eingenommen. Zwischen ihm und mir war bestimmt in den Momenten seines Eintretens in die Kanzlei und auch später nicht, die ganze Zeit seines Beimirseins nicht, die geringste Gefühllosigkeit gewesen. Nur waren die Verständigungsmöglichkeiten auf beiden Seiten qualvoll eingeschränkt. Ich hatte mich, während der Unterredung mit seiner Schwester, nicht mehr an seine Erscheinung erinnern können. Er entstammte einem Menschenschlag voll von der gänzlich unbewußten Substanz. Er hatte eines der Gesichter, die man oft sieht, wenn man, selber müde, am Abend in unseren Dörfern durch die stille, zu keinem Aufmucken mehr fähige Müdigkeit von Menschenansammlungen geht, durch die aneinandergeketteten Physiognomien der Landarbeitsmenschen. Ganz undeutlich war mir, wie ich jetzt sah, Winkler gewesen, als seine Schwester mir von ihm gesprochen hatte, ein anderer als der, der jetzt vor mir stand. Nur seine Stimme hatte ich, noch bevor er hereingekommen und ein einziges Wort gesagt hatte, gehört; Stimmen merke ich mir ein für allemal. Wie die aller Untergeordneten, Ausgeschlossenen, war seine Redeweise plump, überall offen, einem Körper voller Wunden vergleichbar, in die jeder jederzeit Salz streuen kann, aber so eindringlich, daß es schmerzhaft ist, ihr zuzuhören. Er sei gekommen, um mir zu danken, für was, wisse ich selber. Ich hätte »das Beste« für ihn herausgeschlagen. Das Gericht und die Zeit, in die sein Verbrechen gefallen sei, wären ihm von Anfang an feindlich gesinnt gewesen; ein Gericht müsse anders sein; er sagte aber weder das Wort ›unvoreingenommen‹ noch das Wort ›objektiv‹. Er erinnerte mich augenblicklich an meine Besuche in seiner Zelle während seiner Untersuchungshaft. Vieles, an das er mich im Zusammenhang mit meinen Bemühungen um ihn, die nichts als eine Pflicht gewesen waren, erinnerte, hatte ich längst schon vergessen; er hatte sich ganze von mir vor fünf Jahren zu ihm gesprochene Sätze vollständig gemerkt. Die Anhänglichkeit Winklers, die mir aus allem, was er sagte und was er nicht sagte, deutlich wurde, bestürzte mich. Im ganzen erschien er mir übertrieben und gefährlich zugleich. Immer wieder meinte er, ich sei ihm »nützlich« gewesen. Es hatte den Anschein, als habe er den Kontakt mit mir in den ganzen fünf Jahren nicht einen einzigen Augenblick aufgegeben. Ich selber hatte Winkler schon in dem Moment, in welchem er aus dem Gerichtssaal geführt worden ist, vergessen gehabt, ein Anwalt erledigt den Fall eines Klienten kurz nach dem Schuldspruch; ich erinnerte mich: auf der Straße war auch der Fall Winkler aus meinem Kopf . . . Er habe mir im Laufe der Jahre schreiben wollen, immer wieder sei er aber davor zurückgeschreckt. »Ich bin ein dummer Mensch«, sagte er; mehrere Male sagte er: »Ich bin ein dummer Mensch.« Ich forderte ihn auf, Platz zu nehmen. Er setzte sich mir gegenüber; ich rückte das Licht in die Mitte des Schreibtisches, dann aber wieder weg und löschte es schließlich ganz aus, denn er wollte kein Licht, und man sah ja auch so genug. Ich mag auch kein Zwielicht. Wie gut, daß der Schreibtisch zwischen ihm und mir ist, dachte ich, dann fing er, auf den Boden schauend, längere Zeit von besonderen Erlebnissen in der Strafanstalt zu reden an, schließlich von der Eintönigkeit und von der völligen Überraschungslosigkeit, die dort herrschen. Er redete und sinnierte und redete wieder. Ich wüßte alles, meinte er. Wie auf alles bezogen, könne man auch, was die Strafanstalt und ihre Gesetze und Gesetzlosigkeiten betrifft, dafür und dagegen sein. Die Zeit sei ihm von Tag zu Tag länger geworden. Über die Aufsichtsorgane, nicht über das Essen beklagte er sich. Von seiner Zelle aus habe er in einen Wald schauen können, manchmal auch über den Wald hinaus auf eine Bergkette. Die Qual, mit der Zeit nicht fertig zu werden, sei in der Unfreiheit, in Strafanstalten und Kerkern, am größten. Er habe in der Zimmerei gearbeitet. Von Vergünstigungen war bei ihm keine Rede, die habe er sich immer alle verscherzt. Die Fähigkeit, sich mit einem Minimum an Spielraum, wie es in der Strafanstaltszelle sein muß, lange Zeit nur mit seinem eigenen Körper, sonst nichts, zu begnügen, sei ihm zugute gekommen. »Aber, was man alles sieht!« sagte er. Er erinnerte sich an den Augenblick der Urteilsverkündung, an die Stille im Gerichtssaal, während es draußen zu schneien anfing. Diese Einzelheit hatte ich völlig vergessen. Körperliche Züchtigungen hätten sich die Garstener Aufsichtsorgane, was ihn betrifft, nicht erlaubt, er sei aber auch nie während der ganzen fünf Jahre rabiat geworden. »Recht und Unrecht«, meinte er, darüber könne ein Mensch wie er viel nachdenken, weniger sagen. Es waren, die Strafanstalt Garsten betreffend, einige bemerkenswerte Auffälligkeiten, von welchen er mir Mitteilung machte. Ich fragte ihn, was er jetzt zu tun gedenke. Obwohl ich ja wußte, daß davon keine Rede war, fragte ich, ob er sich schon nach einer Arbeit umgeschaut habe, und dann, er solle sich schleunigst »und mutig«, sagte ich, darum kümmern. Für einen Zimmerer sei es nicht schwierig, eine Arbeit zu finden. In seinem Fach sei er gut. »Überall wird gebaut«, sagte ich, »je weniger Handwerker es gibt, desto besser für jeden einzelnen.« Aber was ich, in einem möglicherweise viel zu belehrenden Ton sagte, machte auf ihn keinerlei Eindruck. Ich fragte mich auf einmal, ob der Mensch nicht verloren sei. Er sagte, für ihn sei schon alles zu spät, es gäbe nichts mehr, das in Angriff zu nehmen sich für ihn noch auszahlte. »Nichts. Nichts«, sagte er. Auch nichts, auf das er noch einen Anspruch hätte. Er habe alle Ansprüche längst »verwirkt«. Das großstädtisch fade Wort hatte, von ihm ausgesprochen, keinerlei Klang, es hörte sich aber doch mystisch an und erschütterte. Schon allein der Gedanke, sich wieder von seinem Sessel erheben zu müssen, verursache ihm jenen Kopfschmerz, an dem er schon jahrelang leide. Unmöglich, sich noch einmal in seinem Leben, das auch »verhunzt« sei, bei einem der Unternehmer, Zimmerer, Baumeister vorzustellen. »Alles viel zu spät«, sagte er. Bis zu diesem Augenblick hatte ich nicht die richtige Vorstellung von dem Ernst der ganzen traurigen wie auch gespenstischen Situation gehabt, und ich regulierte, was ich sagte, ganz bewußt, in eine Richtung, in einen Begriff hinein, die ihm zuwider waren: ich sagte jetzt immer wieder nur: Arbeit! Dann aber sah ich die Unsinnigkeit meines Vorgehens und retirierte. Sein Argument: in Ischl, wo jeder über jeden alles wisse, fände er keine Arbeit und woanders hin wolle er nicht, beruhte natürlich auf einem Irrtum, aber ich entgegnete nichts; mir schien, als müsse ich ihn in Ruhe lassen. Er wisse, daß er nicht mehr zu seiner Schwester zurückkehren könne, aber andererseits . . . und dann wieder: der größte Fehler sei es gewesen, bei ihr, »die selber nichts hat«, Unterschlupf, Beruhigung zu suchen. Immer wieder sagte er, wie sehr sie sich vor ihm fürchte:

»vor mir!« rief er aus. Er sagte: »Wohin gehen? Vöklabruck war das nächste . . . « Den Vorwurf, er habe seiner Schwester in ein paar Tagen, »rücksichtslos«, sagte ich, das ganze Geld abgenommen, ließ er nicht gelten; sie bekäme, was er ihr schuldig sei, zurück. Ich wisse, sagte ich, daß er sie täglich bedroht habe. Es war jetzt ein Menschenlärm auf der Straße, den ich absichtlich überging. Ich würde, sagte ich, versuchen, ihm rasch einen Arbeitsplatz zu verschaffen. Ein guter Arbeiter, Winkler sei einer, sagte ich, habe, auch wenn er Winkler heiße und auch in der Stadt Ischl, nichts zu fürchten, im Gegenteil, jeder nehme ihn mit offenen Armen auf. »Die Leute«, sagte ich, »schauen nur auf die Hände.« Ich bot ihm eine mir angemessen erscheinende finanzielle Unterstützung für die bevorstehende Nacht an, sie würde besonders kalt werden, sagte ich, und er müsse sich ausschlafen, er lehnte es aber ab, von mir Geld anzunehmen. In ein paar Tagen sei er untergekommen, meinte ich, ich wollte nicht aufgeben, das sagte ich mir: gib nicht auf! vielleicht sei er »schon morgen« beschäftigt, dann verdiene er und könne alle Schulden zurückzahlen, und es ginge bergauf, rasch bergauf. Er solle sich ausschlafen und mit klarem Kopf wiederkommen; ich stünde ihm jederzeit zur Verfügung. Er hörte nicht zu. Er schaute auf den Kukuruzkolben, den ich, weil ich das mag, auf dem Fensterbrett liegen hatte. Als ob ihn die fünf in die Länge gezogenen Jahre in der Strafanstalt von der Sinnlosigkeit jeden, auch des geringsten, des unscheinbarsten Lebenszeichens überzeugt hätten, ging er gar nicht auf das, was ich gesagt hatte, ein, sondern er fragte auf einmal, und die Beziehungslosigkeit des von ihm ausgesprochenen Satzes, der dann lang zwischen ihm und mir in der Luft hing, erschreckte mich: wieviel Geld man haben müsse, um so weit wegreisen zu können, daß man unter keinen Umständen mehr in Mitleidenschaft gezogen werden könne . . . Ein qualvolles Auflachen meinerseits mußte ihn tief verletzt haben, denn er schwieg auf diese Ungeschicklichkeit, die eine Unzucht gewesen war, mehrere Minuten lang völlig bewegungslos. Vorsichtig ließ ich mir dann von ihm eine Beschreibung seines Geburtsortes geben, eines Dorfes in den Niederen Tauern, die er auf einmal, furchtlos, schien mir, mit Beschreibungen seines Schulwegs, seiner Lehrer, seiner Eltern und seiner Schwester ausschmückte. Eine Vorliebe für winkelige Gassen, frischgeschlachtetes Fleisch seinerseits fiel mir auf; seine Einstellung zu Verstorbenen, zu politischen Gewaltakten auf dem Land; den Sozialismus, Parteien überhaupt, lehnte er ab. Man kann einer solchen Art von Mensch viele Fallen stellen, und ein solcher Mensch tritt hinein. Mit großer Anteilnahme sprach er auf einmal wieder über die verschiedensten traurigen Vorfälle in seinem Leben, er malte, je mehr sich diese Vorfälle seiner am Ende nur noch grausamen Hilflosigkeit zu nähern schienen, nur graue Bilder. Alles, was er sagte, war von einem gleichmäßig von seinem seltsamen Unglück beherrschten Grau, oder Grauschwarz, oder Schwarzgrau. Seine Stimme war weder leise noch laut, sie gehörte nicht eigentlich ihm, sondern war aus seinen Zuständen und Zusammenhängen; es ließe sich höchstens ein solcher Urvergleich ziehen wie in Betrachtung eines noch nicht und schon nicht mehr lebenden, aber doch existierenden Wesens, das doch kein bloßer Gegenstand ist. Er machte das Gesprochene in der eng zusammengezogenen späten, plötzlich völligen Nachmittagsstille der Kanzlei, vor allem, weil es schon beinahe finster war, ungemein anschaulich. Ich hatte an diesem Nachmittag, das ist außergewöhnlich, und auch an dem darauffolgenden Abend, keine meiner sonst so dringenden Arbeiten zu erledigen, und ich war froh, das Haus nicht mehr verlassen zu müssen, und so überließ ich es Winkler, fortzugehen oder zu bleiben. Es schien mir einen Augenblick lang, als hätte er sich bei mir nur aufwärmen wollen. Seine Schwester war gewiß längst wieder in Vöklabruck. Ich dachte: die Kinderlosigkeit zweier wie der beiden Winklerschen Menschen, wodurch sie auch immer in jedem von ihnen beiden ein nicht mehr rückgängig zu machender Dauerzustand geworden ist, kann hinaufführen, in die höchsten und in die schwindelerregendsten Höhen führen und in die grauenerregende Ohnmacht hinunter. – Ich fragte ihn, ob er schon ein Nachtmahl gegessen habe, die Leute auf dem oberösterreichischen Land essen immer schon früh ihr Nachtmahl, obgleich ich ja schon gewußt habe, daß sein Magen leer gewesen ist, auch zu Mittag hatte er sicher nichts gegessen, denn da waren Bruder und Schwester mit dem Postomnibus von Vöklabruck in die Stadt Ischl hereingehetzt; auch das ein Grund seiner Müdigkeit. Er lehnte es ab, mit mir etwas, »etwas Warmes«, hatte ich gesagt, das in der an die Kanzlei angeschlossenen Küche zu finden gewesen wäre, zu essen. Auch zu trinken wollte er nichts. Im Grunde beherrschte mich dieser Mensch, der mir einerseits so fremd war wie keiner, andererseits alles andere als fremd. Ein Verbrecher ist zweifellos ein armer Mensch, der für seine Armut bestraft wird. Ich dachte das hoch über der Grenze sogar der höheren Wissenschaftlichkeit. Er könne, meinte er, über die besonders krassen Vorfälle in der Strafanstalt, die er mir ganz bewußt verschweige und die ihn immer wieder beschäftigen, nichts sagen, aus nicht erklärbaren Gründen, auch aus »Kopflosigkeit«. Er fühle alles nur und die Folgen davon seien tödlich. Eine Existenz wie die seine schwäche, das Eingesperrtsein ruiniere im Menschen jedes brauchbare Gefühl für die Außenwelt, es verstopfe die Zugänge zu ihr. Bessern, wie man das immer von ihm verlangt habe, könne einer wie er sich nicht. Er habe keinerlei Besserungs- und Verbesserungsmöglichkeiten mehr, er habe sie nie gehabt. Er wolle sich auch gar nicht verbessern. Was heißt das? Seine Kindheit und seine Jugend seien von der Aussichtslosigkeit verfinstert gewesen, sich jemals bessern oder verbessern zu können. Es hätten ihm eigentlich alle Voraussetzungen für ein Leben, das unauffällig vor sich geht und niemandem weh tut, immer gefehlt. Seiner Anlage nach sei er von vornherein eine einzige finstere Fundgrube für Grausamkeiten und Schmerz gewesen. Eine von Grund auf falsche, weil nicht einmal in Ansätzen vorhandene Erziehung habe seine Anlagen in das Verbrecherische hinein- und hinunterentwickelt. Seine Schmerzen, schon die allerfrühesten, seien mit Gefühllosigkeit behandelt worden, die Eltern hätten ihn, anstatt in Leintücher, in ihre leibliche und seelische Kälte gewickelt. Nur mit seinen Körperkräften konnte er eines Tages, sie waren ihm ganz plötzlich bewußt geworden, seiner familiären Unterdrücker Herr werden: er schlug, wenn man ihn reizte, einfach zu. Diese für ihn einzige Methode, sich über Wasser zu halten, sich Gehör, ja sogar Respekt zu verschaffen, führte ihn schon nach kurzer Zeit in die Gefängnisse. Das Eingesperrtsein, sagte er, vergrößere Furcht und Überdruß. Es gäbe heute eine hochentwickelte Justiz, aber keinerlei Fortschritt in der Justiz. Der moderne Strafvollzug habe seine »gerissenen« Eigenheiten. Er sprach das Wort »Einsamkeitshysterie« aus, das er gehört oder gelesen haben mußte, es war nicht von ihm. Nicht mehr ins Körperliche des Sträflings ginge die moderne Bestrafung, sondern ausschließlich nurmehr noch tief ins Seelische, sie dringe dahinein, wohinein früher, vor fünfzig Jahren noch, nichts gedrungen sei. Erklären könne er, was er meine, nicht. Menschenverstörend arbeite die heutige Justiz, und ich dachte: als eine Wissenschaft für sich. Der Anblick seiner neueingekauften Kleider brachte mich wieder auf den Gedanken, wie Winkler so rasch wie möglich zu Geld kommen könne. Die Gefahr, daß er sich von der Außenwelt völlig abschließt, abschließen mußte, wenn er sich nicht schon von ihr abgeschlossen, aus ihr, bei der ersten Berührung mit ihr, zurückgezogen hat, war zu offensichtlich, als daß ich ihn hätte sich selbst überlassen können. Ich stellte mir vor, wie der Ankauf seiner Kleider, in welchen er wie zum Hohn steckte, in einem Vöklabrucker Geschäft am Vormittag – und vielleicht hatte er sie sich nur meinetwegen gekauft? – vor sich gegangen war, wie er, Winkler, wohl auf die Schwester hörte, aber doch, während des Anprobierens, wieder nicht auf sie hörte, fürchterliche Kleiderankaufentscheidungen fällte, wie seine Schwester viele seiner Schimpfwörter hat einstecken müssen (sie hätte sehen müssen, daß ihm der Mantel an den Schultern zu groß war, im ganzen aber doch wieder zu eng); das Zusammenlaufen der im Kleiderhaus Angestellten in der Mantelabteilung; Winklers Befehlston den bleichgesichtigen dummen Mädchen gegenüber, dann wieder seine jedes Frauen- und Mädchenherz aus der Fassung bringende naiv-rustikale Männlichkeit, Angeberei. Wieder getraute ich mich, weil ich ihn genügend abgelenkt wußte, ihm den Vorschlag zu machen, er solle sich, auf eine Nacht nur, in eines der verhältnismäßig gut ausgestatteten und billigen Gasthäuser an der unteren Traun legen und anderntags zu mir kommen, ich hätte Zeit für ihn, meine Geschäfte seien jetzt überraschend ein wenig zum Stillstand gekommen; ja, ich hatte die Absicht, ihn am nächsten Morgen einzuladen, sprach diese Absicht aber nicht aus. »Inzwischen«, sagte ich, aber ich belästigte ihn nur mit dem, was ich sagte, »habe ich ein paar Adressen, ein qualifizierter Arbeiter . . . « Ich schwieg und nahm mir vor, nachdem Winkler fort wäre, bei einer oder der anderen Zimmerei anzufragen, ob sie Interesse an Winkler hätte. Ich sah in der Stellungssuche für ihn keine Schwierigkeit. Er solle sich den Kopf nicht zerbrechen, sagte ich, und ich entdeckte, daß ich, wenn mich nicht alles täuschte, schon wieder die ganze Zeit zu einem Menschen redete, der mir, auch wenn er so tat, als höre er zu, aus Höflichkeit, gar nicht zuhörte, dessen Gedanken überall, nur nicht bei mir waren. Nur sein Körper sitzt da, dachte ich, Winkler ist zwar in meiner Kanzlei, aber seine Gedanken sind nicht in meiner Kanzlei. In den ersten Nächten nach seiner Entlassung, er habe sich zuerst, »in einem besseren Zustand«, nicht entschließen können, in einem Gasthaus zu übernachten, er hatte sich keinem Haus in die Nähe getraut, geschweige denn einem Menschen, habe er entsetzlich gefroren; es sei ihm einfach nicht möglich gewesen, irgend jemanden anzusprechen und so sei er die ganzen Tage und Nächte fast ausnahmslos im Freien umhergegangen, nach Möglichkeit in den Wäldern, wo er annehmen mußte, daß ihm niemand begegnet. In manchen Wäldern sei Wärme, sagte er, in anderen nicht. Völlig entkräftet habe er dann doch ein Gasthaus aufgesucht, gegen Mitternacht, »da wird man nicht so genau kontrolliert«, sagte er. Ohne Rücksicht auf sein Geld sei er nurmehr darauf bedacht gewesen, nicht mehr frieren zu müssen. »*Wie* ich gefroren habe!« sagte er. Die ihm zuletzt verbliebene Hälfte seines Geldes habe ihm ein Kirchtagsordner aus Lambach, den er vor einem Gasthaus in Stadl Paura getroffen hatte, während Winkler eingenickt war, aus der Manteltasche gezogen, er habe »den Kerln« aber noch im letzten Augenblick stellen können. Er sprach auch von dem Glück, das es für ihn gewesen sei, mehrere große Zeitungen zu besitzen, mit welchen er sich in einem Hohlweg bei Wimsbach habe zudecken können. Zum Trinken, meinte er, hätten ihn die Gasthäuser wohl in ihre Wärme hineingelassen, zum Schlafen nicht; sein Aussehen sei zu schäbig gewesen. Zwölf Tage lang habe er es auf diese Weise aushalten können, keinen Tag länger. Schließlich sei er, ohne einen Groschen, nach Vöcklabruck, und zwar gegen die ganz natürlichen Widerstände in ihm, zu Fuß, über Wiesen und durch Wälder, zu seiner Schwester. Die sei bei seinem Anblick erschrocken und habe ihn nicht zu sich ins Zimmer hineinlassen wollen. Er sei wieder fort und habe sich einem in einer ähnlichen Lage wie er Befindlichen angeschlossen; beide seien sie, von seiner Schwester auf die vielen entsetzlichen Wege in Kälte und Finsternis zurückgezwungen, schließlich wieder in mehrere Gasthäuser und dann, auf Anraten des ihm völlig unbekannt Gebliebenen, der einen Schlosseranzug angehabt hatte (»Ich habe mir nicht einmal seinen Namen gemerkt!«), wieder zur Schwester zurück. Sie habe, sagte der Zimmerer, von Anfang an vor ihm Angst gehabt, dieselbe Angst wie *vor* seiner Haftzeit, an dieser ihrer Angst ihm gegenüber habe sich seit ihrer Kindheit nichts geändert gehabt, diese ganz bestimmte, nur mit ihm und seinem Unglück zusammenhängende Angst. Sie glaubte, er würde ihr Zimmer in Unordnung bringen, ihre Hausfrau könne ihr unter dem Eindruck des plötzlichen Auftauchens Winklers kündigen. Sie habe auch um ihre Stellung in der Gerberei gebangt. Um fünf habe er sie tagtäglich von der Gerberei abgeholt; ihre Arbeit dort bezeichnete er selbst als »schwer«. Auf dem Heimweg habe sie sich für ihn geschämt, und der Gedanke, ihn neu einzukleiden – was er angehabt hatte, war schon über zehn Jahre alt gewesen! –, war ursprünglich sogar von ihr ausgegangen. Als sie dann aber eingesehen hatte, daß sie, wenn sie ihm neue Kleider kaufte, ihre ganzen Ersparnisse verlieren würde, wollte sie zurückziehen. Es war aber zu spät: Winkler zwang sie am fünfundzwanzigsten vormittags, kurz bevor mich die beiden aufsuchten, zur Herausgabe ihres Geldes und in das Kleidergeschäft. Sie selber hat von einer jetzt langsam fortschreitenden Beschmutzung ihres Wesens durch Winkler gesprochen. Den ersten Abend habe sie sich geweigert, ihn neben sich auf dem Fußboden schlafen zu lassen, aber eine andere Möglichkeit bestand nicht. Er habe sich »wie ein Hund« neben sie auf den Boden gelegt. Da keine Decke vorhanden war, hatte er mit ein paar alten Ausgaben des ›Linzer Volksblattes‹ vorliebnehmen müssen. In der ersten gemeinsamen Nacht hatte keiner von ihnen geschlafen. Wortlos sinnierten sie in der kleinen Kammer unter dem Dach des Hauses ›Im Graben‹. Wieder dachte ich, Winkler war auffallend ruhig geworden, daß seine einzige Rettung ein Arbeitsplatz sei. Aber die Schwierigkeiten, ihm das klarzumachen, hatten sich zu diesem Zeitpunkt schon schmerzhaft vergrößert gehabt. Noch während die Leute in Haft sind, gehört, von seiten der Justiz, für sie ein Arbeitsplatz und ein Quartier beschafft, sonst werden die Männer gleich wieder straffällig; die Schuld trifft den Staat, die Gesellschaft; die Behörden verschaffen den Haftentlassenen nichts als das Fürchterliche der plötzlichen Freiheit, immer wieder Ursache zahlloser Rückfälle durchaus Besserungsfähiger. Die Behörde begeht dadurch immer wieder diese hundsgemeine Nachlässigkeit. Die Justizbehörde ist, unter Außerachtlassung ihrer Obsorgepflicht gegenüber den Ärmsten, ausgesprochen verbrecherisch. Allein die Justiz hat von seiner vorzeitigen Entlassung schon mindestens vierzehn Tage vor dem Termin gewußt. Sie hätte ihm eine Arbeit verschaffen müssen. So halst der Staat sich immer wieder selbst die abzuschaffenden, abschaffbaren Übel auf! Ich selber bin von Winklers plötzlicher Entlassung völlig überrascht worden, wenngleich ich auch, ungefähr vor einem Jahr, einen Antrag auf seine ›Entlassung vor der Zeit‹ an das Justizministerium gestellt habe. Aber diese Anträge sind obligatorisch und führen meistens auch nur in Fällen, in welchen es sich um fügsame, »nicht gemeingefährliche« Häftlinge handelt, zum Erfolg. Winkler hatte meiner Meinung nach nicht die geringste Aussicht, vorzeitig entlassen zu werden; dem widerspricht auch ganz seine Häftlingsbeschreibung, die ich erst kürzlich studiert habe. Solche überraschende Entlassungen führen in fast allen Fällen unweigerlich zu Komplikationen, meistens in die Katastrophe. Winkler hat, außer seiner Schwester, keinerlei Verwandtschaft mehr. Möglicherweise stand seine Entlassung in Zusammenhang mit dem im März in Garsten in Angriff genommenen Umbau des straßenseitig gelegenen Strafanstalttraktes, in welchem Winkler untergebracht gewesen war. Bei solcher Gelegenheit werden oft Entlassungen, die gar nicht geplant gewesen waren, überraschend schnell durchgeführt. Ich ersuchte Winkler, der jetzt einen besonders niedergeschlagenen Eindruck machte, auf seine, mir ausgesprochen kränklich erscheinende Schwester Rücksicht zu nehmen. Sie sei in dem Glauben, er kehre jetzt, nach dieser Unterredung mit mir, zu ihr zurück. Das dürfe er nicht. Davor fürchte sie sich. In Anbetracht des schon weit überbeanspruchten Verhältnisses zwischen ihnen beiden hielte ich es für besser, er bleibe in Ischl. An seinem entsetzlichen, ihm auswegslos erscheinenden Zustand sei auch das Wetter schuld, sagte ich, der naßkalte finstere Tag. Anstrengungen, Opfer blieben ihm naturgemäß, gleichgültig, was er jetzt unternehmen werde, nicht erspart. Sein Verbrechen sei als eines von Hunderten und Tausenden von Jugendverbrechen, meinte ich, verzeihlich. Die ganze Welt eine Welt von Ausgeschlossenen, die Gesellschaft an sich existiere nicht, jeder sei allein, keiner sei im Vorteil. Er hörte sich, was ich sagte, nur scheinbar an. Lange Zeit schaute er auf die Uhr an der Wand, ein Geschenk meiner Schwägerin. Ich verzichte natürlich auf die Verteidigungskostenrückzahlung. Die im Gesetz vorgeschriebene Verteidigungskostenrückzahlung ist eine ungerechtfertigte Härte. Alle Erschwernisse würden ihm aus dem Weg geräumt, darauf könne er sich verlassen. Ich würde mich verschiedenenorts für ihn einsetzen. Er sei nicht allein mit seinen

Verbrechen, wiederholte ich, jeder beginge Verbrechen, die größten, aber die meisten Verbrechen blieben unaufgedeckt, unerkannt, unbestraft. Verbrechen seien Krankheitserscheinungen; die Natur bringe unaufhörlich alle möglichen Verbrechen, darunter die Menschenverbrechen, hervor; die Natur verschaffe sich ihre Verbrechen rechtmäßig. Alles sei immer in der Natur und aus der Natur, die Natur sei von Natur aus verbrecherisch. Weil er einen so kläglichen Eindruck machte, fragte ich ihn, ob er nicht augenblicklich, was doch möglich sei, die Kraft dazu habe, sein Leben zu überschauen, mit der ganzen Welt hinter sich und dann vor sich, zu einem Anschauen seiner doch unerhörten Entwicklung, er fände darin, auch das sei gesetzmäßig in der Natur, nicht nur Finsternisse. Die Welt sei nicht nur entsetzlich. Die Materie ungeheuer exakt und voll Schönheit. Unabhängig von Ort und Zeit sei der Einzelne immerfort zu den erstaunlichsten Entdeckungen, derentwillen das Leben sich auszahlt, fähig. Aber Winkler antwortete nichts, er reagierte auf nichts. Er schien sich mehr und mehr in sich selber, und zwar in eine grauenhafte Vorstellung von sich selber, einzuschließen. Wenn einmal, bemerkte ich, und ich dachte dabei mehr an mich als an ihn, die Spaziergänge, die man macht, nicht mehr in den Wald oder an den Fluß oder in das doch warme und pulsierende Gehäuse einer Stadt oder zu den allgemein Menschlichen und zurück führen, sondern nurmehr noch, wenn auch in den Wald und an den Fluß und in die Stadt und zu den allgemein Menschlichen, in die Finsternis und in nichts als in Finsternis, dann ist man verloren. Es war mir klar, daß Winkler, hätte er Geld genommen, ins Gasthaus gegangen wäre, nicht um zu schlafen ... und er wäre am andern Tag nicht fähig gewesen, sich einem der Zimmerermeister vorzustellen. Wie schwach war der große Mensch, der riesige! Wenn er aufspränge und mich zusammenschlüge! Die Schläger und die Totschläger springen urplötzlich aus ihrer entsetzlichen Schwäche auf. Winkler erinnerte mich an ein Tier, das in mehreren wilden und zahmen Tieren zugleich ist, existiert, in Feindschaft, in der Natur der Feindschaft. Ich hätte mich über seine Kindheit nicht zu informieren brauchen: der Zimmerergehilfenbrief war ihm mehr ein nicht von ihm, sondern von seinen Eltern in höchster Höhe angebrachtes Sprungbrett, um sich davon, von ihm aus, dem für seinesgleichen oft unerreichbaren, in das Abgrundtiefe ja -tiefste fallen zu lassen, gewesen. Ich verzichtete an dem so unerwartet traurig gewordenen Abend darauf, einen Rundgang zu machen, wie das meine Gewohnheit ist. Winkler sagte nichts mehr und blieb bewegungslos mit geschlossenem Mantel; schließlich mit den Händen in seinen Manteltaschen im Sessel sitzen. Sein Kopf war dann, für mich hinter meinen Büchern verborgen, auf seinen Knien. Ich blätterte in den verschiedensten Aktenstücken, während Winkler, eingeschlafen, wie ich feststellte, einen nurmehr noch entsetzlichen Eindruck machte. Ich überlegte, ob ich ihn, der den für Magen- und Leberkranke und Strafanstalten charakteristischen Geruch in meinem Zimmer verbreitete, nicht aufwecken und vor die Haustür hinunterbegleiten sollte. Es war ein kalter und nasser Abend. Ich bin erschrocken, als Winkler zu sich kam und, ohne nur ein einziges Wort zu sagen, und zwar mit dem Rücken zuerst, aus dem Zimmer ging; abrupt, kam mir vor. Sein Fall war schwierig. Ich habe von dem Menschen bis heute nichts mehr gesehen und nichts mehr gehört.

Jauregg

Meine Ankunft in Jauregg, abends, gegen acht Uhr, vor
drei Jahren, denke ich, hat zu Hoffnungen berechtigt, die
sich nicht erfüllt haben, im Gegenteil, meine Lage hat sich
von dem Augenblick an, als ich den jaureggschen Boden
betrat, nur verschlimmert. Ein Grund, warum ich aus der
Stadt fort bin, war ja wohl der ungeheuere Überfluß an
Menschen gewesen, in welchem ich meiner Schutzlosig-
keit in den Körper- und Nervenzentren, meines Mangels
an Sinnmöglichkeiten wegen schier zu ersticken drohte.
Die Vorstellung, an jedem Tag in der Frühe während des
Aufwachens unter der Last von einer Million und siebenhunderttausend Menschen mein Tagwerk verrichten zu
müssen, hat mich beinahe umgebracht. So habe ich den
plötzlichen Entschluß, die Stadt zu verlassen und das
Angebot meines Onkels, des Herrn von Jauregg, in das
Hauptcomptoire seiner Steinbrüche einzutreten, als eine
positive Wendung für meine Weiterentwicklung genommen. Jetzt aber sehe ich, daß die Verhältnisse auf dem
Land noch viel bedrückender sind als diejenigen in der
Stadt, und daß vierhundert Menschen in den jaureggschen Steinbrüchen eine viel größere Last auf dem Kopf
eines Menschen wie ich darstellen als eine Million und
siebenhunderttausend in der Stadt. Und hatte ich geglaubt, im Gegensatz zu den Verhältnissen in der Stadt,
wo mir die Anknüpfung neuer Kontakte in einem Zeitraum von beinahe zehn Jahren nicht mehr möglich gewesen war, solche auf dem Lande finden zu können, so habe
ich schon bald einsehen müssen, daß ich, indem ich in die
Dienste der jaureggschen Steinbrüche trat, einem Irrtum
zum Opfer gefallen bin. Hier sind keine Kontakte zu
Menschen zu knüpfen, denn die Verhältnisse, die hier

herrschen, und die Menschen, die hier in den jaureggschen Steinbrüchen leben, machen die Anknüpfung von
Kontakten, wie ich sie wünsche, unmöglich. Vor allem ist
das hier von jedem einzelnen als die hervorragendste
Kunst entwickelte Mißtrauen gegen alles schuld an der
völligen Kontaktlosigkeit zwischen allen in den jaureggschen Steinbrüchen Beschäftigten. War ich mir in den
ersten Stunden meines Aufenthaltes in den Steinbrüchen
sicher gewesen, in Kürze gefunden zu haben, was ich
suchte, Anschluß an Menschen, so habe ich bald eingesehen, daß es mir nicht möglich sein würde, einen wenigstens beruhigenden Gesprächspartner zu finden für meine
langen Abende, von den schlaflosen Nächten abgesehen.
Noch nie waren mir Menschen mit einer solchen verletzenden Ablehnung wie die in den jaureggschen Steinbrüchen begegnet. Daß es möglich ist, einen Hilflosen, Hilfe-
suchenden auf solche, wie ich denke, niederträchtige
Weise für seine Hilflosigkeit zu bestrafen, indem man ihn
nicht nur nicht an sich herankommen läßt, sondern ihn
jedesmal bei der geringsten Annäherung, bei dem Versuch auch nur der geringsten Annäherung, sich ihnen
anzuschließen, durch unflätiges Schweigen oder durch
unflätige Äußerungen vor den Kopf zu stoßen, entsetzte
mich. Zuerst habe ich geglaubt, ihr unmenschliches Verhalten meiner Person gegenüber beruhe auf der Tatsache,
oder hinge mit der Tatsache zusammen, daß ich ein Neffe
des Herrn von Jauregg bin, aber bald habe ich eingesehen,
daß dieses, ich muß gestehen, entsetzliche Verwandt-
schaftsverhältnis in dieser Beziehung überhaupt keine
Rolle spielt. Ich verlor und profitierte dadurch nichts. Ich
entdeckte, daß alle zu allen gleich sind, was mich, ich
erinnere mich genau, für Augenblicke erleichterte, für den
Rest meines Aufenthaltes in den Steinbrüchen aber, unter
Umständen, wie ich befürchte, für mein ganzes, mir noch
zur Verfügung stehendes Leben in das größte Unglück

44

gestürzt hat. Man muß wissen, daß hier zwischen Männern und Frauen zum Beispiel, abgesehen von den natürlichen mechanisch-körperlichen, überhaupt keine Unterschiede bestehen; die Kinder üben nicht im geringsten die von ihnen erwarteten natürlichen Funktionen zwischen Männern und Frauen aus, alle sind hier in den jaureggschen Steinbrüchen gleich, wenn auch jünger oder älter, so doch vollkommen gleich . . . Auch was ihre Gesichter betrifft, unterscheiden sie sich nicht im geringsten voneinander, ihre hoffnungslose Physiognomie ist die gleiche, die Art, wie sie gehen, wie sie sprechen, wie sie schlafen, sich fortwährend Nahrung beschaffen. Alle haben sie die grauen jaureggschen Arbeitskleider an, die jaureggschen Arbeitsschuhe, die jaureggschen Arbeitskappen auf. Alle werden sie von der jaureggschen Büroapparatur vollkommen gleich behandelt. Und nicht wie sonst, wo Menschen zusammen sind, geben sie sich auf jedem Platz, zum Beispiel auf dem Arbeitsplatz und in der Kantine, entsprechend anders, sie geben sich immer gleich. Die Versuche von seiten des Betriebsrates oder aber auch von seiten meines Onkels, die eintönige Atmosphäre in den jaureggschen Steinbrüchen aufzulockern, indem man zum Beispiel von Zeit zu Zeit einmal eine Gruppe Volkstänzer oder einen kleineren Zirkus engagiert, oder einen Komiker, wie den steierischen, der heute abend auftritt, sind umsonst. Denn hier herrscht eine generelle Kraftlosigkeit und ein genereller Wille zu nichts. Aber diese Gedanken lenken mich nur von dem einen und einzigen, den ich habe, von dem ununterbrochenen, von dem Gedanken an meinen Onkel, ab. Wie sehr ich auch wünsche, von diesem Gedanken abgelenkt zu sein, Tag und Nacht denke ich, was ich auch denke, womit immer ich mich beschäftige, an meinen Onkel und wie ich ihm, der am Tod meiner Mutter schuld ist, zu begegnen habe. Diese Schuld meines Onkels am Tod meiner Mutter ist es ja hauptsäch-

lich, die mich in die Steinbrüche hat gehen lassen ...
Nichts sonst. Das ist die Wahrheit. Und ich denke: in den
drei Jahren, die ich in Jauregg bin, habe ich meinen Onkel
nur ein einziges Mal gesehen, ich durfte an einem Mittag-
essen teilnehmen, das er für einen Wiener Geschäftsmann
in der Kantine gegeben hat, aus Anlaß eines größeren
Auftrages, den er dem Wiener Geschäftsmann verdankte.
Während des ganzen Essens hatte er sich mir nicht ein
einziges Mal zugewendet und mich in die Unterhaltung
mit seinen Besuchern – es waren außer dem Wiener Geschäftsmann noch zwei Herren, ihm befreundete Fabri-
kanten, dabeigewesen – absichtlich nicht mit einbezogen.
Ich habe mich damals gefragt, warum er mich an dem
Essen hatte teilnehmen lassen. Immer wieder fragte ich
mich nach dem Grund, ohne jedoch einen zu finden.
Nachdem er mich den Herren mit den Wörtern »Mein
Neffe« vorgestellt hatte, würdigte mich mein Onkel kei-
nes Blickes mehr. Das Essen, fällt mir ein, hat genau drei
Tage nach meinem Dienstantritt in den Steinbrüchen
stattgefunden. Ich erinnere mich, daß ich während des
ganzen Essens darauf gewartet hatte, von meinem Onkel
gefragt zu werden, wie es mir ginge, wenigstens, ob ich
mich schon eingewöhnt habe. Wo sich meine (beschei-
dene) Unterkunft befinde. Ob man mir bei meinem Eintreten zuvorkommend begegnet sei. Ich war damals
krank, und ich habe mir am Tisch gesagt, jetzt, wo du sein
Angebot angenommen und den Dienstvertrag unter-
schrieben und die Arbeit angefangen hast, hat er dich
»fallengelassen«. Man muß sich vorstellen, das Essen dau-
erte eineinhalb Stunden, und mein Onkel hat kein einziges
Wort mit mir gesprochen. Wohl, weil er sie beherrschte,
ohne daß sie es merkten, hatten auch die Wiener Herren
kein Wort für mich übrig gehabt, abgesehen von dieser
Taktlosigkeit haben sie mich mehrere Male unter dem
Tisch mit ihren Füßen angestoßen, ohne irgendeine Ent-

schuldigung. Warum mir gerade jetzt dieses Essen ein-
fällt, weiß ich nicht. Seither sind drei Jahre vergangen,
und ich habe meinen Onkel nicht ein einziges Mal mehr
gesehen, obwohl ich weiß, daß er alle zwei oder drei
Wochen in den Steinbrüchen Inspektion macht. – Ich
selbst gehe ihm aus dem Weg; wenn ich höre, daß er
kommt, gehe ich dorthin, wo er mich nicht findet. Wenn
er mich ein einziges Mal hätte rufen lassen! denke ich. Es
gibt Räume in der Bürobaracke, die er nicht betritt, ja,
von denen er gar nichts weiß, dahin ziehe ich mich zurück,
wenn er kommt . . . Jedesmal, wenn er fort ist, wenn ich
im Büro zurück bin, frage ich, ob mein Onkel nach mir
gefragt habe, und jedesmal bekomme ich als Antwort zu
hören, er habe nicht nach mir gefragt. Mit meiner Arbeit
ist er zufrieden, weil der Bürovorsteher damit zufrieden
ist. Aber einmal werde ich ihm gegenübertreten müssen
und ihm sagen . . . denke ich. Ich habe Angst, ihm zu
begegnen, ich könnte nicht schweigen, die Wahrheit aber
muß ihn verletzen, wenn sie ihn nicht wenigstens verletzt,
wenn ich nicht wenigstens . . . Aber tatsächlich habe ich
mich schon längst damit abgefunden, mich vor ihm gänzlich zurückzuziehen, und die Wahrscheinlichkeit, daß ich
ihm auf einmal gegenüberstehe, alles, nur nicht die Wahrheit sage, nicht sage, was ich über ihn denke, daß ich ihn
nicht verletze, daß ich ihn nicht einmal irritieren werde,
daß ich dann zu schwach bin, ist größer als die Wahrscheinlichkeit, daß ich offen und also stark bin, wenn es
darauf ankommt . . . Wenn ich, innerhalb der Kraftlosigkeit, aus der ich ja nicht mehr heraus kann, nur ein
einziges Mal die Kraft hätte, meinem Onkel ins Gesicht zu
sagen, was ich über ihn denke, was ich in bezug auf das
Verhältnis zwischen ihm und meiner Mutter, die sich jetzt
nicht mehr wehren kann, über ihn denkę! Es ist aber für
mich bereits eine Unmöglichkeit, an meinen Onkel heranzukommen . . . Warum aber, denke ich, habe ich sein

Angebot, in den Steinbrüchen zu arbeiten, unter allen diesen fürchterlichen Umständen und Voraussetzungen angenommen? Warum bin ich überhaupt *da?* Und, denke ich, warum habe ich ihm nicht zu dem Zeitpunkt, als er mir das mündliche Angebot, in die Steinbrüche zu gehen, gemacht hat (»Geh doch in meine Steinbrüche!«), ich habe noch seinen väterlich-zynischen Ton im Ohr, die Wahrheit ins Gesicht gesagt und mich *damals, nicht jetzt,* jetzt ist es zu spät, für alle Zeit in die Erinnerung entsetzlicher Wahrheit gerufen? War ich schon damals, als es zu der zufälligen Zusammenkunft zwischen meinem Onkel und mir im Hause seines Schwagers gekommen war, ein Opfer meiner Kraftlosigkeit gewesen? Wenn ich, denke ich, über meine Lage, über meinen damaligen entsetzlichen Geistes- und Körperzustand vor den beiden Männern geschwiegen hätte ... Oder wenn ich wenigstens sein Angebot, in den Dienst der Steinbrüche zu treten, sofort und ohne Umschweife abgelehnt hätte ... Aber ich habe meinen Onkel, nicht mehr Herr meiner Verzweiflung, in mich hineinschauen lassen ... Den Feinden, vor allem seinen Feinden, öffnet ein Mensch wie ich aus Ungeschicklichkeit, aus plötzlicher Verstandes- und Körperschwäche, ständig Tür und Tor. Wahrscheinlich habe ich, um mich, nicht meinen Onkel, zu strafen, ohne zu wissen, wofür zu strafen, mich einer tödlichen Züchtigung ausliefernd, das Angebot meines Onkels, mich um die menschenunwürdigste Billigkeit in die jaureggschen Steinbrüche hinein zu verkaufen, angenommen und bin auch gleich in das Comptoire eingetreten ... Möglicherweise rührt gerade von diesem meinem Entschluß, mich meinem Onkel *auszuliefern,* seine Verachtung mir gegenüber her, die er mich während des Essens für die Wiener Geschäftsleute so deutlich hat spüren lassen ... Gerade um mir seine Verachtung zeigen zu können, hat er mich zu dem Essen eingeladen ... Es besteht ja die Möglichkeit, daß er damit gerechnet hat, daß ich sein Angebot, in die Steinbrüche arbeiten zu gehen, ablehne ... So viele Möglichkeiten ... Aber der Grund, mich zu dem Essen mit den Wiener Geschäftsleuten einzuladen, war sicher der, mich auf längere Zeit zu verletzen, möglicherweise beabsichtigte er damals sogar meine völlige Zerstörung ... In mir sah er zeitlebens immer alle Verbrechen, die er an meiner Mutter begangen hatte ... Aber um das Verhältnis meines Onkels zu meiner Mutter genauer charakterisieren zu können, müßte ich in Gedanken weit in beider Kindheit zurückgehn. Mein Gehirn besitzt ein ganzes, in Hunderte von Abteilungen gegliedertes Archiv, dieses Verhältnis betreffend ... Schon vor seiner Geburt war mein Onkel von der Natur ausersehen, dazu bestimmt gewesen, das Leben meiner Mutter systematisch zu zerstören, sie eines grauenhaften Sterbens *immer immer noch* leben zu lassen. Die ganze Grauenhaftigkeit, die die Natur in ihn gelegt hatte, entwickelte mein Onkel durch seine hohe Intelligenz langsam und mit immer noch größerer Raffinesse zur planvollen Vernichtung seiner Schwester, meiner Mutter ... Der Höhepunkt dieses Vernichtungskonzeptes, besser Vernichtungsprozesses, war dann die Nacht, die meine Mutter mit meinem Onkel zusammen im Forsthaus verbracht und nach welcher sie sich auf die bekannte fürchterliche Weise das Leben genommen hat. Kein Mensch kennt die Vorfälle im Forsthaus in dieser Nacht, und doch sind sie mir in jahrelanger Schlaflosigkeit bis in die kleinsten Einzelheiten bekannt und bewußt geworden. Mit der Zeit habe ich meine Nachforschungen in dieser Hinsicht zu entsetzlichen Ergebnissen machen können, zu solchen Ergebnissen aber, die mich, anstatt nun endlich, wie es mein Onkel verdiente, handlungsfähig, vollkommen handlungs*unfähig* machen ... Es ist jetzt wohl ein Grad der Erschütterung eingetreten, der mich völlig ohnmächtig gemacht hat ... Ich existiere schon lange Zeit nur mehr noch in Anbetracht, im Anschauen dessen, was damals, an dem 7. Juli vor vier Jahren im Forsthaus vorgefallen ist . . . Aber ich existiere gleichzeitig in einer jede Aktivität ausschließenden Ohnmacht . . . So kommt es, daß ich der ganzen lächerlichen Alltäglichkeit, die hier herrscht, völlig ausgeliefert bin . . . Und Tag und Nacht frage ich mich, immer wieder Tag und Nacht, *ob* einmal geschehen wird, was geschehen *müßte* . . . Was suche ich da, ich frage mich das ununterbrochen, hier, da, in den jaureggschen Steinbrüchen, wenn nicht alle erdenklichen Mittel gegen meinen schon immer, so weit ich zurückdenken kann, von mir gehaßten Onkel? Nein, auch ich gehe ja unter seinem Einfluß zugrunde, genauso, wie meine Mutter unter seinem Einfluß zugrunde gegangen ist . . . Und ich denke, während ich wie tagtäglich, meiner Gewohnheit nachgehend, unmittelbar nach Büroschluß vor der Baracke auf- und abgehe, daß ich, so denke ich, heute, an diesem finsteren grauen Tag verzweifeln müßte, käme nicht der steirische Komiker heute abend, den ich schon einmal gesehen habe, ein talentierter junger Mann . . . Gestern, und wieder während ich nach Büroschluß vor der Baracke auf- und abging, habe ich gedacht, ich müßte verzweifeln, wenn ich nicht zum Kartenspiel in die Kantine gehen könnte . . . und vorgestern habe ich mich, in derselben Weise vor der Baracke auf- und abgehend, auf das Haarschneiden beim Friseur gefreut und bin nicht verzweifelt. So tritt jeden Tag am Abend, wenn die Bürozeit beendet ist, etwas ein, das mich nicht verzweifeln läßt, obwohl ich verzweifeln *müßte,* obwohl ich ja in Wahrheit verzweifelt *bin.* Und obwohl ich das weiß, denn tatsächlich habe ich immer etwas nach Büroschluß, das mich *ablenkt,* nicht immer etwas, das mich *freut,* wenigstens etwas, das mich ablenkt, habe ich jedesmal vor dem Büroschluß Angst. Denn einmal, denke ich, könnte es sein, daß ich nichts mehr habe, das mich erfreut oder auch nur ablenkt. Es kommt einfach keine Freude und keine Ablenkung mehr, es ist ein Naturgesetz, daß jedem Menschen einmal keine Freude und auch keine Ablenkung mehr kommt, nicht die geringste Freude, nicht die unbedeutendste Ablenkung ... Und ich denke, ich müßte, den Umständen, die hier herrschen, entsprechend, in Wirklichkeit, wenn ich es überlege, der allerverzweifeltste Mensch sein, und möglicherweise bin ich auch der allerverzweifeltste Mensch, aber ich denke, ich gehe, ich gehe schneller, ich gehe immer noch schneller auf und ab, und ich sage mir, du mußt ja verzweifelt sein, du mußt in der größten Verzweiflung sein und du hast ein Recht darauf, du hast ein Recht auf diese Verzweiflung, tagtäglich immer wieder verzweifelt zu sein, und ich denke, nach Büroschluß, wenn ich plötzlich alleingelassen vor der Baracke auf- und abgehe und mit mir nichts mehr anzufangen weiß, außer auf- und abzugehen, besser gesagt, in der Vorfreude auf eine abendliche Ablenkung, Abwechslung, Überbrückung meines Alleinseins, meiner plötzlichen Hilflosigkeit, meiner Übelkeit gegenüber, daß meine Existenz tatsächlich eine verzweifelte Existenz ist ... Aber ich weiß auch, daß es lächerlich ist, eine verzweifelte Existenz zu führen, auch nur die Feststellung zu machen, man führe eine verzweifelte Existenz, ist lächerlich, wie ja der Gebrauch des Wortes »Verzweiflung« an sich schon lächerlich ist ... und wie, wenn man es überlegt, *alle* Wörter, die man gebraucht, auf einmal lächerlich werden ... aber ich erlaube mir keine Abschweifung, lächerlich oder nicht, meine Existenz ist eine verzweifelte, wie es ja in den jaureggschen Steinbrüchen nur verzweifelte Existenzen gibt, nicht eine einzige *nicht*verzweifelte, aber wie die anderen ist auch die meine, den Umständen in den jaureggschen Steinbrüchen entsprechend, apathisch geworden, anspruchslos ... Ich sage mir, ich bin zwar verzweifelt, aber ich muß nicht verzweifeln, grundsätzlich bin ich ja immer verzweifelt, grundlegend, aber ich *muß* nicht verzweifeln ... Und ich arrangiere mir für den kommenden Abend immerfort eine Ablenkung, eine Abwechslung: letzten Freitag habe ich mir ein Buch, letzten Dienstag etwas Gutes, etwas Kräftiges zu essen gekauft ... Ich schreibe Briefe, ich studiere die Naturwissenschaft ... Ich multipliziere und dividiere, ich kann mich durch spiritistische, geophysische Übungen ablenken ... ich führe Selbstgespräche. Stundenlang schaue ich durch die Fenster in die Baracken hinein und beobachte, oder ich überlasse mich im Bett meiner Nachdenklichkeit. Diese Art, meine Zeit auszufüllen, aber fürchte ich, denn sie verursacht das Gegenteil einer Ablenkung und führt, den Ursachen entsprechend, früher oder später zu Kopfschmerzen und Brechreiz. Abwechselnd gehe ich jeden Abend, ohne diese Gewohnheit ändern zu können, ohne sie ändern zu wollen, nach Büroschluß, aber vermutlich tief unter der Oberfläche einer beginnenden Geisteskrankheit, einer reinen Geschöpfkrankheit, die, wie ich herausbekommen habe, mehr mit meinem Vater, weniger mit meiner Mutter zusammenhängt, hin und her, gehe auf dem geschlossenen, von der Außenwelt völlig *ab*geschlossenen Areal der jaureggschen Steinbrüche, und zwar immer zwischen der Büro- und der Arbeiterwohnbaracke, hin und her ... Für die Arbeiter bin ich nach fünf, von ihnen abgesondert, durch meine jetzt schon selbst für mich erstaunliche Ablenkungskunst, nichts als einer, der mit immer der gleichen Geschwindigkeit zwischen den Baracken hin- und hergeht, während ich tatsächlich ein nach Büroschluß wohl zwischen den Baracken Hin- und Hergehender, gleichzeitig aber, und mit viel tieferem Bewußtsein, *ein in seiner Krankheit Hin- und Hergehender* bin, ein seiner Krankheit als einer streng wissenschaftlichen Übung Verfallener, der durch laut zurückgerufene Antworten, Grüße auf laute Fragen, Grüße an Vorübergehende, Erleichterung sucht. Die Existenz in den jaureggschen Steinbrüchen ist schwierig, wenn nicht gerade entsetzlich ... Einer in der Isolation der jaureggschen Steinbrüche grob und verbittert gewordenen Gesellschaft ist selbstverständlich mit der größten Geschicklichkeit zu begegnen, will sich ein Mensch wie ich über einen längeren als nur kürzesten Zeitraum in ihr behaupten. Einmal begangene Fehler gegenüber einer nur noch in Neugier und Schadenfreude ihr Auskommen suchenden und auch findenden Ansammlung von Menschen, die sich gegenseitig zu vernichten trachten, sind nicht mehr gutzumachen, der geringste löst, unter Umständen, eine Verschwörung, ein Martyrium aus; wie oft schon ist in den jaureggschen Steinbrüchen – wieviel solcher Fälle sind mir bekannt! – so ein Fehler, eine derartige unüberlegte Äußerung, eine nicht ganz durchdachte Erklärung die Todesursache eines Menschen gewesen. Der Schwachsinn und die aus dem Schwachsinn der gewöhnlichen jaureggschen Masse heraus resultierende Brutalität katastrophieren einem jede Phase des für alle immer bedrückenden Handlungsablaufs ... Wenn ich aufwache, wehre ich mich gegen alles so lange, bis ich einschlafe. Vor allem fürchte ich, in eines ihrer tödlichen Gespräche hineingezogen zu werden, während vieler Wochen überhaupt angesprochen zu werden, überhaupt entdeckt zu werden. Aber um leben zu können, muß man mit Menschen zusammen sein ... Weggehen aus den jaureggschen Steinbrüchen, hinausgehen, in die Stadt zurückgehen, habe ich oft gedacht, aber ich bin nicht weggegangen, und ich bin nicht in die Stadt zurückgegangen ... Meine Anstellung in den jaureggschen Steinbrüchen hat in kürzester Zeit die beinahe völlige Isolation meiner Person zur Folge gehabt ... Ich habe nur mehr noch zu mir selbst Kontakt ... Ursache ist die tatsächlich tödliche Abgeschlossenheit der jaureggschen Steinbrüche, das an allen

Seiten aufragende Hochgebirge, die ständige Spiegelung einer allen Gehirnen furchterregenden Fauna ... Was mich betrifft, so habe ich schon von dem Augenblick an, in welchem ich eingesehen habe, daß die jaureggschen Steinbrüche der Natur gehorsam menschenfeindliche sind, nicht mehr die Kraft gehabt, wegzugehen ... Und mit welcher Absicht bin ich, vermeintlich in einer gesunden Verstandesschärfe, hergekommen! – Jetzt sehe ich den Komiker, und ich atme tief ein, als ob ich gerettet wäre! Ich brauche dem Mann aus der Steiermark ja nur nachzugehen, denke ich, noch im Freien ziehe ich mir den Rock aus, ich werfe meinen Hut in die Garderobe ... Ich finde noch einen einzigen Platz in der überfüllten Kantine ... Der Komiker sagt etwas, alle lachen, ich denke, alle Versuche sind gescheitert, mein früheres Leben, das ja weder aussichtslos noch eintönig gewesen war, dort wieder fortzusetzen, wo ich es abgebrochen hatte in der Stadt, also unter allen möglichen Menschen und unter allen möglichen Voraussetzungen, also unter allen möglichen Möglichkeiten. Heute weiß ich nicht mehr, warum ich wirklich aus der Stadt fort und in die jaureggschen Steinbrüche bin. Meiner Mutter zuliebe? ... Ich quäle mich mit der Antwort, die ich mir nicht mehr geben kann, ich frage mich: war es die plötzliche Unerträglichkeit des Städtischen? Nein, nichts, aber auch gar nichts, das man erklären könnte. So sind drei Jahre vergangen, ohne daß ich mich noch einmal gefragt hätte, warum ich *wirklich,* ja, *in der Wirklichkeit,* die Anstellung in den jaureggschen Steinbrüchen angenommen habe, warum ich noch immer in den jaureggschen Steinbrüchen *bin.* Alles, denke ich, deutet darauf hin, daß ich mein ganzes Leben in den jaureggschen Steinbrüchen bleiben werde ... in Gedanken immer mit meinem Onkel beschäftigt ... mit meiner Mutter. Der Bürovorsteher hat einmal gesagt, ich sei ein guter Zahlenzusammenrechner. Also bin ich ein guter Zahlenzusammenrechner ... Von Zeit zu Zeit, denke ich, erzähle ich einen von mir erfundenen Witz, dann lachen meine Kollegen ... Sie kennen mich als guten Witzeerzähler. Ich kenne keine größere Qual, als einen Witz zu erzählen, aber da ich keine andere Möglichkeit habe, mich bei meinen Kollegen, ich will nicht sagen, beliebt zu machen, ich meine nur, mich über Wasser zu halten, erzähle ich ab und zu einen von mir erfundenen Witz, den sie als guten Witz bezeichnen. Aber ich bin kein Komiker. Tagelang und nächtelang denke ich mir einen solchen Witz aus. Ich bin kein Komiker. Kann ich ihn erzählen, gehe ich nicht unter. Erzähle ich ihn besonders gut, bin ich einige Zeit hoch oben unter meinen Kollegen. Aber ich bin kein Komiker. Müßten sie sagen, wer ich sei, sie sagten dann sicher, ich sei ein guter Zahlenzusammenrechner und ein beinahe ebenso guter Witzeerzähler. Aber ich bin kein Komiker. Ich weiß nicht, worin ich mich sonst noch hervortun könnte. In die jaureggsche Sporthalle gehe ich nie, im Schwimmbad gelingen mir nur die zaghaftesten Versuche und ich mache mich jedesmal lächerlich. In der Kantine spiele ich immer (der Komiker ist jetzt schon die längste Zeit nur durch seinen steierischen Akzent allein komisch!) die alleruntergeordnetste Rolle. Im Geschichtenerzählen bin ich zu langsam, und ich erzähle ihnen allen mit viel zu großen Zwischenräumen. Ich zeichne mich auch nicht durch eine angenehme Stimme aus. Zum Beispiel kann ich nicht pfeifen. In meiner Kleidung bevorzuge ich jene Unauffälligkeit, die auf die anderen anmaßend wirkt, sie empfinden alles, was ich anhabe, nicht für die jaureggschen Steinbrüche geeignet. Ich rede jetzt nicht von den Arbeitern, ich meine die kleinlichen, die stumpfsinnigen Leute im Büro, die mir ständig vorzuhalten scheinen, wer ich denn sei und warum ich so und nicht *so* sei, und vor allem, warum ich *überhaupt* sei. Aber in Wirklichkeit halten hier (jetzt lachen sie wieder!) alle allen alles vor.

Zwei Erzieher

Während der neue Erzieher bis jetzt nur geschwiegen hat, wenn wir in der Mittagszeit unseren mir schon zur Gewohnheit gewordenen Spaziergang machten, hat er heute von Anfang an das Bedürfnis gehabt, mit mir zu reden. Wie Menschen, die lange Zeit nichts geredet haben und das urplötzlich als einen fürchterlichen Mangel empfinden, als etwas für sie und für die ganze mit ihnen zusammenhängende Gesellschaft Beängstigendes, erklärte er mir auf einmal aufgeregt, daß er im Grunde immer sprechen wolle, aber nicht sprechen, reden könne. Mir sei mit Sicherheit der Umstand bekannt, daß es Menschen gibt, in deren Gegenwart es unmöglich ist, zu sprechen ... In meiner Gegenwart sei es für ihn so schwierig, etwas zu sagen, daß er sich vor jedem Wort fürchte, er wisse nicht, warum, er könne nachforschen, doch würde ihn eine solche Anstrengung wahrscheinlich über eine ihm doch viel zu lange Periode hinaus irritieren. Gerade jetzt, zu Schulanfang, unter dem Druck von Hunderten von disziplinfeindlichen Zöglingen, unter dem Druck der sich immer noch mehr vergröbernden Jahreszeit, könne er sich nicht die geringfügigste Irritation leisten. »Ich erlaube mir jetzt überhaupt nichts«, sagte er, »ich existiere hundertprozentig nur aus meinen persönlichen Schwierigkeiten.« Obwohl, oder gerade weil ich ein Mensch sei, der, so scheine es ihm, für ihn das größtmögliche Verständnis aufbringe, sei er an meiner Seite immer dazu verurteilt, im besten Falle, wie er sich ausdrückt, »lächerliche, ja peinliche Bemerkungen« zu machen, ja, oder zur absoluten Schweigsamkeit verurteilt, was ihm fortwährende Qual verursache. Wochenlang gehen wir jetzt schon nebeneinander spazieren und haben noch kein einziges Gespräch geführt. Tatsächlich sind wir, der neue Erzieher und ich, der alte, bis zu diesem Augenblick zu keinem einzigen Gespräch fähig gewesen; die Bemerkungen über die außergewöhnlichen Witterungskonstellationen, über Farben, den Egoismus der Natur, blitzartige Exzesse auf der voralpenländischen Erdoberfläche, über gelesene, ungelesene Bücher, Absichten, Absichtslosigkeiten, über die katastrophale Unlust aller Zöglinge am Studieren, über die eigene Unlust, über Essen und Schlafen, Wahrheit und Lüge, vornehmlich aber über die von den Verantwortlichen auf das gemeinste vernachlässigten Waldwege, die wir gehen, sind keine Gespräche; unsere Bemerkungen zerstören unseren Gesprächswillen, unsere Bemerkungen, wie die Bemerkungen überhaupt, die von ihm so genannten »Versuche zu Hilfszeitbildern«, haben mit dem Gesprächsbegriff nichts zu tun. Hier auf dem Mönchsberg machen wir, gehend, *gehend und denkend,* jeder für sich und ganz eingeschlossen, Hunderte von Bemerkungen, aber es ist uns noch kein Gespräch gelungen, wir dulden kein Gespräch. Es mangelt uns, weil wir *wir* sind, nicht an Gesprächsstoff, wir gestatten uns nicht, ihn für reine Unterhaltungszwecke gefügig zu machen. Seit Schulbeginn gehen wir wie über den grauenhaften Schulkonzentrationen miteinander nebeneinander spazieren und haben noch kein einziges Gespräch geführt. Als verabscheuten wir das Gespräch, verhindern wir es. Das Gespräch als der Ausdruck der allerlächerlichsten Menschenerbärmlichkeiten ist uns nicht möglich. Was das Gespräch betrifft, so sind wir beide Naturen, die es verhindern müssen, um uns vor dem tödlichen Erschrecken in einen totalitären Wahnsinn zu retten. Auch heute ist kein Gespräch zustande gekommen. Wir gehen weit außerhalb und über und mitten in der Stadt durch eine groteske Kalkalpenbotanik, dauernd kritischer Beobachtung ausgeliefert und dauernd kritisch beobachtend. Die Beruhigung eines Gesprächs – wir gestatten sie uns nicht. Tatsächlich bezeichnete der neue Erzieher das, was er heute während des Spaziergangs anfänglich als ein »Geständnis« zu werten sich die Freiheit genommen hatte, so, als wollte er von vornherein einen Eingriff meinerseits in dieses »Geständnis« verhindern, unmöglich machen, schon nach ein paar Sätzen wieder nur als eine Bemerkung. Diese heutige Bemerkung aber hat die größte Wichtigkeit. Im Hinblick auf seine Person und im Hinblick vor allem auf das Verhältnis zwischen der seinen und der meinigen erweist sich die heutige Bemerkung des neuen Erziehers als die aufschlußreichste.

Der neue Erzieher schloß sich mir nach dem Vormittagsunterricht unter den Fenstern des großen Schlafsaals an. Er war bleich vor Überanstrengung, klagte aber nicht. Seine Bedürfnislosigkeit beschäftigte mich in Gedanken, während wir rasch vorwärts, schließlich bis vor die Mauern der Brauerei kamen, auf die schmerzhafteste Weise, als er plötzlich von seiner frühesten Kindheit und dann sofort von der Schlaflosigkeit, die ganz eng mit seiner frühesten Kindheit zusammenhängt, zu reden anfing. Diese ihm rücksichtslos eingeborene Schlaflosigkeit verschlimmere sich genau mit der Zeit, und es gebe kein Mittel gegen sie. Es sei absurd, jetzt auf einmal zu sagen, daß er an Schlaflosigkeit leide – *alles* sei absurd –, und daß seine Schlaflosigkeit jene absolut gehirn- und körperzerstörende sei, *die* Todesursache für ihn, für sein Geständnis aber, »für das Folgende«, sei, was er jetzt nicht verschweigen könne, unerläßlich.

»Wenn Sie sich vorstellen«, sagte er, »daß ich schon als Kind zehn, zwölf Nächte hintereinander wach im Bett habe liegen müssen, todmüde, ohne schlafen zu können.« »Ein Erwachsener«, sagte er, »kann seine Schlaflosigkeit vermöge seiner Intelligenz beherrschen, sie lächerlich machen, ein Kind nicht. Ein Kind ist der Schlaflosigkeit ausgeliefert.« Über dem Neutor, ohne wie sonst senkrecht auf die Stadt hinunterzuschauen, gingen wir, wie tagtäglich, nach rechts, nicht nach links: er will nach rechts, geht nach rechts, also gehe ich auch nach rechts, weil er an dieser Stelle über dem Neutor immer nach rechts gegangen ist, getraut er sich jetzt nicht mehr, nach links zu gehen, denke ich . . . Es ist an mir, eines Tages nach links zu gehen, dann geht er auch nach links, geht mir nach, weil er der Noch-Schwächere ist . . . Aus demselben Grund folge ich ihm jetzt schon wochenlang nach rechts . . . Warum? Das nächste Mal gehe ich einfach nach links, dann geht er auch nach links . . . Die Zeit, in welcher es ihm nützlich sein kann, wenn ich ihn gewohnheitsmäßig nach rechts gehen lasse, ihm nach rechts folge, ist vorbei, denke ich, jetzt schade ich ihm nur, wenn ich ihn nach rechts gehen lasse und ihm folge . . . Er hat nicht mehr die Kraft, auf einmal nach links zu gehen . . . Kurz nach der Abzweigung sagte er: »Was ich Ihnen in bezug auf meine Schlaflosigkeit gesagt habe, hängt mit meiner Entlassung aus der Innsbrucker Anstalt, in der ich, wie Sie wissen, bis vor den Ferien beschäftigt gewesen bin, zusammen.« Er sagte: »Ich habe mein Leben lang nur ein entsetzliches Leben geführt, und es ist mein Recht, ein entsetzliches Leben zu führen, und dieses entsetzliche Leben ist meine Schlaflosigkeit . . . Aber jetzt die Geschichte, die zu meiner Entlassung aus der Innsbrucker Anstalt geführt hat. Wie alle meine Geschichten fängt sie damit an, daß ich nicht habe schlafen können. Ich habe nicht *ein*schlafen können. Ich nehme viele Mittel ein, aber mir hilft kein Mittel mehr. Ich war«, sagte er, »mit meinen Schülern stundenlang auf dem Nordufer entlanggelaufen. Wir alle waren müde. Mit offenen Augen, unfähig, mich durch Lektüre abzulenken, bin ich, meiner lebenslänglichen Schlaflosigkeit ausgeliefert, in den niederträchtigsten Gedanken festgehalten gewesen und habe mir immer wieder gesagt: *sie* schlafen, *ich* schlafe nicht, *sie* schlafen, *ich* schlafe nicht, *ich* schlafe nicht, *sie* schlafen, *ich* schlafe nicht ... Diese Internatsruhe, diese von den Schlafsälen ausgehende entsetzliche Ruhe ... Wenn alles schläft, nur *ich* schlafe nicht, *ich* nicht ... Dieses ungeheure Kapital in den Schlafsälen der jungen Menschen, habe ich gedacht ... Die Föhnzustände, die den Schlaf in die Menschen hineinstopfen und die den Schlaf aus den Menschen heraussaugen ... Die Zöglinge schlafen, *ich* schlafe nicht ... Diese endlosen Absterbensnächte für Herz und Geist ... Tief in dem Bewußtsein, daß es kein Mittel gegen meine Schlaflosigkeit gibt, habe ich nicht einschlafen können ... Sie müssen sich vorstellen, daß ich schon wochenlang nicht mehr geschlafen habe ... Es gibt Leute, die behaupten, sie schlafen nicht, schlafen aber. Es gibt welche, die behaupten, wochenlang nicht mehr geschlafen zu haben, und haben immer vorzüglich geschlafen ... Aber ich habe *wirklich* wochenlang nicht mehr geschlafen! Wochenlang, monatelang! Wie aus meinem Gekritzel, meinen Aufzeichnungen hervorgeht, habe ich monatelang nicht geschlafen. Ich habe ein dickes Heft, in dem ich über meine Schlaflosigkeit Buch führe. Jede Nachtstunde, in der ich nicht schlafe, ist durch einen schwarzen Strich gekennzeichnet, jede Nachtsunde, in der ich schlafe, durch einen schwarzen Punkt. Dieses Heft«, sagte der neue Erzieher, »enthält Tausende von schwarzen Strichen und nur fünf oder sechs Punkte. An der Genauigkeit, mit welcher ich über meine Schlaflosigkeit Buch führe, werden Sie ja, nehme ich an, da Sie mich ja doch jetzt schon kennen, nicht zweifeln. Und in dieser Nacht, deretwillen ich jetzt auf einmal wieder in einer Weise aufgebracht bin, daß ich fürchte, es könnte Anstoß, ja, bei Ihnen Anstoß erregen, in dieser Nacht nach einem Tag voller Ärgernisse, was meine Schüler betrifft, pausenloser, jugendlicher Unsinnigkeit, Unerträglichkeit, habe ich, die unnachgiebig perverse Felswand des Hafelekar vor dem Kopf, nicht schlafen, nicht einschlafen können, auch nicht unter Heranziehung geradezu der peinlichsten Ausflüchte in ja bei mir schon katastrophale Lektüremöglichkeiten ... Ich blätterte da«, sagte er, »völlig konfus in *Furcht und Zittern* und in *Entweder-Oder* und in den pascalschen Gedankenpartikelchen herum, als handelte es sich um populär-masochistische Arzneibücher für Fälle ganz untergeordneten Schwachsinns ... Dann plötzlich, gegen zwei Uhr früh, in dem Augenblick, in welchem sich meine Müdigkeit gegen meine Schlaflosigkeit durchsetzen konnte, das fühlte ich plötzlich: die Müdigkeit fing an, die Schlaflosigkeit zu hintergehen, schlief ich ein, tatsächlich, ich schlief, obwohl ich schon lange Zeit, wie Sie wissen, nicht mehr an ein Einschlafenkönnen gedacht hatte, hatte denken dürfen, ein ... Aber kaum war ich eingeschlafen, wachte ich wieder auf – und zwar durch ein Tier, durch ein aus dem Wald herausgetretenes Tier ... Dieser Vorgang hatte sich bis dahin schon wochenlang wiederholt ... Ich wache auf und ich höre das Tier, wochenlang höre ich das Tier unter meinem Fenster ... im Schnee ... jede Nacht um die gleiche Zeit höre ich unter meinem Fenster das Tier im Schnee ... Ich weiß nicht, um was für ein Tier es sich handelt, ich habe nicht die Kraft, aufzustehn und zum Fenster zu gehn und hinaus- und hinunterzuschauen ... Bis heute weiß ich nicht, um was für ein Tier es sich gehandelt hat ... Der Vorgang, daß ich nicht habe einschlafen können, dann aber doch eingeschlafen und danach sofort von dem Tier aufgeweckt worden bin, wiederholte sich, wie aus meinen Schlaflosigkeitsaufzeichnungen hervorgeht, genau sechsunddreißig Nächte lang. In der siebenunddreißigsten Nacht der gleiche Vorgang: ich habe nicht schlafen, nicht *ein*schlafen können, und während ich noch von dem Gedanken, nicht einschlafen zu können, nicht eingeschlafen zu sein, auf die fürchterlichste Weise erniedrigt bin, muß ich, wie in den sechsundddreißig Nächten vorher, doch eingeschlafen sein, denn ich bin auf einmal aufgewacht, durch das Tier aufgewacht, das unterhalb meines, wie Sie wissen, auch im strengsten Winter immer offenen Fensters in den Schnee getreten ist . . . Futter suchend . . . Da bin ich«, sagte der neue Erzieher, »aufgestanden und habe die Pistole, die ich während meiner ganzen Erzieherlaufbahn immer unter dem Kopfpolster habe, entsichert und habe dem Tier in den Kopf geschossen.«

Wir schauten jetzt beide auf den Platz vor der Brauerei hinunter. »Natürlich sind alle aufgewacht«, sagte der neue Erzieher, »die Zöglinge zuerst, dann die Erzieher, die Professoren, der Anstaltsdirektor. Ich beobachtete, ich hörte, wie sie das erschossene Tier vom Zugbrunnen wegzogen, die Mauer entlang. Die Erzieher schleppten es ins Haus. Ich hörte sie meinen Namen rufen. Ein guter Schuß. Selbstverständlich quittierte ich augenblicklich den Dienst. Ein guter Schuß. Innsbruck ist mir verhaßt. Hier in Salzburg bemerke ich allerdings schon jetzt, nach allerkürzester Zeit, die Anzeichen eines neuen Unheils. Ich ersuche Sie, lieber Kollege«, sagte der neue Erzieher, »ausdrücklich um Verzeihung.«

Die Mütze

Während mein Bruder, dem eine ungeheure Karriere vorausgesagt ist, in den Vereinigten Staaten von Amerika an den wichtigsten Universitäten Vorträge über seine Entdeckungen auf dem Gebiete der Mutationsforschung hält, worüber vor allem die wissenschaftlichen Blätter auch in Europa mit einem geradezu beängstigenden Enthusiasmus berichten, habe ich, der zahllosen auf den kranken Menschenkopf spezialisierten Institute in Mitteleuropa müde, in seinem Hause Quartier nehmen dürfen, und ich rechne es ihm hoch an, daß er mir das ganze Gebäude völlig bedingungslos zur Verfügung gestellt hat. Dieses Haus, ein Erbstück seiner vor einem halben Jahr ganz plötzlich verstorbenen Frau, das ich vorher niemals gesehen habe, ist mir in den ersten Wochen, in welchen ich es mit der mir eigenen Vorliebe für derartige alte, in ihren Proportionen, das heißt in ihren Gewichten und Maßen sich mit der allgemeinen und besonderen Naturharmonie vollkommen deckenden, habe bewohnen dürfen, entgegen sämtlichen Ahnungen, die mich jahrelang auf das tiefste zu quälen und bis in die Zellen hinein auf das tödlichste zu stören imstande gewesen waren, zur einzig möglichen Zuflucht für meine jedenfalls zweifelhafte Existenz geworden.

Die ersten zwei Wochen in dem unmittelbar am Ufer des Attersees gelegenen Haus waren für mich eine solche Neuigkeit, daß ich aufatmete; mein Körper fing wieder zu *leben* an, mein Gehirn versuchte sich in einer mir schon abhanden gekommenen, für den Gesunden wohl lächerlichen, für mich, den Kranken, aber noch ungemein erfreulichen Akrobatik.

Ich konnte schon in den ersten Tagen in Unterach, wie die

Ortschaft, in der das Haus meines Bruders steht, heißt, auf Zusammenhänge wenigstens schließen, mir die Welt auf einmal wieder als eine Gewohnheit vorstellen, mir einen Teil der Begriffe, der ganz persönlichen, für sogenannte Anfangszwecke meines wiederaufgelebten Denkens gefügig machen. Freilich, zu studieren war mir auch in Unterach nicht möglich. Kläglich zog ich mich aus den ersten Versuchen wieder zurück, aus dem Chabulas, aus dem Diepold, Heisenberg, aus den Hilf, Liebig, Kriszat, Sir Isaac Newton, die für ein Weiterkommen auf meinem Gebiet der Wald- und Forstwissenschaft, wie ich glaube, unerläßlich sind. Ich beschränkte mich auch in Unterach, mich meinem kranken Kopf fügend, bald nur mehr noch auf das Ausfindigmachen von Bildern, auf die bloße Zergliederung, auf das Herauslösen kleinerer aus den großen Substanzen der Farbhistorie, der ganzen Zustandsgeschichte; wieder war ich, wie schon so oft, von einem Augenblick zum andern auf den elementaren Farbanschauungsunterricht zurecht- und zurückgewiesen. Ja, ich verfiel in die erbärmlichsten Kategorien der Selbstbetrachtung und der von mir so bezeichneten Farbhysterie *in* mir, ständig alle meine Auswege beobachtend, ohne einen Ausweg zu finden; eine Fortsetzung meiner in den Grundzügen ja nur noch tierischen Existenz, hervorgerufen durch meinen Kopf, die Überanstrengung durch die Materie überhaupt, aber auf eine entsetzliche Weise, machte ich in Unterach durch. Weil ich fürchtete, meine unmittelbare Umwelt in dem Haus könnte darauf kommen, wie es um mich bestellt ist, schickte ich alle Dienstboten weg und befahl ihnen, das Haus so lange nicht mehr zu betreten, bis mein Bruder aus Amerika zurück und alles wieder in der gewohnten Ordnung ist. Ich versuchte, keinerlei Verdacht in bezug auf meine Krankheit, auf meine *Krankhaftigkeit* zu erwecken. Die Leute fügten sich und gingen zufrieden, überbezahlt und froh weg. Als sie draußen waren und ich keinerlei Veranlassung zur Beherrschung mehr hatte, und ich hatte mich in diesem Haus und unter diesen Menschen, wie ich mir selbst eingestehe, auf die fürchterlichste Weise ununterbrochen beherrschen müssen, wie ich jetzt nachrechne, zwei Wochen beherrschen müssen, verfiel ich augenblicklich meinen Zuständen. Ich schloß sämtliche Jalousien an der Vorderfront des Hauses, um nicht mehr hinausschauen zu müssen. Die Jalousien an der rückwärtigen Front zu schließen wäre unsinnig gewesen, denn die Fenster führten dort an den Hochwald. Bei offenen Jalousien und Fenstern kam vom Hochwald eine noch viel größere Finsternis in das Haus herein als bei geschlossenen. Nur die Jalousien und das Fenster des Zimmers, in welchem ich hauste, ließ ich offen. Von jeher mußte mein Zimmer ein offenes Fenster haben, wollte ich nicht ersticken. Tatsächlich habe ich, nachdem ich allein im Haus war, sofort einen zweiten Versuch, meine Studien fortzusetzen, gemacht, aber ich hatte da schon in den ersten Momenten meiner Beschäftigung mit der von mir ungebührlich vernachlässigten Lehre des Doktors *Mantel*, gewußt, daß meine Bemühung mit einem Fiasko enden wird. Ich mußte mich, bis auf das Existenzminimum meines Gehirns erniedrigt, aus meinen und aus den Büchern meiner Lehrer zurückziehen. Diese Erniedrigung, die immer zu katastrophalen Zuständen in meinem Hinterkopf führt, läßt mich dann nichts mehr aushalten. Immer nahe daran, völlig verrückt zu werden, aber doch nicht *völlig* verrückt, beherrsche ich dann mein Gehirn nur mehr noch für entsetzliche Kommandierungen meiner Hände und Füße, für Extraordinationen an meinem Körper. Was ich aber in diesem Haus am meisten fürchte, und worüber ich meinem Bruder in Amerika nicht das geringste berichtete, im Gegenteil, ich schrieb ihm verabredungsgemäß wöchentlich zweimal, es ginge mir gut, ich wäre ihm dankbar, ich machte Fortschritte in meinen Studien genauso wie in meiner Gesundheit, ich *liebte* sein Haus und die ganze Umgebung, was ich aber am meisten in Unterach fürchtete, war die Dämmerung und die kurz auf die Dämmerung folgende Finsternis. Von dieser Dämmerung ist hier die Rede. Von dieser Finsternis. *Nicht von den Ursachen* dieser Dämmerung, dieser Finsternis, nicht von ihren *Ursächlichkeiten,* sondern allein davon, wie sich diese Dämmerung und diese Finsternis in Unterach auf mich auswirken. Aber wie ich sehe, habe ich im Augenblick gar nicht die Kraft, mich mit diesem Thema als einem Problem zu beschäftigen, als einem Problem für mich, und ich will mich auch nur auf Andeutungen beschränken, ich will mich überhaupt nur auf die Dämmerung in Unterach und auf die Finsternis in Unterach in bezug auf mich in dem Zustand, in welchem ich mich in Unterach befinde, beschränken. Ich habe ja auch gar keine Zeit für eine Studie, weil mein Kopf, weil die Krankheit meines Kopfes meine ganze Aufmerksamkeit, meine ganze Existenz in Anspruch nimmt. Die Dämmerung und die auf die Dämmerung folgende Finsternis in Unterach kann ich nicht in meinem Zimmer aushalten, aus diesem Grund laufe ich jeden Tag, wenn die Dämmerung die Finsternis in diese grauenhafte Gebirgsatmosphäre hereinzieht, aus meinem Zimmer hinaus und aus dem Haus hinaus auf die Straße. Ich habe dann nur drei Möglichkeiten: entweder in Richtung Parschallen oder in Richtung Burgau oder in Richtung Mondsee zu laufen. Ich bin aber noch nie in die Richtung nach Mondsee gelaufen, weil ich diese Richtung fürchte, ich laufe die ganze Zeit nur nach Burgau; aber heute bin ich auf einmal nach Parschallen gelaufen. Ich bin, weil mich meine Krankheit, meine mich nun schon vier Jahre quälende Cephalalgie, in der Dämmerung (hier jetzt schon sehr früh, schon um halb fünf!) aus meinem Zimmer ins Vorhaus, in der Finsternis auf die Straße und, weil ich mir, einem plötzlichen Wink aus meinem Kopfe gehorchend, eine viel größere Tortur als an den Vortagen antun wollte, nicht nach Burgau, wie das, seit ich mich in Unterach aufhalte, meine Gewohnheit ist, sondern in den häßlichen Ort Parschallen, wo es acht Fleischhauer gibt, wie ich jetzt weiß, obwohl keine hundert Leute in dem Ort leben, man stelle sich vor: acht Fleischhauer und nicht einmal hundert Leute ... Ich wollte mir heute nicht nur die Burgauer, sondern die viel größere Parschallener Erschöpfung herbeiführen, ich wollte schlafen, *ein*schlafen, endlich einmal wieder einschlafen. Aber jetzt ist, weil ich mich entschlossen habe, diese Sätze zu schreiben, an ein Einschlafen überhaupt nicht mehr zu denken. Eine Parschallener Erschöpfung erschien mir für heute von Vorteil, also lief ich in Richtung Parschallen. Meine Krankheit ist in Unterach wieder auf einem Höhepunkt angelangt, sie macht mich jetzt in der Weise verrückt, daß ich Angst habe, ich könnte mich unter Außerachtlassung meines geliebten, in Amerika herumreisenden Bruders an einem Baum erhängen, ins Wasser gehen; die Eisdecken sind noch dünn, und man geht gleich unter. Ich bin Nichtschwimmer, das kommt mir dann doch zugute ... Ich erwäge, das ist die Wahrheit, schon wochenlang meinen Selbstmord. Mir fehlt es aber an Entschlußkraft. Aber selbst wenn ich mich endlich entschlösse, mich aufzuhängen oder in einem Wasser zu ertränken, so hinge ich doch noch lange nicht, so wäre ich auch noch lang nicht ertrunken. Eine ungeheuere Kraftlosigkeit, und infolgedessen Nutzlosigkeit, beherrscht mich. Dabei bieten sich mir die Bäume förmlich an, das Wasser macht mir den Hof, es versucht, mich hineinzuziehen ... Aber ich gehe, ich laufe hin und her, und ich springe in kein Wasser hinein, ich hänge mich an keinem Baum auf. Weil ich nicht tue, was das Wasser will, fürchte ich das Wasser, weil ich nicht tue, was die Bäume wollen, fürchte ich die Bäume ... alles fürchte ich ... Und dazu, muß man sich vorstellen, gehe ich in meinem einzigen Rock, der ein Sommerrock ist, ohne Mantel, ohne Weste, mit meiner Sommerhose und in Sommerschuhen ... Ich erfriere aber nicht, im Gegenteil, alles in mir ist von einer fürchterlichen Hitze ständig aufgehetzt, ich bin von meiner Kopfhitze angetrieben. Selbst wenn ich völlig nackt nach Parschallen liefe, könnte ich nicht erfrieren. Zur Sache: ich bin nach Parschallen gelaufen, weil ich nicht verrückt werden will; ich muß aus dem Haus, wenn ich nicht verrückt werden will. Die Wahrheit aber ist, daß ich verrückt werden *will, ich will verrückt werden*, nichts lieber, als *wirklich* verrückt werden, aber ich befürchte, daß ich noch lang nicht verrückt werden *kann*. Ich will endlich verrückt werden! Ich will nicht nur Angst haben vor dem Verrücktwerden, ich will endlich verrückt werden. Mir haben zwei Ärzte, wovon einer ein höchst wissenschaftlicher Arzt ist, prophezeit, daß ich verrückt werde, in Kürze würde ich verrückt werden, haben mir die beiden Ärzte prophezeit, in Kürze, in Kürze; jetzt warte ich schon zwei Jahre darauf, verrückt zu werden, aber verrückt geworden bin ich noch immer nicht. Aber ich denke, in der Dämmerung und in der plötzlichen Finsternis, die ganze Zeit, daß ich, wenn ich am Abend in meinem Zimmer, wenn ich im ganzen Haus nichts mehr sehe, wenn ich, was ich anrühre, nicht mehr sehe, zwar vieles *höre,* aber nichts *sehe,* höre und *wie* höre, aber nichts sehe, wenn ich diesen entsetzlichen Zustand aushalten, die Dämmerung und die Finsternis in meinem Zimmer oder wenigstens im Vorhaus oder wenigstens irgendwo im Haus aushalten würde, wenn ich, ungeachtet des ja tatsächlich unvorstellbaren Schmerzes, das Haus auf gar keinen Fall verlassen würde, daß ich dann verrückt werden *müßte.* Aber ich werde den Zustand der Dämmerung und der plötzlichen Finsternis nie aushalten, ich werde immer wieder aus dem Haus laufen müssen, solange ich in

Unterach bin, und ich bin so lange in Unterach, bis mein
Bruder aus Amerika zurück ist, aus Stanford und Prince-
ton zurück ist, von allen nordamerikanischen Universitäten zurück ist, so lange, bis die Jalousien wieder geöffnet,
die Dienstboten wieder im Haus sind. Ich werde immer
wieder aus dem Haus laufen *müssen* ... Und das geht so:
Ich halte es nicht mehr aus und laufe fort, ich sperre alle
Türen hinter mir zu, die ganzen Taschen habe ich dann
voller Schlüssel, ich habe so viele Schlüssel in meinen
Taschen, vornehmlich in den Hosentaschen, daß ich,
wenn ich laufe, einen entsetzlichen Lärm mache, und nicht
nur einen entsetzlichen Lärm, ein fürchterliches Geklirre,
die Schlüssel bearbeiten, wenn ich laufe, wenn ich nach
Burgau oder, wie heute abend, nach Parschallen hinüber-
hetze, meine Oberschenkel und meinen Bauch, und die in
den Rocktaschen bearbeiten meine Hüften und verletzen
mein Rippenfell, weil sie sich durch die große Geschwindigkeit, die ich sofort nach dem Verlassen des Hauses
erreichen muß, an meinem unruhigen Körper *sperren,*
allein von den Hosensackschlüsseln habe ich mehrere
Verletzungen, jetzt sogar schon eiternde Wunden an
meinem Bauch, vor allem, weil ich in der Finsternis.auf
dem brutalen Gefrorenen immer wieder ausrutsche, hin-
falle. Obwohl ich jetzt schon Hunderte Male diese Straßen
auf- und abgelaufen bin, falle ich immer noch hin. Vorgestern bin ich viermal hingefallen, letzten Sonntag zwölf-
mal, und habe mir, was ich erst zu Hause bemerkt habe,
mein Kinn verletzt; mein Kopfschmerz hat mich meinen
Kinnschmerz gar nicht wahrnehmen lassen, also kann
man sich vorstellen, wie groß mein Kopfschmerz ist,
wenn er diesen Kinnschmerz, hervorgerufen von einer
tiefen Wunde in den Unterkiefer hinein, hat unterdrücken
können. In dem großen Spiegel in meinem Zimmer, in
welchem ich, wenn ich heimkomme, sofort den Grad
meiner Erschöpfung feststelle, meiner *Körpererschöpfung,*

meiner *Geisteserschöpfung,* meiner *Tageserschöpfung,* habe ich
dann die Kinnverletzung gesehen (eine solche Verletzung
hätte ja von einem Arzt zusammengenäht werden müssen,
aber ich habe keinen Arzt aufgesucht, ich suche nie mehr
einen Arzt auf, ich verabscheue die Ärzte, ich lasse diese
Kinnwunde, wie sie ist), zuerst nicht einmal die Kinnverletzung selbst, sondern eine große Menge gestockten Blu-
tes auf meinem Rock. Ich bin erschrocken, wie ich den
blutigen Rock gesehen habe, denn nun ist, fuhr es mir
durch den Kopf, der einzige Rock, den ich habe, blutig.
Aber, sagte ich mir sofort, ich gehe ja nur in der Dämmerung, nur in der Finsternis auf die Straße, also sieht kein
Mensch, daß mein Rock blutig ist. Ich selber aber *weiß,*
daß mein Rock blutig ist. Ich habe auch gar nicht versucht, meinen blutigen Rock zu reinigen. Noch vor dem
Spiegel bin ich in ein Gelächter ausgebrochen, und während dieses Gelächters habe ich dann gesehen, daß ich mir
ja das Kinn aufgeschlagen habe, daß ich eine schwere
Körperverletzung an mir herumtrage. Merkwürdig, wie
du mit einem aufgeschlagenen Kinn ausschaust, habe ich
mir gedacht, wie ich mich im Spiegel mit dem aufgeschlagenen Kinn gesehen habe. Abgesehen davon, daß mich
diese Kinnwunde entstellte, meine ganze Person hatte auf
einmal auch noch einen unübersehbaren Zug ins Lächerliche, ja, in die absolute menschliche Komödie, und ich
mir das Blut aus der Kinnwunde auf dem Heimweg ohne
mein Wissen mit den Händen ins ganze Gesicht bis hoch
in die Stirn hinauf geschmiert hatte, *in die Haare!* abgesehen davon, hatte ich mir auch meine Hose zerrissen. Aber
wie gesagt, das war letzten Sonntag, nicht heute, und ich
will sagen, daß ich heute auf dem Weg nach Parschallen
eine Mütze gefunden habe und daß ich diese Mütze jetzt,
während ich dies aufschreibe, aufhabe, ja ich habe die
gefundene Mütze aus verschiedenen Gründen auf ...
diese graue, dicke, derbe, schmutzige Mütze, ich habe sie

schon so lange auf, daß sie schon meinen eigenen Kopf-
geruch angenommen hat . . . Ich habe sie aufgesetzt, weil
ich sie nicht mehr habe sehen wollen. Ich habe sie sofort,
nachdem ich wieder zu Hause war, in meinem Zimmer
verstecken wollen, im Vorhaus verstecken wollen, und
zwar aus wahrscheinlich auch in Zukunft völlig unaufge-
klärt bleibenden Gründen; im ganzen Haus habe ich sie
irgendwo verstecken wollen, aber ich habe keinen für die
Mütze geeigneten Platz finden können, also habe ich sie
aufgesetzt. Ich habe sie nicht mehr anschauen, aber auch
nicht wegwerfen, vernichten können. Und jetzt bin ich
schon mehrere Stunden lang im ganzen Haus umherge-
laufen mit der Mütze auf dem Kopf, ohne sie anschauen zu
müssen. Die ganzen letzten Stunden habe ich unter der
Mütze verbracht, denn ich habe sie ja schon auf dem
Heimweg aufgehabt und nur einen Augenblick lang vom
Kopf heruntergenommen, um für sie einen geeigneten
Platz zu suchen, und da ich keinen für sie geeigneten Platz
gefunden habe, habe ich sie einfach wieder aufgesetzt.
Aber immer werde ich die Mütze auch nicht auf meinem
Kopf haben können . . . In Wahrheit bin ich ja schon die
längste Zeit von dieser Mütze beherrscht, die ganze Zeit
habe ich an nichts anderes als an die Mütze auf meinem
Kopf gedacht . . . Ich befürchte, daß dieser Zustand, die
Mütze auf dem Kopf zu haben und von der Mütze auf
meinem Kopf beherrscht zu sein, von ihr bis in die kleinsten und allerkleinsten Existenzmöglichkeiten meines
Geistes wie meines Körpers, wohlgemerkt, *wie* meines
Körpers, und sie nicht von meinem Kopf herunter zu
nehmen, sie aufzubehalten und *nicht* herunter zu nehmen,
mit meiner Krankheit zusammenhängt, das vermute ich:
mit dieser Krankheit, die mir bis heute im ganzen neun
Ärzte nicht haben erklären können, neun Ärzte wohlgemerkt, die ich alle in den letzten Monaten, bevor ich vor
zwei Jahren mit den Ärzten Schluß gemacht habe, aufge-

sucht hatte; oft waren diese Ärzte für mich nur unter unvorstellbar schwierigen Bedingungen erreichbar und mit den ungeheuerlichsten Kosten verbunden gewesen. Bei dieser Gelegenheit habe ich die Unverschämtheit der Ärzte kennengelernt. Aber, denke ich jetzt, ich habe die Mütze den ganzen Abend lang aufgehabt und ich weiß nicht, *warum* ich sie aufgehabt habe! Und ich habe sie nicht vom Kopf heruntergenommen und weiß nicht, *warum!* Sie ist mir eine fürchterliche Last, als ob sie mir ein Schmied auf den Kopf geschmiedet hätte. Aber das ist alles nebensächlich, denn ich wollte ja nur notieren, wie ich zu der Mütze gekommen bin, festhalten, wo ich die Mütze gefunden habe und, natürlich, warum ich sie noch immer auf dem Kopf habe ... Das alles wäre mit einem einzigen Satz gesagt, wie alles mit einem einzigen Satz gesagt ist, aber niemand vermag alles mit einem einzigen Satz zu sagen ... Gestern um diese Zeit habe ich überhaupt noch nichts von der Mütze gewußt, und jetzt beherrscht mich die Mütze ... Noch dazu handelt es sich um eine ganz alltägliche Mütze, um eine von Hunderttausenden von Mützen! Aber alles, was ich denke, was ich fühle, was ich tue, was ich *nicht* tue, alles, was ich bin, was ich darstelle, ist von dieser Mütze beherrscht, alles, was ich bin, ist unter der Mütze, alles hängt auf einmal (für mich, *für mich in Unterach!*) mit dieser Mütze zusammen, mit einer dieser Mützen, wie sie, das weiß ich, vornehmlich die Fleischhauer in der Gegend aufhaben, mit dieser derben, dicken, grauen Mütze. Es muß nicht unbedingt eine Fleischhauermütze sein, sie kann auch eine Holzfäller-mütze sein, auch die Holzfäller haben diese Mützen auf, auch die Bauern. Alle haben hier diese Mützen auf. Aber endlich zur Sache: es hat damit angefangen, daß ich nicht nach Burgau, den kürzeren, sondern nach Parschallen, den längeren Weg gelaufen bin, warum ich ausgerechnet gestern nicht nach Burgau, sondern nach Parschallen bin, weiß ich nicht. Auf einmal bin ich, anstatt nach rechts, nach links und nach Parschallen gelaufen. Burgau ist für meine Zustände besser. Ich habe eine große Abneigung gegen Parschallen. Burgau ist häßlich, Parschallen nicht. So sind auch die Menschen in Burgau häßlich, in Parschallen nicht. Burgau hat einen fürchterlichen Geruch, Parschallen nicht. Aber für meine Zustände ist Burgau besser. Trotzdem bin ich heute nach Parschallen gelaufen. Und auf dem Weg nach Parschallen habe ich dann die Mütze gefunden. Ich bin auf etwas Weiches getreten, zuerst habe ich geglaubt, auf ein Aas, auf eine tote Ratte, auf ein zerquetschtes Katzenvieh. Immer wenn ich in der Finsternis auf etwas Weiches trete, glaube ich, ich sei auf eine tote Ratte oder auf ein zerquetschtes Katzenvieh getreten ... Aber vielleicht ist es gar keine tote Ratte, gar kein zerquetschtes Katzenvieh, denke ich, und ich trete einen Schritt zurück. Mit dem Vorderfuß schiebe ich das Weiche in die Straßenmitte. Ich stelle fest, daß es sich weder um eine tote Ratte noch um ein zerquetschtes Katzenvieh, um gar kein Aas handelt. Um was dann? Wenn es sich um kein Aas handelt, um was dann? Niemand beobachtet mich in der Finsternis. Ein Handgriff und ich weiß, es handelt sich um eine Mütze. Um eine Schildmütze. Um eine Schildmütze, wie sie die Fleischhauer, aber auch die Holzfäller und die Bauern in der Gegend auf dem Kopf haben. Eine Schildmütze, denke ich, und jetzt habe ich auf einmal eine solche Schildmütze, wie ich sie immer auf den Köpfen der Fleischhauer und der Holzfäller und der Bauern beobachtet habe, in der Hand. Was tun mit der Mütze? Ich probierte sie und sie paßte. Angenehm, eine solche Mütze, dachte ich, aber du kannst sie nicht aufsetzen, weil du weder ein Fleischhauer noch ein Holzfäller, noch ein Bauer bist. Wie klug sind die, die solche Mützen aufhaben, denke ich. In dieser Kälte! Vielleicht, denke ich, hat sie einer der Holzfäller, die in der Nacht mit dem Holzfällen so viel Lärm machen, daß ich es bis Unterach höre, verloren? Oder ein Bauer? Oder ein Fleischhauer? Wahrscheinlich ein Holzfäller. Ein Fleischhauer *sicher!* Dieses Hin- und Herraten, wer die Mütze verloren haben könnte, erhitzte mich. Zu allem Überfluß beschäftigte mich auch noch der Gedanke, was für eine Farbe die Mütze wohl hat. Ist sie schwarz? Ist sie grün? Grau? Es gibt grüne und schwarze und graue ... wenn sie *schwarz* ist ... wenn sie *grau* ist ... *grün* ... in dem fürchterlichen Vermutungsspiel entdecke ich mich noch immer auf der selben Stelle, auf welcher ich die Mütze gefunden habe. Wie lang liegt die Mütze schon auf der Straße? Wie angenehm diese Mütze auf dem Kopf ist, dachte ich. Dann behielt ich sie in der Hand. Wenn mich einer mit der Mütze auf dem Kopf sieht, dachte ich, so glaubt er in der Finsternis, die da herrscht, durch das Gebirge herrscht, durch das Gebirge und durch das Wasser des Sees, ich sei ein Fleischhauer oder ein Holzfäller, oder ein Bauer. Die Leute fallen sofort auf die Kleidung herein, auf Mützen, Röcke, Mäntel, Schuhe, sehen gar kein Gesicht, nicht den Gang, keine Kopfbewegung, sie bemerken nichts als die Kleidung, sie sehen nur den Rock und die Hose, in die man geschlüpft ist, die Schuhe und natürlich vor allem die Mütze, die man aufhat. Also bin ich für den, der mich mit dieser Mütze auf dem Kopf sieht, ein Fleischhauer oder ein Holzfäller oder ein Bauer. Also ist es mir, der ich weder ein Fleischhauer noch ein Holzfäller, noch ein Bauer bin, nicht gestattet, die Mütze auf dem Kopf zu behalten. Das wäre ja eine Irreführung! Ein Betrug! Ein Rechtsbruch! Plötzlich glauben alle, ich sei ein Fleischhauer, kein Forstwissenschaftler, ein Bauer, kein Forstwissenschaftler, ein Holzfäller, kein Forstwissenschaftler! Aber, wie kann ich mich denn noch immer als einen Forstwissenschaftler bezeichnen, wo ich doch die Forstwissenschaft schon seit mehr als drei Jahren nicht mehr betreibe, ich bin aus Wien fort, ich bin aus meinem Laboratorium fort, ich bin ja schon gänzlich aus allen meinen Wissenschafts-, meinen Forstkontakten, ich habe mit Wien auch die Forstwissenschaft, und zwar als ein bedauerliches Opfer meines eigenen Kopfes, verlassen, zurücklassen müssen. Drei Jahre ist es her, daß ich von meinen erstaunlichen Experimenten, Entdeckungen weg in die Hände der Kopfspezialisten gestürzt bin. Daß ich von einer Kopfklinik in die andere gestürzt bin. Überhaupt habe ich in den letzten, ich kann sagen, vier Jahren, mein Leben nur noch in den Händen von allen möglichen Kopfspezialisten zugebracht, auf die erbärmlichste Weise zugebracht. Und ich existiere ja noch heute nur aus den Ratschlägen aller meiner Kopfspezialisten, wenn ich sie auch nicht mehr aufsuche, zugegeben. Ich existiere dank den Tausenden und Hunderttausenden von Medikamenten, die mir meine Kopfspezialisten verschrieben haben, von diesen Hunderten und Tausenden von Medikamentenvorschlägen! Ich injiziere mir meine Existenzmöglichkeit tagtäglich zu den eben von diesen Kopfspezialisten angegebenen Zeiten! Ich habe meine Injektionsapparatur ständig in der Tasche. Nein, ich bin kein Forstwissenschaftler mehr, ich bin keine Forscherpersönlichkeit mehr, ich bin überhaupt keine Forscher*natur* mehr ... Mit fünfundzwanzig Jahren bin ich nichts mehr als ein kranker Mensch, ja *nichts mehr!* Trotzdem, gerade deshalb habe ich nicht das Recht, diese Mütze aufzusetzen. Ich habe kein Recht auf diese Mütze! Und ich dachte: Was tun mit der Mütze? Fortwährend dachte ich das. Behalte ich sie, ist das Diebstahl, lasse ich sie liegen, ist das gemein, ich darf sie also nicht aufsetzen und auf meinem Kopf tragen! Ich muß den, der sie verloren hat, ausfindig machen, sagte ich mir, ich werde nach Parschallen hineingehen und jeden Mann fragen, ob er diese Mütze verloren hat. Zuerst werde ich, sagte ich mir, bei den Fleischhauern vorsprechen. Dann bei den Holzfäl-

lern. Zuletzt bei den Bauern. Ich stelle mir vor, wie
entsetzlich das ist, alle Parschallener Männer konsultieren
zu müssen, und gehe nach Parschallen hinein. Es sind
viele Lichter, denn in den Schlachtkammern ist das Ge-
triebe jetzt auf dem Höhepunkt, in den Schlachtkammern
und in den Schlachthöfen und in den Ställen. Mit der
Mütze in der Hand gehe ich in die Ortschaft hinein und
klopfe an die erste Fleischhauerhaustür. Die Leute sind,
niemand öffnet, in der Schlachtkammer, das höre ich. Ich
klopfe ein zweitesmal, ein drittesmal, ein viertesmal. Ich
höre nichts. Schließlich höre ich Schritte, ein Mann macht
die Tür auf und fragt, was ich will. Ich sage, ich hätte die
Mütze, die ich in der Hand habe, gefunden, ob er nicht
diese Mütze verloren habe, frage ich. »Diese Mütze«, sage
ich, »ich habe sie am Ortsausgang gefunden. Diese
Mütze«, wiederhole ich. Jetzt sehe ich, daß die Mütze grau
ist, und ich sehe in diesem Augenblick, daß der Mann, den
ich frage, ob er die Mütze, die ich in der Hand habe,
verloren hat, genau die gleiche Mütze auf dem Kopf hat.
»Also«, sage ich, »natürlich, Sie haben Ihre Mütze nicht
verloren, denn Sie haben sie ja auf dem Kopf.« Und ich
entschuldige mich. Der Mann hat mich sicher für einen
Halunken gehalten, denn er hat mir die Tür vor der Nase
zugeschlagen. Mit meiner Kinnwunde muß ich ihm auch
verdächtig gewesen sein, die Nähe der Strafanstalt tat das
ihrige. Aber sicher hat sie einer der Fleischhauer verloren,
denke ich und klopfe bei dem nächsten Fleischhauer an.
Wieder macht mir ein Mann auf, auch der hat eine solche
Mütze auf dem Kopf, auch eine graue. Er habe ja, sagt er
sofort, als ich sage, ob er vielleicht seine Mütze verloren
habe, seine Mütze, wie ich sehen könne, auf dem Kopf,
also »eine überflüssige Frage«, sagte er. Mir kam vor, der
Mann dachte, meine Frage, ob er seine Mütze verloren
habe, sei ein Trick von mir. Die Verbrecher auf dem Land
lassen sich unter irgendeinem Vorwand die Haustür öff-

nen, und es genügt, wie man weiß, ein Blick in das Vorhaus, um sich für spätere Einbrüche usf. zu orientieren. Meine halb städtische, halb ländliche Aussprache erweckt den allergrößten Verdacht. Der Mann, der mir viel zu mager für seinen Beruf erschien (ein Irrtum, denn die besten, also die rücksichtslosesten Fleischhauer sind mager), drängte mich mit der flachen Hand, die er auf meine Brust legte, in die Finsternis zurück. Er verabscheue Leute, die jung, kräftig, noch dazu intelligent, aber arbeitsscheu seien, sagte der Mann, und er versicherte mich seiner Verachtung auf die wortloseste Fleischhauerweise, indem er die Mütze lüftete und vor seine Stiefel spuckte. Beim dritten Fleischhauer spielte sich meine Vorsprache wie bei dem ersten, bei dem vierten fast genauso wie bei dem zweiten ab. Muß ich sagen, daß sämtliche Parschallener Fleischhauer die gleiche graue, derbe, dicke Mütze, Schildmütze, auf dem Kopf hatten; keiner hatte seine Mütze verloren. Ich wollte aber nicht aufgeben und mich der gefundenen Mütze nicht auf die erbärmlichste Weise entledigen (einfach durch *Wegwerfen der Mütze),* und so ging ich daran, auch bei den Holzfällern vorzusprechen. Aber keiner der Holzfäller hatte seine Mütze verloren, alle hatten sie, wie sie in der Tür erschienen, um mir aufzumachen (in der Finsternis werden auf dem Land die Männer von ihren Frauen an die Haustür vorgeschoben), eine solche Schildmütze auf, wie ich sie gefunden hatte. Schließlich hatte ich auch bei allen Parschallener Bauern vorgesprochen, aber auch keiner der Bauern hatte seine Mütze verloren. Als letzter macht mir ein alter Mann auf, der die gleiche Mütze aufhat und mich fragt, was ich will, und als ich es ihm gesagt habe, zwingt er mich förmlich, mehr durch sein Schweigen als durch seine entsetzlichen Wörter, nach Burgau zu gehen und bei den Burgauer Fleischhauern zu fragen, ob einer von ihnen diese Mütze verloren habe. Vor einer Stunde, meinte er, seien sieben Fleischhauer aus Burgau in Parschallen gewesen, die alle schlachtreifen Ferkel in Parschallen aufgekauft hätten. Die Burgauer Fleischhauer zahlten in Parschallen bessere Preise als die Parschallener Fleischhauer, umgekehrt zahlten die Parschallener Fleischhauer in Burgau bessere Ferkelpreise als die Burgauer Fleischhauer, und so verkauften die Parschallener Ferkelmäster von jeher ihre Ferkel an die Burgauer Fleischhauer, umgekehrt die Burgauer Ferkelmäster von jeher ihre Ferkel an die Parschallener Fleischhauer. Sicher habe einer von den Burgauer Fleischhauern beim Aufbruch aus Parschallen, in dem Ferkelgetümmel, seine Mütze verloren, sagte der Alte und schlug die Tür zu. Dieses alte Gesicht, schwarzgefleckt, schmutzig, beschäftigte mich die ganze Zeit auf dem Weg nach Burgau. Immer wieder sah ich das schmutzige Gesicht und die schwarzen Flecken darauf, Totenflecken, dachte ich: der Mann lebt noch und hat schon Totenflecken im Gesicht. Und ich dachte, da der Mann weiß, daß ich die Mütze habe, muß ich nach Burgau. Ob ich will oder nicht, ich muß nach Burgau. Der Alte wird mich verraten. Und ich hörte, während ich lief, immer das Wort Mützendieb, immer wieder das Wort Mützendieb, Mützendieb. Völlig erschöpft kam ich in Burgau an. Die Fleischhauerhäuser in Burgau stehen dicht nebeneinander. Als aber der erste Fleischhauermeister auf mein Klopfen hin in der Tür erschien und die gleiche Mütze wie die Parschallener auf dem Kopf hatte, erschrak ich. Ich machte augenblicklich kehrt und lief zum nächsten. Bei diesem spielte sich aber das gleiche ab, nur hatte der seine Mütze nicht auf, sondern wie ich in der Hand, also fragte ich auch ihn nicht, ob er vielleicht seine Mütze verloren habe . . . Was aber sage ich, warum ich geklopft habe? dachte ich. Ich fragte, wie spät es sei, und der Fleischhauer nannte mich, nachdem er »acht Uhr« gesagt hatte, einen Idioten und ließ mich stehen. Schließlich habe ich alle

Fleischhauer in Burgau gefragt, ob sie ihre Mütze verloren hätten, aber keiner hatte sie verloren. Ich beschloß, auch noch bei den Holzfällern vorzusprechen, obwohl meine Lage schon die qualvollste war, die man sich vorstellen kann. Aber die Holzfäller erschienen auch alle mit der gleichen Mütze auf dem Kopf in der Tür, und der letzte drohte mir sogar, weil ich, erschrocken, wie sich denken läßt, auf seine Aufforderung, sofort zu verschwinden, nicht gleich verschwunden war, und er schlug mir seine Mütze auf den Kopf und stieß mich zu Boden. Jeder hat die gleiche Mütze auf, sagte ich mir, als ich den Heimweg nach Unterach antrat, »alle dieselbe Mütze, alle«, sagte ich. Plötzlich lief ich, und ich fühlte gar nicht mehr, daß ich lief, nach Unterach hinein, und ich hörte von allen Seiten: »Du mußt die Mütze zurückgeben! Du mußt die Mütze zurückgeben!« Hunderte Male hörte ich diesen Satz: »Du mußt sie ihrem Besitzer zurückgeben!« Aber ich war zu erschöpft, um auch nur noch einen einzigen Menschen zu fragen, ob er vielleicht die von mir gefundene Mütze verloren habe. Ich hatte keine Kraft mehr. Ich hätte ja noch zu Dutzenden von Fleischhauern und Holzfällern und Bauern gehen müssen. Auch habe ich, wie mir einfiel, als ich bei mir zu Hause eintrat, schon Schlosser und Maurer mit einer solchen Mütze gesehen. Und wer weiß, ob sie nicht einer aus einer ganz anderen als der oberösterreichischen Provinz verloren hat? Ich hätte noch Hunderte, Tausende, ich hätte noch Hunderttausende von Männern fragen müssen. Niemals, glaube ich, war ich so erschöpft wie in dem Augenblick, in welchem ich mich entschlossen hatte, die Mütze zu behalten. Alle haben sie eine solche Mütze auf, dachte ich, alle, als ich mich im Vorhaus gänzlich meiner gefährlichen Mühseligkeit überließ. Wieder hatte ich das Gefühl, am Ende zu sein, mit mir zuende zu sein. Ich fürchtete mich vor dem leeren Haus und vor den leeren kalten Zimmern. Ich fürchtete mich vor mir selber, und nur um mich nicht mehr in dieser tödlichen Weise, wie sie die meinige ist, zutode fürchten zu müssen, habe ich mich hingesetzt und diese paar Seiten geschrieben ... Während ich mich wieder einmal, wenn auch sehr geschickt, so doch entsetzlich meiner Krankheit und *Krankhaftigkeit* auslieferte, dachte ich, was ich jetzt mit mir anfangen werde, und ich setzte mich hin und fing an zu schreiben. Und ich dachte, während ich schrieb, die ganze Zeit immer nur, daß ich mir, wenn ich damit fertig bin, etwas kochen werde, etwas essen, dachte ich, endlich wieder einmal etwas Warmes essen, und ich setzte, weil mir während des Schreibens so kalt geworden war, auf einmal die Mütze auf. Alle haben sie eine solche Mütze auf, dachte ich, alle, während ich schrieb und schrieb und schrieb ...

Ist es eine Komödie? Ist es eine Tragödie?

Nachdem ich wochenlang nicht mehr in das Theater gegangen bin, habe ich gestern in das Theater gehen wollen,
aber schon zwei Stunden vor Beginn der Vorstellung habe
ich, noch während meiner wissenschaftlichen Arbeit und
also in meinem Zimmer, mir ist nicht ganz klargeworden,
im Vorder- oder Hintergrund des Medizinischen, das ich
endlich zum Abschluß bringen muß, weniger meinen
Eltern als meinem überanstrengten Kopf zuliebe, gedacht, ob ich nicht doch auf den Theaterbesuch verzichten
soll.
Ich bin acht oder zehn Wochen nicht mehr ins Theater
gegangen, sagte ich mir, und ich weiß, warum ich nicht
mehr ins Theater gegangen bin, ich verachte das Theater,
ich hasse die Schauspieler, das Theater ist eine einzige
perfide Ungezogenheit, eine ungezogene Perfidie, und
plötzlich soll ich wieder ins Theater gehen? In ein Schauspiel? Was heißt das?
Du weißt, daß das Theater eine Schweinerei ist, habe ich
mir gesagt, und du wirst deine Studie über das Theater,
die du im Kopf hast, schreiben, diese Theaterstudie, die
dem Theater ein für allemal ins Gesicht schlägt! Was das
Theater *ist*, was die Schauspieler *sind*, die Stückeschreiber,
die Intendanten usf. . . .
Mehr und mehr war ich vom Theater beherrscht, immer
weniger von der Pathologie, gescheitert in dem Versuch,
das Theater zu ignorieren, die Pathologie zu forcieren.
Gescheitert! Gescheitert!
Ich zog mich an und ging auf die Straße.
Zum Theater habe ich nur eine halbe Stunde zu gehen. In
dieser halben Stunde ist mir klargeworden, daß ich nicht
ins Theater gehen *kann,* daß sich mir der Besuch eines

Theaters, einer Theatervorstellung ein für allemal verbietet.

Wenn du deine Theaterstudie geschrieben hast, dachte ich, dann ist es Zeit, dann ist es dir wieder erlaubt, ins Theater zu gehen, damit du siehst, daß dein Traktat *stimmt!*

Mir war nur peinlich, daß es überhaupt soweit hat kommen können, daß ich mir eine Theaterkarte gekauft habe – ich habe die Theaterkarte *gekauft,* nicht *geschenkt* bekommen – und daß ich mich zwei Tage lang in dem Glauben malträtiert habe, ins Theater zu gehen, mir eine Theatervorstellung anzuschauen, Schauspieler, und hinter allen diesen Schauspielern einen miserablen und stinkenden Regisseur (Herrn T. H.!) zu wittern usf. . . . vor allem aber, daß ich mich für das Theater *umgezogen* hatte. Für das Theater hast du dich *umgezogen,* dachte ich.

Die Theaterstudie, eines Tages die Theaterstudie! Man beschreibt gut, was man haßt, dachte ich. In fünf, möglicherweise sieben Abschnitten unter dem Titel THEATER – THEATER? ist meine Studie in kurzer Zeit fertig. (Ist sie fertig, verbrennst du sie, weil es sinnlos ist, sie zu veröffentlichen, du liest sie durch und verbrennst sie. Veröffentlichung ist lächerlich, *verfehlter Zweck!*) Erster Abschnitt DIE SCHAUSPIELER, zweiter Abschnitt DIE SCHAUSPIELER IN DEN SCHAUSPIELERN, dritter Abschnitt DIE SCHAUSPIELER IN DEN SCHAUSPIELERN DER SCHAUSPIELER usf. . . . vierter Abschnitt BÜHNENEXZESSE usf. . . . letzter Abschnitt: ALSO, WAS IST DAS THEATER?

In diesen Gedanken bin ich bis in den Volksgarten gekommen.

Ich setze mich auf die Bank neben der Meierei, obwohl sich in dieser Jahreszeit auf eine Volksgartenbank zu setzen *tödlich* sein kann, und beobachte, angestrengt, mit Vergnügen, ungeheuer konzentriert, *wer und wie* man in das Theater hineingeht.

Es befriedigt mich, *nicht* hineinzugehen.

Du solltest aber, denke ich, hingehn und mit Rücksicht auf deine Armut, deine Karte verkaufen, *geh hin,* sage ich mir, während ich das denke, habe ich den größten Genuß daran, meine Theaterkarte zwischen Daumen und Zeigefinger der rechten Hand zu zerreiben, das Theater zu zerreiben.

Zuerst sind es, sage ich mir, immer mehr Menschen, die in das Theater hineingehen, dann immer weniger. Schließlich geht niemand mehr in das Theater hinein.

Die Vorstellung hat angefangen, denke ich, und ich stehe auf und gehe ein Stück in Richtung Innere Stadt, mich friert, ich habe nichts gegessen und, fällt mir ein, über eine Woche lang mit keinem Menschen mehr gesprochen, als ich plötzlich angesprochen bin: ein Mann hat mich angesprochen, ich höre, daß mich ein Mann fragt, wie spät es sei, und ich höre mich »Acht Uhr« rufen. »Es ist acht Uhr«, sage ich, »das Theater hat angefangen.«

Jetzt drehe ich mich um und sehe den Mann.

Der Mann ist groß und mager.

Außer diesem Mann ist niemand im Volksgarten, denke ich.

Sofort denke ich, daß ich nichts zu verlieren habe.

Aber den Satz: *»Ich habe nichts zu verlieren!«* auszusprechen, *laut* auszusprechen, erscheint mir unsinnig, und ich spreche den Satz nicht aus, obwohl ich die größte Lust habe, den Satz auszusprechen.

Er habe seine Uhr verloren, sagte der Mann.

»Seit ich meine Uhr verloren habe, bin ich gezwungen, von Zeit zu Zeit Menschen anzusprechen.«

Er lachte.

»Hätte ich nicht meine Uhr verloren, hätte ich Sie nicht angesprochen«, sagte er, *»niemanden* angesprochen.«

Ihm sei die Beobachtung an sich selber höchst interessant, sagte der Mann, daß er, wie er, nachdem ich ihm gesagt hatte, daß es acht Uhr ist, jetzt weiß, daß es acht Uhr *ist* und daß er am heutigen Tag elf Stunden ununterbrochen – »ohne Unterbrechung«, sagte er – in einem einzigen Gedanken gegangen sei, »nicht auf und ab«, sagte er, sondern »immer geradeaus, und wie ich jetzt sehe«, sagte er, »doch immer im Kreis. Verrückt, nicht wahr?«

Ich sah, daß der Mann Frauenhalbschuhe anhatte, und der Mann sah, daß ich gesehen hatte, daß er Frauenhalbschuhe anhatte.

»Ja«, sagte er, »jetzt mögen Sie sich Gedanken machen.«

»Ich habe«, sagte ich rasch, um den Mann und mich von seinen Frauenhalbschuhen abzulenken, »einen Theaterbesuch machen wollen, aber unmittelbar vor dem Theater habe ich kehrtgemacht und bin nicht in das Theater hineingegangen.«

»Ich bin sehr oft in diesem Theater gewesen«, sagte der Mann, er hatte sich vorgestellt, ich hatte aber seinen Namen sofort vergessen, ich merke mir Namen nicht, »eines Tages zum letzten Mal, wie jeder Mensch eines Tages zum letzten Mal in ein Theater geht, lachen Sie nicht!« sagte der Mann, »alles ist einmal zum letzten Mal, lachen Sie nicht!«

»Ach«, sagte er, »was wird denn heute gespielt? Neinnein«, sagte er rasch, »sagen Sie mir nicht, was heute gespielt wird . . .«

Er ginge jeden Tag in den Volksgarten, sagte der Mann, »seit Saisonbeginn gehe ich immer um diese Zeit in den Volksgarten, um hier, von dieser Ecke aus, von der Meiereimauer aus, sehen Sie, die Theaterbesucher beobachten zu können. Merkwürdige Leute«, sagte er.

»Freilich, man müßte wissen, was heute gespielt wird«, sagte er, »aber sagen *Sie* mir nicht, was heute gespielt wird. Für mich ist das äußerst interessant, einmal *nicht* zu wissen, was gespielt wird. Ist es eine Komödie? Ist es eine Tragödie?« fragte er und sagte sofort: »Neinnein, sagen

Sie nicht, *was* es ist. Sagen Sie es nicht!«

Der Mann ist fünfzig, oder er ist fünfundfünfzig, denke ich.

Er machte den Vorschlag, in Richtung zum Parlament zu gehen.

»Gehen wir bis vor das Parlament«, sagte er, »und wieder zurück. Merkwürdig still ist es immer, wenn die Vorstellung angefangen hat. *Ich liebe* dieses Theater . . .«

Er ging sehr rasch, und es war mir fast unerträglich, ihm dabei zuzuschauen, der Gedanke, daß der Mann Frauenhalbschuhe anhat, verursachte mir Übelkeit.

»Hier gehe ich jeden Tag die gleiche Anzahl von Schritten, das heißt«, sagte er, »mit diesen Schuhen gehe ich von der Meierei bis zum Parlament, bis zum Gartenzaun, genau dreihundertachtundzwanzig Schritte. In den *Spangen*schuhen gehe ich dreihundertzehn. Und zum Schweizertrakt – er meinte den Schweizertrakt der Hofburg – gehe ich genau vierhundertvierzehn Schritte mit *diesen* Schuhen, dreihundertneunundzwanzig mit den *Spangen*schuhen! Frauenschuhe, mögen Sie denken und es mag Ihnen widerwärtig sein, ich weiß«, sagte der Mann.

»Aber ich gehe auch nur in der Dunkelheit auf die Straße. Daß ich jeden Abend um diese Zeit, immer eine halbe Stunde vor Vorstellungsbeginn, in den Volksgarten gehe, beruht, wie Sie sich denken können, auf einer Erschütterung. Diese Erschütterung liegt jetzt schon zweiundzwanzig Jahre zurück. Und sie hängt ganz eng mit den Frauenhalbschuhen zusammen. Zwischenfall«, sagte er, »ein Zwischenfall. Es ist ganz die Stimmung von damals: der gerade aufgegangene Vorhang im Theater, die Schauspieler fangen zu spielen an, die Menschenleere heraußen . . . Gehen wir jetzt«, sagte der Mann, nachdem wir wieder bei der Meierei sind, »zum Schweizertrakt.«

Ein Verrückter? dachte ich, wie wir zum Schweizertrakt gingen, nebeneinander, der Mann sagte: »Die Welt ist eine

ganz und gar, durch und durch juristische, wie Sie vielleicht nicht wissen. Die Welt ist eine einzige ungeheuere
Jurisprudenz. Die Welt ist ein Zuchthaus!«

Er sagte: »Es ist genau achtundvierzig Tage her, daß ich
hier im Volksgarten um diese Zeit zum letzten Mal einen
Menschen angetroffen habe. Auch *diesen* Menschen habe
ich gefragt, wie spät es ist. Auch dieser Mensch hat mir
gesagt, daß es acht Uhr ist. Merkwürdigerweise frage ich
immer um acht Uhr, wie spät es ist. Auch dieser Mensch
ist mit mir bis vor das Parlament gegangen und bis vor
den Schweizertrakt. Übrigens«, sagte der Mann, »habe
ich, das ist die Wahrheit, meine Uhr nicht verloren, ich
verliere meine Uhr nicht. Hier, sehen Sie, ist meine Uhr«,
sagte er und hielt mir sein Handgelenk vors Gesicht, so
daß ich seine Uhr sehen konnte.

»Ein Trick«, sagte er, »aber weiter: dieser Mensch, den ich
vor achtundvierzig Tagen angetroffen habe, war ein
Mensch Ihres Alters. Wie Sie, schweigsam, wie Sie, zuerst
*un*schlüssig, dann entschlossen, mit mir zu gehn. Ein
Naturwissenschaftsstudent«, sagte der Mann. »Auch *ihm*
habe ich gesagt, daß eine Erschütterung, ein Zwischenfall, der lange Zeit zurückliegt, die Ursache dafür ist, daß
ich mich jeden Abend hier im Volksgarten aufhalte. In
Frauenhalbschuhen. Reaktionsgleichheit«, sagte der
Mann, und:
»Übrigens habe ich da noch niemals einen Polizisten gesehen. Seit mehreren Tagen meidet die Polizei den Volksgarten und konzentriert sich auf den Stadtpark, und ich
weiß, warum . . .«
»Nun wäre es tatsächlich interessant«, sagte er, »zu wissen,
ob in dem Augenblick, in welchem wir auf den Schweizertrakt zugehen, im Theater eine Komödie oder eine Tragödie gespielt wird . . . Das ist das erste Mal, daß ich nicht
weiß, was gespielt wird. Aber *Sie* dürfen es mir nicht
sagen . . . Nein, sagen Sie es nicht! Es müßte nicht schwer

sein«, sagte er, »indem ich *Sie* studiere, mich ganz auf *Sie* konzentriere, mich ausschließlich nur *mit Ihnen* beschäftige, darauf zu kommen, ob in dem Theater augenblicklich eine Komödie oder eine Tragödie gespielt wird. Ja«, sagte er, »nach und nach würde mir das Studium Ihrer Person über alles, was in dem Theater vorgeht, und über alles, was außerhalb des Theaters vorgeht, über alles in der Welt, das doch jederzeit vollkommen mit Ihnen zusammenhängt, Aufschluß geben. Schließlich könnte einmal tatsächlich der Zeitpunkt eintreten, in welchem ich dadurch, daß ich Sie auf das intensivste studiere, alles über Sie weiß . . .«

Als wir vor der Mauer des Schweizertraktes angekommen waren, sagte er: »Hier, an dieser Stelle, hat sich der junge Mann, den ich vor achtundvierzig Tagen getroffen habe, von mir verabschiedet. *Auf welche Weise* wollen Sie wissen? Vorsicht! Ah!«, sagte er, »*Sie* verabschieden sich also nicht? Sie sagen *nicht* Gute Nacht? Ja«, sagte er, »dann gehen wir vom Schweizertrakt wieder zurück, dorthin, von wo wir gekommen sind. Wo sind wir denn hergekommen? Achja, von der Meierei. Das Merkwürdige an den Menschen ist, daß sie sich selber andauernd mit anderen Menschen verwechseln. Also«, sagte er, »Sie haben die heutige Vorstellung besuchen wollen. Obwohl Sie, wie Sie sagen, das Theater hassen. Das Theater *hassen?* Ich *liebe* es . . .«

Jetzt fiel mir auf, daß der Mann auch einen Frauenhut auf dem Kopf hatte, die ganze Zeit hatte ich das nicht bemerkt.

Auch der Mantel, den er anhatte, war ein Frauenmantel, ein Frauenwintermantel.

Er hat tatsächlich lauter Frauenkleider an, dachte ich.

»Im Sommer«, sagte er, »gehe ich nicht in den Volksgarten, da wird auch kein Theater gespielt, aber immer, *wenn* im Theater gespielt wird, gehe ich in den Volksgarten, dann, wenn Theater gespielt wird, geht außer mir niemand mehr in den Volksgarten, weil der Volksgarten dann viel zu kalt ist. Vereinzelt kommen junge Männer in den Volksgarten herein, die ich, wie Sie wissen, sofort anspreche und auffordere, mitzugehn, einmal vor das Parlament, einmal vor den Schweizertrakt ... und vom Schweizertrakt und von der Meierei immer wieder zurück ... Aber kein Mensch ist bis jetzt mit mir, und das fällt mir auf«, sagte er, »*zweimal* bis vor das Parlament gegangen und *zweimal* bis zum Schweizertrakt und also *viermal* zur Meierei zurück. Jetzt sind wir *zweimal* zum Parlament und *zweimal* zum Schweizertrakt und wieder zurück gegangen«, sagte er, »das genügt. Wenn Sie wollen«, sagte er, »begleiten Sie mich ein Stück nach Hause. Noch nie hat mich auch nur ein einziger Mensch von hier ein Stück nach Hause begleitet.«

Er logiere im Zwanzigsten Bezirk.

Er *hause* in der Wohnung seiner Eltern, die vor sechs Wochen (»Selbstmord, junger Mann, Selbstmord!«) gestorben seien.

»Wir müssen über den Donaukanal«, sagte er. Mich interessierte der Mensch, und ich hatte Lust, ihn solange wie möglich zu begleiten.

»Am Donaukanal müssen Sie zurückgehen«, sagte er, »Sie dürfen mich nicht weiter als bis zum Donaukanal begleiten. Fragen Sie, bis wir beim Donaukanal angekommen sind, nicht *warum!*«

Hinter der Rossauerkaserne, hundert Meter vor der Brücke, die in den Zwanzigsten Bezirk hinüber führt, sagte der Mann plötzlich, stehengeblieben, in das Kanalwasser hineinschauend: »Da, an dieser Stelle.«

Er drehte sich nach mir um und wiederholte: »An dieser Stelle.«

Und er sagte: »Ich stieß sie blitzschnell hinein. Die Kleider, die ich anhabe, sind *ihre* Kleider.«

Dann gab er mir ein Zeichen, das hieß: *verschwinde!*
Er wollte allein sein.

»Gehen Sie!« kommandierte er.

Ich ging nicht sofort.

Ich ließ ihn aussprechen. »Vor zweiundzwanzig Jahren und acht Monaten«, sagte er.

»Und wenn Sie glauben, daß es in den Strafanstalten ein Vergnügen ist, so irren Sie sich! Die ganze Welt ist eine einzige Jurisprudenz. Die ganze Welt ist ein Zuchthaus. Und heute abend, das sage ich Ihnen, wird in dem Theater da drüben, ob Sie es glauben oder nicht, eine Komödie gespielt. *Tatsächlich* eine Komödie.«

Viktor Halbnarr

Ein Wintermärchen

Über einen Mann, müßt ihr euch vorstellen, der Viktor Halbnarr hieß und keine Beine mehr hatte, stolperte ich gestern nacht auf dem Weg durch den Hochwald. Noch dazu hatte ich es gestern besonders eilig, denn ich bin ja neben meiner Vorliebe für das Nichtstun auch noch Arzt: Ein gesunder Mensch auf der einen Seite des Hochwalds, in Traich, hatte mich zu einem mit ihm verwandten kranken auf der anderen Seite des Hochwalds, nach Föding, gerufen, zu einem, der plötzlich an einer Kopfkrankheit litt, deren entsetzliche Wirkungen zwar in den medizinischen Büchern stehen, deren Ursachen sich aber kein Mensch erklären kann. Kurz und gut, ich habe zu dem Patienten laufen wollen, durch den Hochwald, durch den tiefen Schnee, versteht sich, unter Anwendung meiner vorzüglichsten Durchdenschneewatekünste, um auf einmal und, wie man sich denken kann, erschrocken, mitten im Hochwald über den Viktor Halbnarr zu stolpern.

»Viktor Halbnarr«, so hatte sich der, über den ich gestolpert war und den ich vorher in meinem ganzen Leben nicht ein einziges Mal gesehen hatte, vorgestellt.

»Die Lokomotive hat sie mir vom Körper heruntergerissen!« rief der Mann in dem Augenblick, in welchem ich feststellte, daß er keine Beine mehr hatte, aus, und zwar so, als hätte der Unglückliche das Unglück gerade erst hinter sich. Aber da fiel mir ein, daß durch den Hochwald ja gar kein Zug fährt, es führen keine Geleise durch den Hochwald, und daß ich ja auch kein Schreien gehört hatte, nichts Menschliches, und »natürlich«, sagte der Viktor Halbnarr, »ist das Unglück schon acht Jahre aus!« Er liege mitten im Hochwald mitten auf der Straße, weil seine beiden Beine, seine Holzbeine, »vielleicht, weil ich einmal versucht habe, schneller als sonst zu laufen«, sagte der Viktor Halbnarr, plötzlich zusammengebrochen seien. »Ich habe auf einmal vergessen, daß ich Holzbeine habe, keine eigenen, ich habe geglaubt, daß ich wieder eigene Beine habe!« Er sei froh, daß ein Mensch aufgetaucht sei, nämlich ich. Ich sei ihm außerdem, selbst in der Finsternis, sympathisch, meiner Stimme wegen, meiner Schritte. »Ich wäre«, sagte der Viktor Halbnarr zu mir, »wenn Sie nicht gekommen wären, unweigerlich eines entsetzlichen Todes gestorben. Sie wissen ja, der entsetzlichste Tod ist der, der eintritt, wenn man erfriert.«

Als ich sagte, daß ich Arzt sei, war der Mann, dessen Name, nicht dessen Unglück und dessen augenblicklicher Zustand mich, das muß ich zugeben, am allermeisten beschäftigte (man denke, er hieß Halbnarr!), in einem noch viel größeren Maße glücklich, als wenn ich gesagt hätte, ich sei Spengler oder Installateur oder Bäcker oder Bauer. Als ich ihn fragte, wie er denn in den selbst für den Gesündesten unter Umständen tödlichen Hochwald, noch dazu zwischen elf und zwölf in der Nacht, hereinkomme, meinte er, daß er, und zwar erst eine Stunde zuvor, mit einem Mühlenbesitzer aus Traich, der ihm seit Jahren nur vom Hören, nicht vom Sehen bekannt sei, also in Traich, auf der einen Seite des Hochwalds, eine Wette abgeschlossen habe. Der Traicher Mühlenbesitzer habe mit ihm um ganze achthundert Schilling (das ist der Wert des besten Paares Juchtenstiefel von unserem besten Schuhmacher, das er, Halbnarr, sich schon seit zehn Jahren wünscht) gewettet, daß er, Halbnarr, wenn er um Punkt elf in Traich abgehe, nicht vor zwölf in Föding sei. In einer Stunde komme er mit seinen Holzbeinen nicht durch den Hochwald; nicht im Winter; nicht in einem solchen Winter; nicht in einer derartig kalten Nacht. Er,

Halbnarr, habe selbst nicht geglaubt, bis zwölf in Föding zu sein, wäre aber doch (»Ich Unsinniger!«), weil man ja nichts unversucht, keine gute Gelegenheit, sich zu verbessern, ungenützt vorbeigehen lassen solle, wie ausgemacht um elf von Traich abgelaufen. Der Mühlenbesitzer habe ihm einen entsetzlichen Tod, nämlich den schon erwähnten des Erfrierens, vorausgesagt (»Wie recht der Mühlenbesitzer beinahe gehabt hätte!«). Nun, er, Halbnarr, habe zwar, meinte er, die Wette verloren, aber erfrieren müsse er, dank meiner, nicht. Noch dazu habe er das Glück, aus seiner fürchterlichen Lage, die, das bemerkte er ausdrücklich, wie alles auf der Welt ihre lächerliche Seite habe, »von einem Arzt«, von einem »Vertreter der Hohen Medizin«, von einem regelrechten Doktor gerettet zu werden.

Ich hob ihn auf und klopfte ihm den meisten Schnee ab und stellte fest, daß seine beiden Holzbeine tatsächlich in der Mitte, wie eben zwei Holzbeine, abgebrochen waren. Kurz entschlossen hob ich den Mann, weil ich ja raschest zu meinem Patienten mußte, auf meine Schultern. Besser wäre gewesen, ich hätte ihn ohne Holzbeine tragen können, aber wir konnten beide die Schnallen, die eingefroren waren, nicht öffnen. Die zerbrochenen Holzbeine waren ihm an den Oberschenkeln angefroren, und ich dachte, der Mann muß fürchterliche Schmerzen haben, auch von seinem Erschrecken über den nahenden Tod geschwächt sein. Aber weil ein solcher Mensch große Schmerzen gewohnt ist (die ist man gewohnt, wenn man keine Beine mehr hat, keine eigenen, solche aus Knochen und Fleisch und Blut, wenn man nur mehr noch künstliche hat), jammerte er nicht, er flennte nicht, er heulte nicht, er schrie nicht, er beklagte sich überhaupt nicht. Nein, im Gegenteil, er war ja glücklich, gerettet zu sein, wie ich ihn geschultert und an den beiden zerbrochenen Holzbeinen, die ich mir fest übers Kreuz an den Brustkorb zu drücken getraute, gepackt hatte und so, wie mir vorkam, nicht nur verdoppelt, sondern, was das Gewicht, das ich jetzt zu tragen hatte, betrifft, verdreifacht, verfünffacht, verzehnfacht, vorwärts, so rasch als möglich aus dem Hochwald hinaus nach Föding zu kommen. Daß er, Halbnarr, noch vor zwölf in Föding sein und damit die Wette mit dem Mühlenbesitzer, der verabredungsgemäß nach einem Umweg mit seinem Wagen schon in Föding auf Halbnarr wartete, gewinnen werde, dachte er nicht. Er getraute sich solches nicht zu denken, ich aber hatte plötzlich nach einem Blick auf die Uhr, nämlich genau um halb zwölf, das Gefühl, ich, und auf meinem Rücken also auch Halbnarr, wir zwei könnten um zwölf in Föding sein, und so lief ich, der ich sowieso in Anbetracht des auf mich wartenden Patienten schnell genug durch den Hochwald gelaufen war, noch schneller, immer noch schneller durch den Hochwald, mit dem Mann auf dem Rücken, der, wie alle ohne Beine, recht fett und weich war und dessen zerbrochene Holzbeine abwechselnd ächzten und knisterten und quietschten und der sich vor lauter Angst über meine Schnelligkeit kein Wort mehr zu sagen getraute. Nur als wir schon aus dem Hochwald waren, kurz vor den Lichtern von Föding, sagte er: »Ist das nicht Föding?« Und ich antwortete: »Ja, Föding, Föding, ja!« Und er fragte, ob es schon zwölf sei, ich darauf: »Nein, nicht, es hat auch noch nicht geschlagen.« Während ich lief, als ob ich ohnmächtig gewesen wäre, meinte der Halbnarr, daß ausgemacht sei, sich mit dem Mühlenbesitzer nicht nur in Föding, sondern »vor der Kirchtür in Föding« zu treffen. »Vor der Kirchtür? Das trifft sich gut«, sagte ich, »denn gleich daneben wartet mein Patient auf mich!« Und im Laufen sagte ich noch, gerade als wir auf dem Kirchplatz angekommen waren, »es ist noch nicht zwölf!«, und ich stürzte vor die Kirchentür, und tatsächlich stand ein Mann davor, groß, schwarz, und ich dachte, dem wirfst du, so, daß es dem Fallenden ja nicht weh tut, den Viktor Halbnarr vor die Füße. Ich tat's und die Glocke schlug zwölf. Da lag der Halbnarr schon vor den Füßen des Mühlenbesitzers und streckte mit vollem Recht seine Hände nach dem Geld aus.

Recht erstaunt über das Ganze, aber endlich doch, zog dann, nachdem ich mich dem Mühlenbesitzer vorgestellt und ihn angeherrscht hatte, der große schwarze Mühlenbesitzer seine große schwarze Brieftasche, mehr weil er Angst hatte, weniger weil er einsah, daß er die Wette verloren hatte, und blätterte dem auf dem Boden liegenden Viktor Halbnarr acht Hundertschillingscheine in die Hand.

»Gewettet ist gewettet«, sagte der Mühlenbesitzer, der mit der Möglichkeit, daß den Viktor Halbnarr mitten im Hochwald einer aufklauben könne und mit ihm nach Föding rennen, nicht gerechnet hatte. Er habe, sagte der Mühlenbesitzer, nicht einen Groschen mehr auf das Leben des Viktor Halbnarr gegeben. Ihn habe es gewundert, daß einer überhaupt in eine solche Wette eingehen kann. »Ich habe den Halbnarr schon tot gesehen!« sagte der Mühlenbesitzer, und dann: »Ach ja, die Ärzte! Wirklich, in alles pfuschen die Ärzte hinein!« und war verschwunden.

Den Halbnarr schulterte ich und nahm ihn auf meinen auch noch rechtzeitigen Krankenbesuch mit. Nachher bat ich im nahen Gasthaus für Halbnarr um ein Bett für die restliche Nacht, das ich im voraus bezahlte.

Wir kamen überein, uns mit uns nicht mehr zu beschäftigen. Unsere Verabschiedung benützte Halbnarr merkwürdigerweise dazu, mir zu danken. Für was? frage ich mich, und ich dachte, unseren Kontrakt gänzlich außer acht lassend, auf dem Nachhauseweg, daß er jetzt zwar die Wette, also achthundert Schilling, also ein Paar von den besten Juchtenstiefeln von unserem besten Schuhmacher, gewonnen, aber seine Holzbeine verloren hat. Die kosten ihn zweieinhalbtausend. Was für ein Mensch, dachte ich im Hochwald, der mir auf diesem Heimweg so zusetzte, daß ich glaubte, ich müsse umkommen, ist der Halbnarr? Ist der verrückt?

Attaché an der französischen Botschaft

Ferientagebuch, Schluß

Während des Abendessens zeigte sich, in wie kurzer Zeit eine in diesem Falle durch mehrere im einzelnen unbedeutende, im Zusammenwirken aber doch entscheidende Ursachen herbeigeführte glückliche Stimmung und Gesellschaft plötzlich zu einer verdüsterten werden kann. Als hätten wir uns dem Entsetzlichen, an das wir denken mußten, während wir aßen, nicht ausliefern wollen, fürchteten wir die Konsequenzen aller Gedanken. In der größten Unruhe, in welcher Vermutungen und Befürchtungen zu einem vor allem für die Ehefrau des Abgängigen entsetzlichen Schweigen geführt hatten, war pünktlich mit dem Nachtmahl begonnen worden. Mein Onkel war von der Waldinspektion nicht zurück. Wir hatten ihn gesucht, erfolglos. (Die Tatsache seines Ausbleibens war deshalb von einer solch lähmenden Wirkung, weil er, solange zurückgedacht werden kann, noch nie unpünktlich von der abendlichen Waldinspektion nach Hause gekommen war.)

Während wir schweigend das Nachtmahl einnahmen, habe ich vor allem die Verhaltensweise der Frau meines Onkels studiert. Aber nicht die Beschreibung der Anspannung, ja Verzweiflung der Tischgesellschaft, die, wie ich heute weiß, meinen Onkel naturgemäß mit einer Reihe von grauenhaften Unglücksfällen, Verbrechen in Zusammenhang gebracht hat, interessiert mich jetzt, nur das, was mein Onkel, nachdem er völlig überraschend eine halbe Stunde nach Essensbeginn erschienen war, zu berichten gehabt hatte.

Der schon nicht mehr Erwartete war eingetreten und

hatte sich, als sei überhaupt nichts geschehen, auf seinen Platz gesetzt und erzählt, er habe im Wald, in dem Stück Mischwald, das an den Fichtenwald grenzt, ohne vorher auch nur das geringste in bezug auf diese Begegnung wahrgenommen zu haben, einen jungen Mann, wie er sagte, »einen der stattlichsten jungen Männer«, getroffen. Vorzüglich gekleidet sei der Mensch gewesen. Das Gesicht des Fremden hatte mein Onkel der Witterung entsprechend nicht sehen, seine Stimme aber sofort als die eines überdurchschnittlich Intelligenten klassifizieren können. (Schon im ersten Augenblick hatte mein Onkel die Begegnung mit dem Fremden als einen Glücksfall empfunden.)

»Es war«, sagte mein Onkel, »merkwürdigerweise, als hätte ich jahrelang auf nichts anderes gewartet als auf diese Begegnung.«

Mein Onkel hatte nicht einen Augenblick an ein Verbrechen gedacht, nicht einen Augenblick an eine Menschenfalle.

Er lud den jungen Mann, der seinen Namen genannt hatte und doch in völliger Anonymität geblieben war, ein, ein Stück mit ihm zu gehen.

Er habe mehrere Baumstämme auf ihre Schlägerungsreife hin zu prüfen, da gehe er lieber zu zweit als allein, und er hatte sich gedacht, der Mensch ist vertrauenswürdig und: »möglicherweise denkt er genau so wie ich, man kann von Stimmungen, Bewegungen auf die Person schließen« usf.

»Dieser Wald«, hatte mein Onkel zu dem jungen Mann gesagt, »ist gut«, dann wieder: »Dieser Wald ist schlecht, und ich will Ihnen erklären, warum *der* Wald gut ist, der andere schlecht. In der Finsternis sehen Sie ja nicht, warum *der* gut ist und der andere schlecht. Aber warum sage ich Ihnen, daß *der* Wald gut ist und der andere schlecht (»Menschen!«). Möglich, daß Sie das gar nicht interessiert. Mich aber haben ständig diese Merkwürdig-

keiten, *Land*merkwürdigkeiten zu interessieren. Tag und Nacht beschäftigen mich diese Gedanken: Ist *dieser* Wald gut? Ist *dieser* Wald schlecht? Warum ist *der* gut? Warum ist *der* schlecht? Wenn es Tag wäre, würden Sie sofort erkennen, daß *der* Wald (»Mensch!«), in dem wir jetzt sind, schlecht ist, und Sie würden mit der gleichen Sicherheit von dem, in den wir jetzt hineingehen, sagen können, daß er *gut* ist. Aber jetzt erkennen Sie nichts. Die Finsternis macht es unmöglich, festzustellen, ob der Wald (»Mensch!«) gut ist, ob der Wald (»Mensch!«) schlecht ist. Ich aber weiß, daß der Wald, in dem wir jetzt sind, schlecht ist, daß der Wald, in den wir jetzt hineingehen, gut ist. Mir ist die Beschaffenheit aller meiner Wälder bekannt ... Tag und Nacht sehe ich meine Grundstücke ... Ununterbrochen ... Meine Grundstücke sind meine Themen. Ich kann mir vorstellen, daß ein Philosoph Tag und Nacht alle seine Philosophien sieht, wenn er der ideale Philosoph ist. Die Kunst besteht darin, daß der Philosoph immer alle Philosophien *durchschaut,* wie die meinige darin besteht, immer alle Grundstücke zu *durchschauen.* Ich muß wissen, ob und *wodurch* der Baum faul ist. Ich muß wissen, was in dem Baum *ist.* Immer muß ich wissen, was immer ist. Die Welt ist, wie Sie wissen, eine Möglichkeitswelt, meine Grundstücke sind Möglichkeitsgrundstücke, wie die Philosophien Möglichkeitsphilosophien sind. Wir denken alle immer in Möglichkeiten.« Der junge Fremde zeigte sich, was die Wald- und Forstwirtschaftswissenschaft betrifft, nicht nur interessiert, sondern er erwies sich als darin beschlagen. (Wie sich herausstellte, war der Fremde ein Fachmann, die ganze forstwirtschaftswissenschaftliche Entwicklung betreffend.)
»Was ich so gern habe«, sagte mein Onkel, »der junge Mann zitierte *die Natur selbst,* keine Schriften *über die Natur.*«
Mein Onkel hatte immer mehr Vergnügen an der Begeg-

nung. Wie er berichtete, war das Gesprächsthema der beiden bald nicht mehr nur die Wald- und Forstwirtschaftswissenschaft gewesen, es waren schließlich, das erstaunte meinen Onkel, denn sie beide waren sogenannte *Praktiker auf dem Höhepunkt des Zwanzigsten Jahrhunderts,* die Künste, worüber sie sich unterhielten. Über Literatur wurde gesprochen. Über Musik. (Einer von den wenigen jungen Menschen, mit welchen man, ohne fürchten zu müssen, sie *und also auch sich selbst* in jedem Augenblick auf das peinlichste banalisieren zu müssen, über alles sprechen kann, sei der Fremde durch seine Vorlieben wie diejenigen für die Literatur und die Musik vor allem, sein Wissen, die Natur betreffend, schon nach kurzer Zeit seiner Sympathie sicher gewesen.)

»Das Deutsch des jungen Mannes war außerordentlich, aber doch von einem Ausländer gesprochen«, sagte mein Onkel. Ein Franzose! hatte er sofort gedacht, ja, ein Franzose! und: *wie kommt um diese Zeit ein Franzose in meinen Wald?* Aber dann hatte er sich gesagt: natürlich, es handelt sich um einen der französischen Verwandten des Landwirtschaftsministers. Der junge Mensch hat, aus was für einem Grund immer, und junge Menschen haben *jugendliche Gründe,* vor dem Zubettgehen noch einen Spaziergang gemacht; Interesse auch an den Erscheinungen gerade in Oberösterreich so zahlreicher Besonderheiten physikalischer, chemischer, philosophischer Natur *in der Dämmerung* haben ihn außer Haus gehen lassen. Freilich, ein Mensch allein im Wald in der Finsternis ist nicht nur hier, ist überall aufs empfindlichste verdächtig. Aber dieser Gedanke hatte meinen Onkel nicht beschäftigt. »Zutrauen«, sagte er, »gegenseitiges Zutrauen.«

Nicht einen Augenblick habe mein Onkel an eine Schußwaffe gedacht.

»Es war in der Dämmerung, die schon finster ist«, sagte er. »Merkwürdig«, sagte er, und dann: »Nachdem ich dem

jungen Mann über Düngung und Dunkelschlag, über die
Schattenholzarten, eine sehr interessante Geschichte über
die Weymouthskiefer erzählt hatte, waren wir auf die
Politik zu sprechen gekommen. Wieder habe ich die Feststellung gemacht, daß das Gespräch zweier intelligenter
Männer naturgemäß immer auf die Politik, auf das Politi-
sche, auf das Einundalles des klaren Verstandes kommen
muß. Hier zeigte sich erst recht die hohe Intelligenz mei-
nes Partners. Ganz klar, habe ich mir gedacht, ein Franzose spricht!«
(Was er über Demokratie zu sagen hatte, hatte auf meinen
Onkel, der ein vollendeter Zuhörer ist, den größten Eindruck gemacht.)
»Der Franzose wußte, was Demokratie ist«, sagte mein
Onkel, »was der Staat heute, die Jugend vor allem und der
Staat, die Zukunft und der Staat.«
»Präzision«, sagte mein Onkel, »zeichnete den Franzosen
aus, eine elegante Präzision.«
Der junge Franzose war, berichtete mein Onkel, ein mei-
sterhafter Aufklärer selbst der finstersten Zusammen-
hänge, nicht nur der europäischen, sondern der vollstän-
digen Weltpolitik. Ohne auch nur ein einziges Mal *aus der
Geschichtsschreibung* zu zitieren, gelang es ihm mit ein paar
Sätzen, *den heutigen Standpunkt der Geschichte* so anschaulich
zu machen, daß es die Bewunderung meines Onkels hervorrufen *mußte*.
»Sie sind durch diese Schule gegangen, die es eigentlich
gar nicht gibt und die doch die beste ist«, hatte mein
Onkel zu dem jungen Mann gesagt.
Die beiden waren bis zu den Eichen gegangen.
»Ich habe dem Franzosen den Vorschlag gemacht, mit uns
zu Abend zu essen«, sagte mein Onkel, »aber der Franzose
hat meine Einladung abgelehnt. Er hat mich ersucht, ich
möge ihn aus dem Wald hinausführen, denn er hatte die
Orientierung verloren, und ich habe ihn hinausgeführt«,

sagte mein Onkel. Dann: »Der Gedanke, diesen Menschen vielleicht zum letzten Mal gesehen zu haben, schmerzt mich.«

Auf dem Rückweg durch den Mischwald sei ihm der Franzose als »einer der wichtigsten Menschen« in seinem Leben erschienen. (»Dieser Mensch ist ein durchaus bevorzugter«, sagte mein Onkel, »wie es eine Bevorzugung ist, einen solchen Menschen zu treffen.«)

23.9.

Heute hörte ich von einem Toten »mit durchschossenem Kopf« sprechen.

25.9.

»Es handelt sich um einen Attaché an der französischen Botschaft«, sagte mein Onkel.

An der Baumgrenze

Am elften, spät abends, nahmen hier im Gasthaus ein Mädchen und ein junger Mann, wie sich herausstellte, aus Mürzzuschlag, ein Zimmer. Die beiden waren schon kurz nach ihrer Ankunft im Gastzimmer erschienen, um ein Nachtmahl einzunehmen. Ihre Bestellung gaben sie rasch, nicht im geringsten unbeholfen, auf, handelten jeder für sich dabei vollkommen selbständig; ich sah, daß sie gefroren hatten und sich jetzt, in Ofennähe, aufwärmten. Sie seien, meinten sie, über die Menschenlosigkeit, die hier herrsche, überrascht, und erkundigten sich, wie hoch Mühlbach liege. Die Wirtstochter gab an, daß wir uns über tausend Meter hoch befänden, das ist unwahr, ich sagte aber nicht »neunhundertachtzig«, ich sagte *nichts,* weil ich in der Beobachtung der beiden nicht gestört sein wollte. Sie hatten mich bei ihrem Eintreten in das Gastzimmer zuerst nicht bemerkt, waren dann, wie ich sah, über mich erschrocken, nickten mir zu, schauten aber nicht mehr zu mir herüber. Ich hatte gerade einen Brief an meine Braut zu schreiben angefangen, daß es klüger sei, schrieb ich ihr, noch eine Weile, bis ich selbst mich in Mühlbach eingewöhnt habe, bei ihren Eltern auszuharren; erst dann, wenn ich außerhalb des Gasthauses für uns beide, »möglicherweise in Tenneck«, schrieb ich, zwei Zimmer für uns beschafft habe, solle sie herkommen. Sie hatte mir in ihrem letzten Brief, von den Anklagen gegen ihre verständnislosen Eltern abgesehen, geschrieben, sie fürchte Mühlbach, und ich antwortete, ihre Furcht sei grundlos. Ihr Zustand verändere sich in der Weise krankhaft, daß sie jetzt *alles* fürchte. Dann, wenn das Kind da sei, schrieb ich, könne sie wieder klar sehen, daß alles in Ordnung *sei.* Es wäre falsch, vor Jahresende zu heiraten, schrieb ich, ich schrieb: »Nächstes Frühjahr ist ein guter Termin. Der Zeitpunkt, in welchem das Kind kommt«, schrieb ich, »ist in jedem Falle peinlich für die Umwelt.« Nein, dachte ich, das kannst du nicht schreiben, alles, was du bis jetzt in den Brief geschrieben hast, kannst du nicht schreiben, darfst du nicht schreiben, und ich fing von vorne an und zwar sofort mit einem Satz, in welchem ich Angenehmes, von unserm Unglück Ablenkendes, von der Gehaltserhöhung, die mir für August in Aussicht gestellt ist, berichtete. Der Posten in Mühlbach sei abgelegen, schrieb ich, dachte aber, Mühlbach ist für mich und für uns beide eine Strafe, eine Todesstrafe und schrieb: »Innerhalb der Gendarmerie werden sie alle nach Gutdünken des Bezirksinspektors versetzt. Zuerst habe ich geglaubt, die Versetzung nach Mühlbach sei für mich und für uns beide vor allem eine Katastrophe, jetzt nicht mehr. Der Posten hat Vorteile. Der Inspektor und ich sind ganz selbständig«, schrieb ich und dachte: eine Todesstrafe und was zu tun sei, um eines Tages wieder aus Mühlbach hinaus- und in das Tal und also zu den Menschen, in die Zivilisation hinunterzukommen. »Immerhin sind drei Gasthäuser in Mühlbach«, schrieb ich, aber es ist unklug das zu schreiben, dachte ich, und ich strich den Satz aus, versuchte ihn unleserlich zu machen und beschloß schließlich, den ganzen Brief ein drittes Mal zu schreiben. (In letzter Zeit schreibe ich alle Briefe drei- bis vier- bis fünfmal, immer gegen die Erregung während des Briefschreibens, meine Schrift selbst sowie meine Gedanken betreffend.) Die Gendarmerie sei eine gute Grundlage für uns beide, von der Gehaltserhöhung, von einer im Spätherbst in Wels zu absolvierenden Waffenübung schrieb ich gerade, als die beiden, seltsamerweise das Mädchen zuerst, hinter ihr der junge Mann, in das Gastzimmer eintraten, von der Frau des Inspektors, die in den Lungen krank und verloren sei und aus dem slowenischen Cilli stamme. Ich schrieb weiter, aber ich fühlte, daß ich auch diesen Brief nicht abschicken werde können, die beiden jungen Menschen zogen meine Aufmerksamkeit vom ersten Augenblick an auf sich, ich stellte eine plötzliche vollkommene Konzentrationslosigkeit meinerseits den Brief an meine Verlobte betreffend fest, schrieb aber weiter Unsinn, um die beiden Fremden durch die Täuschung, ich schriebe, besser beobachten zu können. Mir war es angenehm, einmal neue Gesichter zu sehen, um diese Jahreszeit kommen, wie ich jetzt weiß, niemals Fremde nach Mühlbach, um so merkwürdiger war das Auftauchen der beiden, von welchen ich annahm, daß er Handwerker, sie Studentin sei, beide aus Kärnten. Dann aber bemerkte ich, daß die zwei einen steiermärkischen Dialekt sprachen. Ich erinnerte mich eines Besuches bei meinem steirischen Vetter, der in Kapfenberg lebt, und ich wußte, die beiden sind aus der Steiermark, dort reden sie so. Mir war nicht klar, was für ein Handwerk der junge Mann ausübt; zuerst dachte ich, er sei Maurer, was auf Bemerkungen seinerseits, Wörter wie ›Mauerbinder, Schamotte‹ usw., zurückzuführen war, dann glaubte ich, er sei Elektriker, in Wirklichkeit war er Landwirt. Nach und nach wurde mir aus dem, was die beiden sprachen, eine schöne Wirtschaft, die noch von dem fünfundsechzigjährigen Vater des jungen Mannes geführt wurde, (›Hanglage‹, dachte ich), gegenwärtig. Daß der Sohn die Ansichten des Vaters, der Vater die Ansichten des Sohnes für unsinnig hält, daß sich der Vater gegen den Sohn, der Sohn gegen den Vater wehrt. ›Unnachgebigkeit‹, dachte ich. Eine Kleinstadt sah ich, in welche der Sohn einmal in der Woche zum Unterhaltungszweck hineinfährt, sich dort mit dem Mädchen, das er jetzt da am Ofen über seine Vorhaben, den väterlichen Besitz betreffend, aufklärt, trifft. Er werde den Vater zwingen, aufzugeben, abzudanken. Plötzlich lachten die beiden, um dann für länger ganz zu verstummen.

Die Wirtin brachte ihnen ausgiebig zu essen und zu trinken. Mich erinnerte, während sie aßen, vieles in ihrem
Verhalten an unser eigenes. So wie der junge Mann dort,
habe auch ich immer zu reden, während sie schweigt. In
allem, was der junge Mann sprach, drohte er. Drohung,
alles ist Drohung. Ich höre, sie ist einundzwanzig (ist er
älter?, jünger?), sie habe ihr Studium (Jus!) aufgegeben.
Von Zeit zu Zeit erkenne sie ihre Ausweglosigkeit und
flüchte dann in wissenschaftliche (juristische?) Lektüre.
Er ›verschlechtere‹ sich, sie entdecke mehr und mehr eine
von ihr so genannte ›angewandte Brutalität‹ an ihm. Er
würde seinem Vater immer noch ähnlicher, ihr mache das
Angst. Von Faustschlägen in die Gesichter von Brüdern
und Vettern, von schweren Körperverletzungen ist die
Rede, von Vertrauensbrüchen, von Mitleidlosigkeit seinerseits. Dann sagt sie: »Das war schön, auf dem Wart-
bergkogel.« Ihr gefalle sein Anzug, das neue Hemd dazu.
Ihrer beider Schulweg führte durch einen finstern Hochwald, in welchem sie sich fürchteten, daran erinnerten sie
sich: an einen aus Göllersdorf entsprungenen Häftling,
der, in Häftlingskleidung, in dem Hochwald über einen
Baumstamm gestürzt und an einer tiefen Kopfwunde ver-
blutet und, von Füchsen angefressen, von ihnen aufgefun-
den worden ist. Sie redeten von einer *Frühgeburt* und von
einer Geldüberweisung ... Sie waren, wußte ich plötzlich, schon vier Tage aus der Steiermark fort, zuerst in
Linz, dann in Steyr, dann in Wels gewesen. Was haben sie
denn für Gepäck mit, dachte ich. Anscheinend ist es viel
Gepäck, denn die Wirtin hat schwer getragen, ich höre sie
noch, man hört, wie jemand in den ersten Stock hinauf-
geht zu den Fremdenzimmern. Zweimal ist die Wirtin
hinaufgegangen. Inzwischen, dachte ich, wird es in dem
Zimmer warm sein. Was für ein Zimmer? Die Schwierigkeit in den Landgasthäusern ist im Winter die Beheizung.
Holzöfen, dachte ich. Im Winter konzentriert sich, auf

dem Land, fast alles auf das Einheizen. Ich sah, daß der
junge Mann derbe hohe, das Mädchen aber städtische,
dünne Halbschuhe anhatte. Überhaupt, dachte ich, ist das
Mädchen für diese Gegend und für diese Jahreszeit völlig
ungeeignet angezogen. Möglicherweise haben die beiden,
dachte ich, gar keinen Landaufenthalt vorgehabt. Warum
Mühlbach? Wer geht nach Mühlbach, wenn er nicht gezwungen ist? Im folgenden hörte ich einerseits zu, was die
beiden miteinander sprachen, während sie mit dem Essen
aufgehört hatten, nunmehr noch Bier tranken, andererseits las ich, was ich fortwährend geschrieben hatte,
durch, und ich dachte, das ist ein völlig unbrauchbarer
Brief, rücksichtslos, gemein, unklug, fehlerhaft. So darf
ich nicht schreiben, dachte ich, so nicht, und ich dachte,
daß ich die Nacht überschlafen werde, am nächsten Tag
einen neuen Brief schreiben. Eine solche Abgeschiedenheit wie die in Mühlbach, dachte ich, ruiniert die Nerven.
Bin ich krank? Bin ich verrückt? Nein, ich bin nicht krank
und ich bin nicht verrückt. Ich war müde, gleichzeitig
aber wegen der beiden jungen Leute unfähig, aus dem
Gastzimmer hinaus und in den ersten Stock, in mein
Zimmer zu gehn. Ich sagte mir, es ist schon elf Uhr, geh
schlafen, aber ich ging nicht. Ich bestellte mir noch ein
Glas Bier und blieb sitzen und kritzelte auf das Briefpapier
Ornamente, Gesichter, die immer gleichen Gesichter und
Ornamente, die ich schon als Kind immer aus Langeweile
oder versteckter Neugierde auf beschriebenes Papier ge-
kritzelt habe. Wenn es mir gelänge, plötzlich Klarheit
über diese beiden jungen Menschen, Verliebten, zu haben,
dachte ich.
Ich unterhielt mich mit der Wirtin, während ich den
beiden Fremden zuhörte, alles hörte ich und plötzlich
hatte ich den Gedanken, die beiden sind ein *Gesetzesbruch*.
Mehr wußte ich nicht, als daß das keine Normalität ist, so,
wie die beiden, spätabends mit dem Postautobus in Mühl-

bach anzukommen und sich ein Zimmer zu nehmen, und tatsächlich fiel mir auf, gestattet die Wirtin den beiden wie Mann und Frau in einem einzigen Zimmer zu übernachten, und ich empfinde das als natürlich und ich verhalte mich passiv, beobachte, bin neugierig, sympathisiere, denke nicht, daß es sich da ohne Zweifel um etwas zum Einschreiten handelt. Einschreiten? Auf einmal fange ich mit Verbrechen in Zusammenhang mit den beiden zu spielen an, als der junge Mann mit lauter Stimme, im Befehlston, zu zahlen verlangt, und die Wirtin geht zu ihnen hin und rechnet die Konsumation zusammen und wie der junge Mann seine Brieftasche öffnet, sehe ich, daß sehr viel Geld in ihr ist. Die Landwirtssöhne, so kurz sie von ihren Eltern gehalten sind, denke ich, heben doch dann und wann eine größere Summe von einem ihnen zur Verfügung stehenden Konto ab und geben sie, gemeinsam mit einem Mädchen, rasch aus. Die Wirtin fragt, wann die beiden in der Frühe geweckt werden wollen, und der junge Mann sagt »um acht« und schaut zu mir herüber und legt für die Wirtstochter ein Trinkgeld auf den Tisch. Es ist halb zwölf, wie die beiden aus dem Gastzimmer sind. Die Wirtin räumt die Gläser zusammen, wäscht sie ab und setzt sich dann noch zu mir. Ob ihr die beiden nicht verdächtig vorkommen, frage ich sie. Verdächtig? »Natürlich«, gibt sie mir zu verstehen. Wieder versucht sie, sich mir auf die gemeinste Weise zu nähern, ich stoße sie aber weg, mit der Stablampe an die Brust, stehe auf und gehe in mein Zimmer.

Oben ist alles ruhig, ich höre nichts. Ich weiß, in welchem Zimmer die beiden sind, aber ich höre nichts. Während des Stiefelausziehens glaube ich, daß da ein Geräusch war, ja, ein Geräusch. Tatsächlich horche ich längere Zeit, aber ich höre nichts.

In der Frühe, um sechs, denke ich, ich habe nur vier Stunden geschlafen, bin aber frischer als sonst, wenn ich schlafe, und ich frage im Gastzimmer unten die Wirtin, die den Boden aufreibt, sofort, was mit den beiden sei. Sie hätten mich die ganze Nacht lang beschäftigt. Er, der junge Mann, sagte die Wirtin, wäre schon um vier Uhr früh wieder aufgestanden und aus dem Haus gegangen, wohin, wisse sie nicht, das Mädchen sei noch auf seinem Zimmer. Die beiden seien gänzlich ohne Gepäck, sagte die Wirtin jetzt. Ohne Gepäck? Was hat sie, die Wirtin, dann gestern abend so schwer in das Zimmer der beiden hinaufgetragen? »Holz.« Ja, Holz. Jetzt, nachdem der junge Mann schon um vier Uhr früh weggelaufen ist (»Ich bin aufgewacht und hab' ihn beobachtet«, sagte die Wirtin, »ohne Mantel bei der Kälte, weg« . . .), sei ihr, was die beiden anbelangt, »unheimlich«. Ob sie ihnen die Pässe abverlangt habe, Ausweise, fragte ich. Nein, keinen Paß, keinen Ausweis. Das sei strafbar, sagte ich, ich sagte das aber in einem Ton, der zu nichts führt. Ich frühstückte, dachte aber immer an die zwei Fremden und auch die Wirtin dachte an sie, wie ich beobachten habe können, und den ganzen Vormittag, an welchem ich mit dem Inspektor zusammen auf dem Posten verbracht habe, nicht ein einziges Mal habe ich den Posten verlassen müssen, haben mich die zwei Fremden beschäftigt. Warum ich dem Inspektor nichts von den beiden erzählt habe, weiß ich nicht. Tatsächlich glaubte ich, es würde nicht mehr lange (Stunden?) dauern und es hieße einschreiten. Einschreiten? Wie und *auf Grund von was* einschreiten? Berichte ich dem Inspektor von dem Vorfall, oder berichte ich ihm nichts davon? Ein Liebespaar in Mühlbach! Ich lachte. Dann schwieg ich und machte meine Arbeit. Es waren neue Einwohnerlisten aufzustellen. Der Inspektor bemüht sich, seine Frau aus der Lungenheilstätte Grabenhof in die von Grimmen zu bringen. Das koste, meinte er, viel Gesuchsanstrengung, viel Geld. Aber in Grabenhof verschlechtere sich ihr Zustand; in

Grimmen sei ein besserer Arzt. Er werde einen ganzen Tag Urlaub nehmen und nach Grabenhof fahren und seine Frau nach Grimmen bringen müssen. Die zwanzig Jahre, die er und seine Frau in Mühlbach gelebt haben, hätten genügt, um sie, die aus der Stadt Hallein stammt, zu einer Todkranken zu machen. »Ein normaler Mensch wird ja da in der guten Luft, auf der Höhe heroben, nicht lungenkrank«, sagte der Inspektor. Ich habe die Inspektorin nie gesehen, denn solange ich in Mühlbach bin, ist sie nie mehr nach Hause gekommen. Seit fünf Jahren liegt sie in der Heilstätte Grabenhof. Er erkundigte sich nach meiner Verlobten. Er kennt sie, hat sogar mit ihr, wie sie das letzte Mal in Mühlbach gewesen ist, getanzt, der alte, dicke Mann, denke ich, ihn anschauend. Es sei »Wahnsinn«, zu früh, genauso »Wahnsinn«, zu spät zu heiraten, sagte er. Er gestattete mir in der zweiten Vormittagshälfte (»schreib«, kommandierte er) den Brief an meine Braut endgültig zu schreiben. Auf einmal hatte ich einen klaren Kopf für den Brief. Das ist ein guter Brief, sagte ich mir, als ich damit fertig war und in ihm ist nicht die kleinste Lüge. Ich würde ihn rasch aufgeben, sagte ich und ging zum Postautobus hinüber, der schon warmgelaufen war und gleich, nachdem ich dem Fahrer meinen Brief gegeben hatte, abfuhr, an dem Tag, vom Fahrer abgesehen, ohne einen einzigen Menschen. Es hatte einundzwanzig Grad Kälte, ich las das gerade neben der Gasthaustür vom Thermometer ab, als mich die Wirtin, im offenen Gang stehend, ins Gasthaus hineinwinkte. Sie klopfe schon stundenlang immer wieder an das Zimmer, in welchem das Mädchen liege und bekomme keine Antwort, sagte sie, »nichts«. Ich ging sofort in den ersten Stock hinauf und zu der Zimmertür und klopfte. Nichts. Ich klopfte noch einmal und sagte, das Mädchen solle aufmachen. »Aufmachen! Aufmachen!« sagte ich mehrere Male. Nichts. Da kein zweiter Zimmerschlüssel da ist, müsse

man die Tür aufbrechen, sagte ich. Die Wirtin gab wortlos ihr Einverständnis, daß ich die Tür aufbreche. Ich
brauchte nur einmal kräftig meinen Oberkörper an den
Türrahmen drücken und die Tür war offen. Das Mädchen
lag quer über das Doppelbett, bewußtlos. Ich schickte die
Wirtin zum Inspektor. Ich konstatierte eine schwere Medikamentenvergiftung bei dem Mädchen und deckte es
mit dem Wintermantel zu, den ich vom Fensterkreuz
heruntergenommen hatte, offensichtlich war das der Wintermantel des jungen Mannes. Wo ist der? Unausgesprochen fragte sich jeder, wo der junge Mann ist. Ich dachte,
daß das Mädchen den Selbstmordversuch tatsächlich erst
nach dem Verschwinden des jungen Mannes (ihres Verlobten?) unternommen hat. Auf dem Boden verstreut lagen
Tabletten. Der Inspektor war ratlos. Nun müsse man
warten, bis der Arzt da sei, und alle sahen wir wieder, wie
schwierig es ist, einen Arzt nach Mühlbach herauf zu
bekommen. Es könne eine Stunde dauern, bis der Arzt
kommt, meinte der Inspektor. Zwei Stunden. In Mühlbach nur nie in die Lage kommen, einen Arzt zu brauchen,
sagte er. Namen, Daten, dachte ich, Daten, und ich durchsuchte die Handtasche des Mädchens, erfolglos. Im Mantel,
dachte ich und ich suchte in dem Mantel, mit dem ich das
Mädchen zugedeckt hatte, nach einer Brieftasche. Tatsächlich befand sich in dem Mantel die Brieftasche des jungen
Mannes. Auch sein Paß war in dem Mantel. WÖLSER ALOIS,
GEB. 27. 1. 1939 IN RETTENEGG, RETTENEGG BEI MÜRZZU
SCHLAG, las ich. Wo ist der Mann? Ihr Verlobter? Ich lief
ins Gastzimmer hinunter und verständigte per Telefon alle
Posten von dem Vorfall, der mir für einen Haftbefehl
gegen Wölser ausreichend erschien. Mit dem Arzt hat es
größte Eile, dachte ich, und als der eine halbe Stunde später
erschien, war es zu spät: das Mädchen war tot.
Das vereinfacht jetzt alles, dachte ich, das Mädchen bleibt
in Mühlbach.

Die Wirtin drängte, daß man die Leiche aus dem Gasthaus hinausschaffe, in die Leichenkammer hinüber. Dort lag das Mädchen, ununterbrochen von den neugierigen Mühlbachern angestarrt, zwei Tage, bis seine Eltern ausgeforscht werden konnten und am dritten Tag endlich in Mühlbach erschienen, *die Wölser,* Wölsers Eltern, die auch die Eltern des Mädchens waren, der junge Mann und das Mädchen waren, wie sich zum Entsetzen aller herausstellte, Geschwister. Das Mädchen wurde sofort nach Mürzzuschlag überführt, die Eltern begleiteten es im Leichenwagen. Der Bruder und Sohn blieb dann unauffindbar.

Gestern, den achtundzwanzigsten, fanden ihn überraschend zwei Holzzieher knapp unterhalb der Baumgrenze über Mühlbach erfroren und mit zwei von ihm erschlagenen schweren Gemsen zugedeckt.

Midland in Stilfs

Außenstehende, Nichtvertraute unserer Erziehung, mögen unser Verhalten, ist der Engländer da, als ein verrücktes anschauen, uns selbst, unsere Atmosphäre in Stilfs, als eine künstliche, unerträgliche. Obwohl wir ständig in der Furcht existieren, unser Freund könnte uns plötzlich aufsuchen, das ganze Jahr fürchten wir das, von einem Augenblick auf den andern in Stilfs sein, denken wir gleichzeitig die ganze Zeit: wenn unser Freund doch nur plötzlich auftauchte, da wäre!, denn nichts ist fürchterlicher, für uns alle bedrohlicher mit der Zeit, insbesondere gegen das Winterende, als hier in Stilfs, in den Bergen, besser, im Hochgebirge, das hier unumschränkt als die absolute Natur herrscht, über lange, ja längste Zeit allein, auf uns angewiesen zu sein, ohne Eindringling, ohne Ausländer. Wir fürchten, ja, wir hassen Besucher und wir klammern uns gleichzeitig mit der Verzweiflung der von der Außenwelt gänzlich Abgeschnittenen an sie. Unser Schicksal heißt Stilfs, immerwährende Einsamkeit. In Wahrheit können wir die Personen an unsern Fingern abzählen, die uns dann und wann als sogenannte erwünschte Personen aufsuchen, aber auch vor diesen erwünschten Personen haben wir Angst, sie könnten uns aufsuchen, weil wir vor allen Menschen, die uns aufsuchen könnten, Angst haben, wir haben eine ungeheure Angst davor entwickelt, es könnte uns überhaupt ein Mensch plötzlich aufsuchen, obwohl wir nichts mit größerer Inständigkeit erwarten, als daß uns ein Mensch, und wie oft denken wir: gleichgültig, was für ein Mensch, sei er ein *Un*mensch!, aufsucht und unsere Hochgebirgsmarter unterbricht, unser lebenslängliches Exerzitium, unsere Einsamkeitshölle. Wir haben uns damit abgefunden, für uns zu sein, aber denken doch immer wieder, es könnte ein Mensch nach Stilfs kommen und wissen nicht, sucht uns einer auf, ist es unsinnig oder schädlich, oder schädlich *und* unsinnig, daß uns dieser Mensch aufsucht, wir fragen uns, ist es *notwendig,* daß dieser Mensch nach Stilfs herauf kommt, ist es nicht eine gemeine Verletzung unserer Einsamkeitsregel oder unsere Rettung. Tatsächlich empfinden wir die meisten, die noch herauf kommen, die wenigen, die sich überhaupt noch zu uns herauf getrauen, Erfahrungen und Gerüchte erschweren ja ihren Entschluß, machen sie unfähig, Stilfs aufzusuchen, als Schädlinge. Tagelang denken wir, ist ein solcher Mensch wieder fort, über den Grad der Zerstörung nach, den er in uns verursacht hat. Wir sprechen dann nichts und versuchen durch unser Schweigen und verdoppelte und verdreifachte Körperarbeit in den Ställen und in der Tenne und in den Wäldern den Lähmungszustand, den uns dieser Besucher verursacht hat, zuerst zu ertragen, dann herabzumildern und aufzuheben. Was für eine ungeheure Strafe Stilfs für uns ist, kommt uns dann, wenn wir von einem uns plötzlich überraschenden Besucher schon in kurzer Zeit auf das äußerste angegriffen sind, unseren Wirtschaftsdienst intensivieren, in körperlicher Arbeitsübertreibung uns gegenseitig erschöpfen, auf das entsetzlichste zu Bewußtsein. Die Wahrheit ist die: dem wir entkommen wollen, das uns aber mit immer noch größerer Rücksichtslosigkeit einkerkert, einfach zu einem unüberwindlichen Dauerzustand geworden ist, Stilfs, das wir zwar aus Gewohnheit lieben, aber aus Verstandesgründen zutiefst verabscheuen, ja mit geradezu erniedrigender Besessenheit hassen, Stilfs, das suchen diese Leute, die wir aus der frühesten, frühen und späteren Kindheit und Nachkindheit kennen, aus den verschiedensten Ferien- und Studienorten zu den verschiedensten Zwecken auf, zum Vergnügungs- oder zum Verleumdungs- oder zum Vernich-

tungszweck. Diese Leute sind sämtliche außerverwandt-
schaftliche, die Verwandtschaft kommt nicht mehr. Und
in Zukunft nurmehr und auch das nur noch widerwillig,
zum Sterbe- und Erbezweck. Die Leute, die uns noch
aufsuchen, sind mit uns nicht verwandt und wir fragen
uns nach Berührungspunkten. Alle diese Leute sind nichts
als Neugier und der Großteil redet laut und mißbraucht
alles, aber, denken wir, zur Abwechslung einmal in Stilfs
andere, als unsere eigenen Redensarten, andere, als unsere
eigenen Gedanken usf., und wir denken, der Mensch hat
uns noch gefehlt, jetzt sind wir Verräter an uns, Tage,
Wochen, warum wir diesen Menschen nicht in der ersten
Stunde über die Mauer hinunter geworfen haben usf. Die
Besucher, die herauf kommen, bedeuten uns Zeitraub und
dadurch Unglück. Es gibt aber welche, die wenigsten,
seltensten, die uns glücklich machen. Ein solcher Besucher ist uns der Engländer. Aber auch der sagt, ist er da,
was Stilfs sei, daß wir nicht wüßten, was es ist, daß wir
nicht zugeben, was es ist, daß wir Stilfs hassen, an Stilfs
ununterbrochen das größte Verleumdungsverbrechen begehen usf., begreife er nicht, denn warum?, daß uns Stilfs
Überdruß, Apathie sei, Verzweiflung. *Die Ruhe* und *die
Konzentrationsmöglichkeit* sagt er, Wörter, die wir hier immer gehört haben, die uns von allen, denen Stilfs das
entgegengesetzte ist, bekannt sind. Das Verbrechen der
Geschwätzigkeit begehen alle diese Leute dazu, uns fortwährend, bei jeder Gelegenheit, zu sagen, was Stilfs wirklich sei, was wir nicht wüßten, das es ist, Stilfs, diese
Leute, die das ganze Jahr über in einem stupiden Ver-
trauensverhältnis zur ganzen Welt stehen und ihre Be-
dürfnisse in den Großstädten befriedigen. Wie der
Dummkopf als Laie dem Fachmann mit der Unverschämtheit der Gegenwart und voll Hochmut sein Fach
erläutert, so erläutern uns unsere Besucher Stilfs. Alles aus
ihrem ständig offenen Mund sagt, daß sie wissen, was wir

nicht wissen. Fortwährend beantworten unsere Besucher Stilfs betreffende Fragen, die wir ihrer Meinung nach genauso fortwährend gestellt haben, obwohl wir unseren Besuchern niemals eine einzige Stilfs betreffende Frage gestellt haben. Weil wir über Stilfs alles wissen. Die Meinungen unserer Besucher über Stilfs interessieren uns nicht, weil wir sie seit Jahrzehnten kennen. Aber selbst der Engländer, der, alles in allem höchstens vierzehnmal eine Nacht und einen Tag in Stilfs gewesen ist, erklärt uns Stilfs. Weggehend vom Grab seiner Schwester, die auf den Tag genau vor fünfzehn Jahren hier in Stilfs von der Hohen Mauer kopfüber hinunter in die Alz zutode gestürzt ist, sei ihm, Midland, zu Bewußtsein gekommen, daß wir, und er meinte nicht nur mich und Franz, sondern auch Olga und den Roth, uns alle, an dem idealsten Ort existierten. Er könne sich keinen idealeren Ort für uns vorstellen. Ja, er verdächtigte uns, absichtlich darüber zu schweigen, daß wir hier in Stilfs in einem Idealzustand uns entwickelten, wahrscheinlich, so drückte er sich aus, gemeinsame oder getrennte wissenschaftliche Arbeiten gemacht haben, die, unseren klaren Köpfen entsprechend, von größtem Wert seien. Er witzelte zwar, er sagte »epochale Geisteserzeugnisse«, er meinte aber, was er sagte, tiefernst. Er fühle, wenn er in Stilfs sei, über den Hof gehe, wenn er hier alles das unter dem Begriff *Stilfs* zusammengefaßt in sich einatme und in Betracht ziehe, wie ungeheuer das Material sei, das wir, Franz und ich schon verarbeitet haben zu einer Wissenschaft, die schon längst eine nicht mehr zu verlierende sei, eine Wissenschaft, an die wir selbst in Wirklichkeit schon so lange Zeit gar nicht mehr denken. Ein abgeschlossenes Werk der Naturgeschichte vermutet er, hätten wir hinter uns, verweigerten aber, aus Gründen, die ihm unverständlich sind, seine Veröffentlichung. Hinter Weltscheu verschanzten wir uns auf das unsinnigste. Er sagte: was außerhalb Stilfs nicht mehr möglich sei, nicht ihm, keinem Menschen, sei hier möglich. Er habe Beweise für unsere Entwicklung, alles an uns sei Beweis dafür, daß wir soweit gekommen seien, wie wir nur wünschen durften. Als ein Zurückgebliebener empfinde er sich in Stilfs unter uns. Alles was er bis jetzt getan habe, sei in Ansätzen steckengeblieben. Alle Versuche seinerseits, mit dem Anfangsunrat in seinem Gehirn fertig zu werden, seien an seiner eignen wie an der Außennatur gescheitert. Der Größenwahn einer als rücksichtslos bestätigten Umwelt sei ihm zeitlebens zum tödlichen Unglück gewesen. In den Großstädten habe er allein damit, nicht an ihrem Schwachsinn ersticken zu müssen, sämtliche Energien aufwenden, aufbrauchen müssen, in der Gesellschaft, ohne die er andererseits gar nicht leben könnte. (»Der Verschleiß in der Masse ist ein totaler!«) Wir aber seien gerettet, in Stilfs gerettet, hätten Stilfs erkannt, von ihm auf das glücklichste Besitz ergriffen. Die Zukunft stehe uns da ohne Hindernis. Franz ginge seinen Weg, ich ginge meinen Weg. In Stilfs sei alles klar, was uns betrifft, für ihn *über*klar. Und wie falsch ist, was er sagt, das Gegenteil von dem, das er denkt, die Wirklichkeit. *Kleine Schwierigkeiten,* sagt er, damit wir in unserm Glück nicht zutode vor ihm erschrecken sollen und er malt uns eine Liste aller stilfsschen Vorzüge an die Wand, lauter grausige und ein paar lächerliche Schönheitsfehler, wie er meint, aber die kleinen Schönheitsfehler und Schwierigkeiten, die er uns aufzählt, gedankenlos, wie wir fühlen, sind in Wirklichkeit die allergrößten und Stilfs ist, wie gesagt, kein ideales, sondern tödlich für uns. Unsere Existenz ist eine tödliche Existenz. Stilfs ist das Lebensende. Aber sage ich, was Stilfs ist, werde ich für verrückt gehalten. Aus dem gleichen Grund sagt auch Franz nicht, was Stilfs ist. Und die Olga wird nicht gefragt und der Roth ist antwortunfähig. Natürlich sind wir alle Verrückte. Aber wenn ein Mensch

sei Schöpfung. Von der Entrümpelung aller Staaten
spricht der Enthusiast. Da geht er, der vor ein paar Stunden gesagt hat, jetzt sei alles am widerwärtigsten. Was für
eine unglaubliche Faszination dieser Mensch auf mich
ausübt, denke ich, ausgestattet mit den Kennzeichen einer
Welt, die wir seit vielen Jahren nicht einmal mehr vom
Hörensagen kennen, von welcher wir, wenn wir ehrlich
sind, auch nicht mehr die geringste Vorstellung haben, ja,
in die zurück wir uns, wäre uns ein Zurückgehen in sie auf
einmal gestattet, überhaupt nicht mehr getrauten, in die
Welt, die uns schon völlig unbegreiflich geworden ist und
aus welcher Midland mit der ihm eigenen Überraschungskunst urplötzlich in Stilfs, wie an der Oberfläche einer
zähen Unendlichkeitsmasse aufgetaucht ist, in Stilfs, in
welchem es für uns kein Hinaus und kein Hinunter mehr
gibt, ich beobachte ihn, wie er mit raschen Schritten, der
junge, so gut ausschauende Körper, denke ich, eine geo-
metrische Figur auf das Hofgelände, das von der Morgen-
sonne in ein kaltes künstliches Grün eingefärbt ist, zeich-
net, wie er, der Brite durch und durch, dessen Vater mit
meinem Vater vor fünfundzwanzig Jahren auf der damals
noch mit ihrer Bedeutungslosigkeit kämpfenden Londo-
ner Universität studiert hat, wie der Brite scheinbar nachdenklich über die Mühelosigkeit, mit welcher er die Beherrschung seines eigenen Körpers mit immer noch raffi-
nierterer Eleganz auszustatten imstande ist, die Zeit, die er
noch in Stilfs ist, überbrückt, die paar Stunden, bis er
wieder fort ist. Es ist, denke ich, ihn beobachtend, seine
Gewohnheit, Gedanken, die ihn beschäftigen, mit ab und
zu laut ausgesprochenen Wörtern, die diese Gedanken
betreffen, woraus auf eine genaue Verteilung der Ge-
wichte in seinen Gedanken zu schließen ist, an sich in
seinem Gehirn zu befestigen. Während er den ganzen
Abend über die verschiedensten Themen gesprochen,
über eine Menge Neuigkeiten in England und in ganz

Europa phantasiert, improvisiert hat, bemerkte ich aber doch nur ein einziges Interesse an ihm: wie es ihm möglich sei, das, was sich sein Gehirn im Laufe von nun schon beinahe drei Jahrzehnten angeeignet und in seinem Gehirn in demselben Zeitraum auf das entschiedenste aufgestaut hat, für ein Werk seiner ganz eigenen Natur zu mißbrauchen, nichts anderes denkt er seit Jahren, als: das, was in seinem ihm von der Natur zu einem ungeheuern Ideenarsenal schon im Überfluß ist, durch ein Werk aus Schwarz und Weiß auch der Außenwelt, also der Welt außerhalb seines Kopfes, zu bestätigen. Nicht ohne Bedeutung ist, daß er, wahrscheinlich ohne daß ihm selbst dieser Umstand bekannt ist, oft das Wort *Verwirklichung* ausspricht und beinahe alles, was er sagt, von dem Begriff der *Realisierung* handelt. Da geht er, der gewohnheitsmäßig einmal im Jahr das Grab seiner Schwester aufsucht. Er selbst sagt, er empfindet am Grab seiner Schwester nichts, ihr Gesicht sei für ihn nicht mehr möglich, er könne sich seine Schwester schon lange Zeit überhaupt nicht mehr vorstellen, wenn er an dem Grab stehe, empfände er nur die Peinlichkeit jeden Gräberbesuches, Abscheu vor sich selbst, Verachtung gegen sich selbst steige dann in ihm auf. Der Totenkult sei eine Unappetitlichkeit, widerwärtiger als jede andere. Es sei aber auch wahrscheinlich schon längst nicht mehr die tote Schwester, die in nichts mehr in ihm vorhandene, die ihn alljährlich nach Stilfs kommen lasse, diese Tote, zu der er auch zu ihren Lebzeiten keinerlei enge Beziehung gehabt habe. Die Schwester sei es nicht, Stilfs sei es, während es bis jetzt nicht Stilfs, sondern die tote Schwester gewesen sei. Die Schwester, »das Nichts unter der Grabsteinplatte« (Midland), sei ihm zu ihren Lebzeiten immer als ein ihm vollkommen fremder Mensch erschienen, er habe sie nie geliebt, geschweige denn hatte er Zuneigung zu ihr gehabt, plötzlich bei ihrem Tode, als das Unglück geschehen war, und allein daran erinnert er sich noch, auch nicht mehr an die Tote selbst, sondern nur noch an die Umstände, die zu ihrem Tod geführt haben, an den Felsvorsprung usf., an die tosende Alz, plötzlich nach ihrem Tode, war er von Schuld gepeinigt gewesen. Er habe sich, solange seine Schwester, so drückte er sich aus, *neben ihm gelebt* hat, wenig, ja gar nicht um sie gekümmert. Ein Wesen ganz ohne Inhalt für ihn, sei sie ihm immer als ein Mensch, der ihn überhaupt nichts anging, erschienen. Jetzt sei aus dieser Schuld selbst eine Gewohnheit geworden. Nicht die Schwester ist es, die ihn nach Stilfs kommen läßt, Stilfs ist es. Wir seien es. Er komme nach Stilfs. Er freue sich. Midland, denke ich, der von der guten Laune immer nur so weit weg ist, daß er jederzeit wieder in sie hineingehen kann, nicht wie wir, die wir uns die gute Laune, ja den von ihm so genannten Lebenseifer, auf keinen Fall mehr gestatten. Ich habe den Engländer oft lachen gesehen und ist er nicht in Stilfs, sondern in England oder noch weiter von Stilfs entfernt, und ich sehe ihn in meinem Gedächtnis, wie das oft in verzweifelten Augenblicken der Fall ist, seh ich ihn lachend. Sein Vater sei nur »ein witziger Mensch« gewesen, seine Mutter »eine böse Verfälschung der wunderbaren Natur«. Überraschungskunst. Keine Müdigkeit, obwohl er doch über einen einzigen Tag aus Neapel gekommen war, voller Reiseeindrücke, mit welchen er, ein Mensch, der in ihm Aufgestautes unter keinen Umständen länger als die kürzeste Zeit zurückhalten kann, sofort und immer noch pedantischer bis fünf Uhr früh auf uns zukam. Es ist ihm oft alles das reinste Vergnügen, was uns niemals auch nur erträglich sein kann. Zeitungen, Bücher liest er, die ältesten wie die neuesten mit der größten Aufmerksamkeit, wodurch sein Gesprächsstoff so interessant ist. Er wird nicht müde, die sich ununterbrochen verändernde Welt zu studieren und indem er sie studiert, kritisiert er sie, multipliziert er, dividiert er. Er ist ein Aufklärer der allgemeinen wie der besonderen Geistesverrücktheit, reiht eine Erfahrung an die andere und alles ist ihm am Ende in jedem Falle Falschheit und Lüge, Betrug, Bodenlosigkeit, Infamie. Sein Mißtrauen ist das geschulteste. Er wäre nicht Engländer, ein Midland, hätte für ihn nicht alles zwei Seiten, von welchen man niemals wisse, welche von beiden die noch größere, die noch gröbere, die noch gemeinere Niedertracht sei. Die Europäer, meint er, seien tief in ihre Komplexe niedergedrückt und es gelänge ihnen nicht mehr, aus diesen Komplexen herauszukommen, ihre Geschichte sei jetzt endgültig abgeschlossen. Revolution in Europa sei Unfug, sie versteife, verfinstere nur noch mehr, was schon Jahrhunderte nichts als nur Agonie sei. Aber, nicht nur Europa sei heute am Ende, an dem Ende, »das wir erleben dürfen«, die Welt sei zu Ende. Das aber öffne jetzt plötzlich die größten Möglichkeiten, die äußerste Konzentration auf den Raum, in das Universum hinein. Was der Engländer spricht, vergröbert er nicht ununterbrochen wie die andern, tatsächlich erweitert und erhellt er in seiner ganzen klaren Fürchterlichkeit, wovon er spricht, verengt es nicht fortwährend, wie die anderen Leute, er macht jedes seiner Themen zu einem unendlichen, während die ihrigen zusammenschrumpfen, in den meisten Gesprächen, wie wir wissen, zu einem kümmerlichen Rest von Materie werden, wie wir wissen, sehr schnell zu nichts. Hin und her, zum Brunnen und wieder zurück, geht der Engländer und wartet, daß ihm von mir oder Franz gesagt wird, das Frühstück sei fertig, er könne hereinkommen. Er ist, habe ich, ihn beobachtend, den Eindruck, ausgeschlafen, obwohl wir erst gegen sechs in der Frühe in unsere Zimmer gegangen sind, dort hat er dann, denke ich, das bewies der Lichtspalt unter seiner Zimmertür, noch eine Stunde in einem Buch gelesen. Daß manche jungen Menschen in zwei, drei Stunden vollkommen ausgeschlafen sind, denke ich, genug Energien gesammelt haben, um Kopf und Körper zu normalisieren, während wir, Franz und ich, von der Olga abgesehen, auch der Roth braucht viel Schlaf, sechs bis sieben Stunden Schlaf haben müssen, das bedeutet, daß wir verhältnismäßig früh zu Bett gehen, natürlich, wenn ich daran denke, daß wir die Wirtschaft, wie sie immer gewesen ist, führen, von den Korrespondenzen abgesehen, die die Wirtschaft betreffen, die wir die Olga betreffend, mit allen möglichen Ärzten führen müssen, mit dem Bezirks- und dem Landesgericht, was den Roth betrifft. Ursprünglich ist diese Wirtschaft, vor zweihundert Jahren, für zwei oder drei Dutzend Dienstleute gedacht gewesen, wir aber führen sie, unverändert, allein. Und wir führen sie heute mit einer größeren Intensität als die Früheren, wenn sie auch weniger einträglich ist, ja, das sehen wir von Tag zu Tag deutlicher, die Landwirtschaft, besonders in solcher Höhe, ist glatter Unsinn. Eine solche Wirtschaft zu führen ist selbstmörderisch. Wir sind, das ist die Wahrheit, seit Jahrzehnten überarbeitet, das ist das Fürchterliche, vollkommen sinnlos. Uns bleibt aber nichts anderes übrig, als uns hier zutode zu arbeiten. Dazu fühlen wir, das Ganze ist lächerlich. Ist der Tag aus, sind wir erschöpft, und wir sind, solange wir in Stilfs sind, immer erschöpft gewesen, wir haben in Stilfs immer nur in einem einzigen Erschöpfungszustand existiert. Unser natürlicher Zustand ist der Erschöpfungszustand. In der größten Anstrengung existieren wir widerwillig, das erschöpft tödlich. Wenn wir schon zu Stilfs verurteilt sind, haben wir immer gedacht, von den furchtbaren Machthabern, unseren Eltern, wenn wir schon hier in Stilfs lebenslänglich zu bleiben haben, denn auch nur an Befreiung zu denken, sind wir schon viel zu schwach, wollen wir Stilfs nicht ruinieren. Und so ist Stilfs intakt, seine Wirtschaft ist intakt, die Wohngebäude sind nicht intakt. Tatsächlich ist die Verwahrlosung in den Wohngebäuden die größte, unvorstellbar. Während die Wirtschaft heute so gut ist, wie sie niemals gewesen ist, weil wir uns schon so lange Zeit auf nichts mehr als nur mehr noch auf sie konzentrieren, wir sind nur mehr noch für die Wirtschaft da, wir haben uns ja schon lange Zeit aufgegeben und ich will sagen für die Wirtschaft, sind die Wohngebäude heruntergekommen, wie ich noch keine gesehen habe. In ihnen macht alles einen trostlosen Eindruck, den trostlosesten, Decken und Böden senken sich, und zwar, so hat es den Anschein, unter der Last der sich in ihnen ununterbrochen aufs Allerwildeste vermehrenden Mäuse, Wände und Möbel sind die Verwahrlosung selbst und es ist dieser faule Geruch im Haus, der davon ausgeht, daß überall nur mehr noch das in die Milliarden gehende Ungeziefer herrscht, alles ist feucht und dumpf und man meint, ersticken zu müssen. Was das Mobiliar betrifft, es mag das kostbarste sein, Geschmacks- und Zufluchtsidyll unserer Vorfahren, haben wir kein Verständnis. Alles in allen Räumen ist sich seit Jahrzehnten selbst überlassen. Ein Beispiel: die Überzüge der Ohrensessel in unserm Hofzimmer, sind nur noch Fetzen. In den Kasten und in den Kommoden Haufen von Holzmehl. Wie mit der Zeit unsre Bilder von selbst von den Wänden gefallen sind und zum Großteil von uns nicht einmal mehr aufgehoben worden sind. Nach jedem Beben, das aus der Erde kommt, und jedes Jahr bebt die Erde in Stilfs mehrere Male, ist die Verwüstung eine noch größere. Wir rühren nichts mehr an. Wir heben nichts auf, wir steigen darüber. Man muß das wissen, alle unsere Räume sind auf das unbeschränkteste mit dem Barocken und Josefinischen vollgestopft, überall Tabernakelkasten und Sekretäre, mit Schaudern denke ich an den Empirefimmel noch unserer Mutter, mit Tischen und Stühlen usf., usf., dazu die Haufen von Kindheitskitsch. In der kürzesten Zeit, denke ich, wird hier in Stilfs alles zerbrochen, nur mehr noch irreparabel sein. Wollten wir das, was uns schon jahrzehntelang nicht mehr atmen läßt und worin wir vor allem immer glaubten ersticken zu müssen, das im Grunde jedoch Wertvollste in Stilfs, seine Inneneinrichtung, die kunstgewerblichen Schmuckstücke, die zum Großteil dreihundert, vierhundert Jahre alt sind und aus den verschiedensten Ländern stammen, diese Hunderte von Erbstücken aus den kostbarsten Edelhölzern, nicht wenige sind von Handwerkern, die Künstler genannt werden müssen, in jahrelanger Arbeit allein für Stilfs erdacht und gemacht worden, wollten wir alles das, worin wir allmählich zuerst in verschwommener und dann urplötzlich in der klarsten elementarsten Hoffnungslosigkeit aufgewachsen sind, pflegen, erhalten, hier müßten allein dafür zwei Dutzend Menschen dauernd beschäftigt sein, davon abgesehen, daß auch die Nebengebäude wie das Jägerhaus, die Glashäuser usf., da sind, auch sie verfallen buchstäblich tagtäglich mit noch größerer Raffinesse, bis sie zur Gänze verfallen sind, das Geld dürfte überhaupt keine Rolle spielen, während es doch die allergrößte Rolle spielt und wir selbst müßten für alles das, was mit der Zeit von der Zeit ruiniert wird, Verständnis aufbringen, wofür wir in Wirklichkeit nicht das geringste Verständnis haben. Überall, an allen diesen Kunstgegenständen auf den Böden und an den Wänden merkt man, daß die Olga, die alles das geliebt hat, schon zehn Jahre an ihren Krankensessel gebunden und in Wirklichkeit überhaupt nicht mehr da ist. Franz und mich beschuldigt die Olga der Roheit und der Stumpfsinnigkeit, allen diesen Kunstgegenständen gegenüber. Tatsächlich, unsere Einrichtung bedrückte uns zeitlebens und wir haßten sie. Wenn alles heute Anachronismus sei, wie der Engländer gestern sagte, ein wie großer Anachronismus muß dann Stilfs sein! Logisch wäre, konsequent wäre, meinte Franz gestern abend, daß wir alle uns von einem Augenblick auf den andern aus dem Staub machten, daß wir uns umbringen, ohne zu zögern, weil, wie Franz meint, die einzige mögliche Konsequenz heute für uns nur mehr noch die sei, uns umzubringen, auf welche Weise sei gleichgültig, je schneller desto besser, aber wir sind zu schwach dazu, wir reden darüber, und wie oft reden wir stundenlang, tagelang, wochenlang darüber und bringen uns nicht um, wir denken zwar, wissen zwar, wie unsinnig das ist, daß wir noch leben, daß wir noch existieren, aber bringen uns nicht um, wir folgen den Beispielen derer nicht, die sich schon umgebracht haben, und wie viele unseres Alters haben sich, aus was für lächerlichen Gründen, wie wir wissen, schon umgebracht, aus den lächerlichsten Gründen, wenn man diese Gründe mit unseren Gründen vergleicht, wir bringen uns nicht um und schlagen uns jeden Tag wieder mit allen möglichen Unsinnigkeiten herum, verbringen den Tag mit sinnlosem Handwerk und mit absurder Gedächtniszersplitterung, wir plagen uns und ernähren uns und fürchten uns und nichts weiter und genau das ist wohl das allersinnloseste auf der Welt, daß wir uns plagen und ernähren und fürchten, das Widerwärtigste, aber wir bringen uns nicht um, wir reden davon, wir machen den Selbstmordgedanken zu unserem einzigen, aber wir begehen den Selbstmord nicht. Wir hatten unser Nachtmahl schon eingenommen gehabt, als der Engländer, der jetzt mitten im Hof stehengeblieben ist, plötzlich, ohne anzuklopfen, Tore und Türen waren noch nicht verriegelt und zugesperrt gewesen, im Hofzimmer stand. Franz und ich hatten gerade über den Roth gesprochen, der uns am Nachmittag wieder einmal gedroht hatte, er werde Stilfs anzünden. Wir hatten den Burschen darauf aufmerksam gemacht, daß er, zeigten wir ihn an, auf die Drohung ohne weiteres eingesperrt werden würde, auf Jahre, sagten wir und daß er sich aussuchen könne, ob er lieber ins Irrenhaus oder in die Strafanstalt eingesperrt werden wolle, worauf er Ruhe gab und versprach, Stilfs nicht anzuzünden. Wir haben den Burschen gern und brauchen ihn, wir verköstigen ihn wie uns selbst und im Grund ist er nirgendwo lieber als in Stilfs, das ohne weiteres einen Verrückten mehr, noch dazu einen so kräftigen wie den Roth, ernähren kann. Wäre er nicht in Stilfs, er säße schon die längste Zeit unter Häftlingen oder Irren. Hier ist er der Wichtigste, was er weiß und wenn er Stilfs nicht anzündet und nicht in mehr Kühe mit dem Küchenmesser hineinsticht als bis jetzt und nicht noch mehr Hühnern mit der Fahrradpumpe Luft einpumpt, bis sie zerplatzen, macht es uns nichts, daß er verrückt ist. Daß der Roth ein Problem ist, wissen wir, aber wir selber sind uns ein Problem und unser Problem ist ein größeres. Wir haben über die Tatsache gesprochen, daß es immer schwieriger ist, den Roth von Exzessen abzuhalten, daß wir ihm seine Gasthausbesuche nicht verbieten dürfen, im Sommer schwimmt er in Hose und Hemd durch die Alz und geht bis auf die Haut naß ins Wirtshaus, im Gegenteil, er muß, *wann er will* ins Tal und durch die Alz und ins Wirtshaus, dann kommt er, wenn auch spät in der Nacht, gegen drei Uhr früh oder noch später, beruhigt zurück. Hätten wir den Roth nicht, in Stilfs herrschte ein vollkommenes Chaos und die Olga hätte niemanden, der sich um sie kümmert, denn tatsächlich kümmern wir, Franz und ich, uns nicht um unsere Schwester, wir vergessen sie die meiste Zeit, der Roth aber erweist ihr Gefälligkeiten, die über die Notwendigkeiten hinausgehen. Er ist ein braver Arbeiter, der, wenn man ihn geschickt und gutmütig anleitet, die gröbste Arbeit zur Zufriedenheit verrichtet, die schwerste, die undankbarste und undenkbarste. Weil wir genauso schwer arbeiten wie der Roth und uns nicht die niederdrückendste schenken, kennt er Ausflüchte nicht. Er respektiert uns. Seine Eltern sind früh verstorben, der Vater erhängte sich, sein einziger Bruder hat vor zwei Jahren

um zehn Schilling gewettet, er werde die hochwasserfüh-
rende Mur durchschwimmen und ist, weil er tatsächlich in
die Mur gesprungen ist, die Roth sind Steiermärker, in der
Mur ertrunken, seither klagt er darüber, daß er keinen
Menschen mehr dort, wo er her sei, in der Steiermark,
habe. Sein bester einziger Freund hat sich im März vor
den Zug geworfen. Der Engländer studierte sehr lang den
Partezettel mit dem Bild des Verunglückten. Zum Selbstmord verurteilt, war der Freund des Roth an den
Wochenenden aus dem Irrenhaus, wo er untergebracht
war, nach Haus entlassen worden, zu Elternbesuchen, das
letztemal ging er nicht mehr ins Irrenhaus zurück, sondern auf den Bahndamm. Der Engländer sagte, daß der
Freund des Roth sich genau an dem elften März, seinem
Geburtstag, vor den Zug gestürzt habe. Der Roth hat die
Kleider des Verunglückten geerbt, darunter zwei bis zu
den Knöcheln reichende Lederhosen. Jetzt zieht der Roth
keine andere Kleidung mehr an als die seines toten Freun-
des, wie der Engländer angekommen war, hatte der Roth
sofort das Sonntagsgewand des Selbstmörders angezogen
und war darin von Stilfs hinunter durch die Alz ins Wirtshaus. Er hatte sich schon verabschiedet und der Engländer hatte ihm einen Geldschein gegeben, eine Pfundnote,
wie er das immer, wenn er auf Besuch ist, tut. Immer hat
er dem Roth eine Pfundnote geschenkt, da war der Roth
noch schnell in den Stall hinaus und hat die drei Hühner
umgebracht, die wir heute essen, am Samstag bringt er die
Hühner um, die wir am Sonntag essen, er läßt sie mit
seinen ausgestreckten Armen über sich kreisen und köpft
sie. Dem Engländer zeigte er unter der Hofzimmertür,
schon im Sonntagsgewand, jedes einzelne, dazu sagte er,
das Huhn sei normal, nur fehle ihm der Kopf, die Bemerkung hat er von Franz, der hat diese Bemerkung früher
immer gemacht, bis sie ihm plötzlich zuwider gewesen
war, worauf sie der Roth übernommen hat. An frühere

Besuche des Engländers, der jetzt auf mich den Eindruck macht, als wisse er nicht, solle er im Hof auf uns warten oder zu uns hereingehen, er wartet auf die Aufforderung, zum Frühstück herein zu kommen, niemand ruft ihn, Franz ruft ihn nicht, ich rufe ihn nicht, an frühere Besuche Midlands muß ich denken, während ich am Fenster stehe und ihn beobachte, möglich, denke ich, daß im Tal unten im Wirtshaus, Freunde auf ihn warten und er will weg, auch könnte es sein, daß er an der Alz unten ein Mädchen bei einem der ärmlichen Quartiergeber hat, eine Freundin alleingelassen hat auf die Nacht, denn hier in Stilfs zeigt er sich nur allein, nicht mit andern, es wäre nicht das erste Mal, daß er im Gasthaus unten Leute, vor zwei Jahren wartete da unten eine Gruppe von schwedischen Archäologen auf ihn, Norddeutsche, Italiener, er ist mit so vielen Menschen aus den verschiedensten Ländern befreundet, abgestiegen sind, während er heroben in Stilfs ist. Niemals, hat er mir einmal gestanden, werde er mit einem andern Menschen nach Stilfs herauf kommen. Daß auch Franz an seinem Fenster steht und ihn beobachtet, denke ich, die Olga beobachtet ihn vom ersten Stock herunter, wahrscheinlich auch der Roth durch ein Stallfenster. Ist der Engländer da, steckt er uns mit seiner Unruhe an. Anregung verdanken wir ihm, so viel Gedankenmaterial, Neuigkeiten. Er empfindet aber nicht unsere Kärglichkeit und Erbärmlichkeit. Im Gegenteil. Alle seine früheren Besuche haben uns viel zu denken gegeben, Denkstoff für Monate. Tatsächlich kommt er immer im richtigen Moment. Was wüßten wir von den Vorgängen unten, wo wir heroben absolut isoliert sind. In Wahrheit kommen ich und Franz schon über ein Jahr nicht einmal mehr an die Alz hinunter. Allein der Roth hält mit der Welt noch einen persönlichen Kontakt. Aber er kommt aus dem Gasthaus immer mit gemeinen Gerüchten herauf. Der Roth ist es, der die Milch an die Alz bringt. Der Roth holt die Lebensmittel, die wir brauchen, Zündhölzer, Zucker, Gewürze. Der Roth ist es, der im Tal unten die Zeitung liest. Wir selbst haben schon jahrelang keine Zeitung mehr gelesen, weil wir die Zeitungslektüre, in die wir jahrzehntelang vernarrt gewesen sind, von einem Augenblick auf den anderen verabscheuten, uns nicht mehr gestatteten. Wir verboten ihm streng, uns eine Zeitung herauf zu bringen. Bringt uns aber der Engländer Zeitungen mit, so stürzen wir uns darauf wie nach der Zeitungslektüre Ausgehungerte. Radio hören wir nicht. Wir hören gern Musik, aber wir sind nie bei unserer Schwester, höchstens einmal am Tag, wenn wir *Guten Morgen* sagen oder *Gute Nacht*. Wenn der Engländer wüßte, wie weit wir uns schon von allem entfernt haben. Es wäre aber auch unsinnig, ihm die Wahrheit zu sagen, so die Wahrheit zu sagen, daß er überzeugt ist. Denn, was hätte es für einen Zweck, ihm einzugestehen, daß unsere Existenz nurmehr noch eine tierische Existenz ist. Seit Jahren ist in die riesige Bibliothek, in welcher drei ungeheure Hinterlassenschaften von Büchern zu einer einzigen zusammengeschlossen sind, eine von dem Bruder eines unserer Urgroßväter, der Arzt in Padua, eine von dem Bruder unseres Großvaters mütterlicherseits, der Richter in Augsburg und eine von unserem Onkel, dem Bruder unserer Mutter, der Mühlenbesitzer in Schärding gewesen ist, seit Jahren ist in diese riesige Bibliothek keiner von uns hineingegangen. Wenn der Engländer wüßte, daß wir die Lektüre an sich schon hassen. Ist er da, spiegeln wir Interesse an Geschriebenem vor, ist er fort, haben wir nicht das geringste Interesse daran. Daß wir die Bibliothek abgesperrt und den Schlüssel zu ihr in die Alz geworfen haben! Wenn er das wüßte! Wenn der Engländer wüßte, daß wir aus der Not, die uns Stilfs ist, eine Tugend gemacht haben, indem wir von dem Augenblick an, in welchem wir eingesehen haben, daß Stilfs das Ende unserer Entwicklung ist, alles daransetzten, dieses Ende zu beschleunigen. Wir bringen uns nicht um, aber wir beschleunigen unser natürliches Ende, das kein natürliches Ende ist. Der Engländer ist, denke ich, in Stilfs von Ahnungslosigkeit umgeben. Aber Franz hat recht, wenn er sagt, der Engländer dürfe von uns nicht ins Vertrauen gezogen werden, denn in dem Augenblick zerstörten wir das in ihm, was uns so unschätzbar viel wert ist, möglicherweise zerstörten wir sogar Midland selbst und die Folge wäre die furchtbare, die wir fürchten. Der Engländer käme nicht mehr nach Stilfs, wir warteten von diesem Zeitpunkt an umsonst auf ihn. Es ist alles, nur nicht die Wahrheit, was wir dem Engländer weismachen, aber nichts ist in diesem Falle notwendiger als die Lüge. Wir dürfen ihm sein Stilfs nicht zum Gegenteil, zu unserm Stilfs machen. Mich warnt Franz oft, zu viel zu sagen, denn keiner ist mehr dazu verführt, auf einmal alles zu sagen über Stilfs als ich, weil der Engländer der ist, dem ich am liebsten alles über Stilfs sagen will, der Engländer ist der Mensch, der erste, dem ich eröffnen will, was ich ihm nicht eröffnen darf, die Wahrheit, aber gerade Franz ist der, der plötzlich aus Unvorsichtigkeit sagt oder nicht sagt, was Midland gesagt oder nicht gesagt werden darf. Insoferne wir nämlich über unsere Lage nicht die Wahrheit sagen, und niemanden, selbst den Engländer nicht in uns hineinschauen lassen, hüten wir ein Geheimnis, von dem der Engländer andauernd spricht, ist es auch ein seiner Vermutung entgegengesetztes. Beweis dafür wird und kann nur unser Tod sein und wenn sich herausstellt, daß wir außer Unordnung, ein unvorstellbares Chaos, nichts gewesen sind. Alles in Frage stellen, sagte er gestern. Alles ist Unsinn. Da geht er, denke ich und ich denke, wie verrückt der Mensch, mit welchem wir, Franz und ich das Alter und sonst nichts als das gerade Gegenteil gemeinsam haben, Unruhestifter, Infragesteller. Er mag ja auch wie ich, wenn er denkt, denken, daß alles, das, woraus wir, Franz und ich, wie auch er, wie alle Existierenden, sind, Vergangenheit, tot ist. Und im Grunde ist es allein dieser Gedanke, daß alles was ist, also alles, was gewesen ist, tot ist, daß selbst die Gegenwart, weil sie ist, naturgemäß tot ist, aber uns alle beschäftigt, alle Menschen beschäftigt, ausschließlich, was sie auch tun und wo und was sie auch sind und sein mögen und worunter sie, was sie als nichts anderes zu bezeichnen imstande sind, Leben, Dasein, Existenz nennen, Fort- und Weiterkommen, Entledigen. Kaum ein Mensch ist uns fremder und kaum einer steht uns näher als er. Weil er in mehreren Sprachen denkt und spricht und diese Sprachen als eine in hohem Grade musikalisch-mathematische Kunst beherrscht, ist er uns überlegen. Auf ein Gebiet beschränkt, auf eine Wissenschaft, hätte er längst, was er von uns glaubt, eine Ungeheuerlichkeit aus Vernunft machen können. Aber die Beschränkung auf eine Wissenschaft, die Spezialisierung ist ihm, wahrscheinlich weil sie ihm zutiefst verhaßt ist, nicht möglich. Er ist ein Mensch, der fortwährend alles zu allem in Beziehung bringen und immer von allem auf alles schließen muß. Darin wurzelt seine Unfähigkeit, auch nur eine einzige der Tausende von Ideen zu verwirklichen, die in seinem ganz natürlichen *aufs Universale hin* geschulten Kopf ununterbrochen ineinander übergehen. Da geht er, denke ich, der von der alten wie von der modernen Geisteswissenschaft als von einem Komposthaufen spricht, von den üblen Ursachen peinlicher Wirkungen. Da geht er, dem die Gerade durch das Universum nicht recht ist. Wie oft hat mich dieser Mensch verletzt und wie oft habe ich ihn verletzen müssen, denke ich. Denn die Rücksichtslosigkeit ist oft zwischen uns der einzige Ausweg gewesen, das ungenierte Vordenkopfstoßen. Geistesintimitäten, meinte der Engländer heute nacht, wären zwischen Menschen wie wir. Und zwar, das wörtlich, zwischen ihm und mir die widernatürlichen, zwischen Franz und ihm die natürlichsten. Er erklärte sich, wir verstanden. Das Denken, die Ansichten Franz' seien dem seinigen und den seinigen entgegengesetzt, aber vollkommen natürlich, das meinige wie die meinigen dem seinen und den seinigen genauso entgegengesetzt, aber widernatürlich. Es bestätigte sich mit jedem Wort, das wir, Franz und ich, sagten, in jedem Augenblick, in welchem wir mit Midland zusammen sind, daß wir beide verschiedene Väter haben. Unsere gegensätzliche mütterliche Verwandtschaft entscheide. An uns sei, wo immer, wann immer, die Katastrophe, seien die Umstände, die die fürchterlichsten Umstände gewesen sind, in die Welt hereingeboren worden zu sein. Er empfinde in unserm Verhalten ununterbrochen den Widerwillen, aus welchem wir in Wahrheit sind. Es sei dieses Unglück, das, nähert man sich uns, spricht man mit uns, bevor man noch an uns herankommt, zu überbrücken sei. Ohne den geringsten Verdacht habe sich wohl noch niemals ein Mensch uns zu nähern getraut, sei es körperlich, in Gedanken. Und dieser Verdacht, der immer ein ganz bestimmter Verdacht sei, verstärke sich mit den Jahren, dieser Verdacht werde es einmal, wahrscheinlich schon in der kürzesten Zeit bis zur Unmöglichkeit erschweren, mit uns auch noch irgendeinen Kontakt aufzunehmen. In völliger Kontaktlosigkeit, aber möglicherweise in dem idealsten Zustand, in einer nur uns selbst reproduzierbaren Idealverfassung, würden wir, meint er, eines Tages völlig unbehelligt uns unser Ziel verwirklichen können. Als Gespräch zu bezeichnen, was in Wirklichkeit ein rücksichtsloser Wirbel von Tausenden von überstürzten Gedanken gewesen ist an dem gestrigen Abend, wäre falsch. Wir sahen gestern ganz deutlich, was wir denken, ist unübersichtlich wie das, was er denkt, gerade das erfrischte uns. Während aber an dem Abend ganz deutlich geworden ist, daß der Engländer noch eine Zukunft hat, war uns, Franz und mir, wieder vollkommen klar geworden, daß wir keine Zukunft mehr haben. Wenn nur einer von uns noch ein einziges Mal die Kraft hätte, von Stilfs hinunter zu gehn, Stilfs den Rücken zu kehren, sich in die Welt hinein zu getrauen, denke ich, nicht mehr zurückzukehren, selbst um die Beschuldigung, dadurch ein Verbrechen an unserer Schwester Olga begangen zu haben, die auf uns angewiesen ist, sie vernichtet zu haben! Was mir nicht möglich ist und für mich zu spät ist, müsse doch für Franz möglich und nicht zu spät sein, aber für uns ist alles zu spät. Der Augenblick, in welchem noch möglich gewesen wäre, was jetzt nicht mehr möglich ist, Stilfs zu entkommen, liegt uns schon so lange zurück, daß er gar nicht mehr ausgemacht werden kann. Zuerst haben wir ja, wie der Engländer, geglaubt, Stilfs sei unsere Rettung, der Idealzustand für uns und als wir gesehen haben und eingesehen haben, daß Stilfs nicht unsere Rettung, nicht der Idealzustand für uns ist, nicht sein kann, im Gegenteil, daß er unsere Vernichtung bedeutet, haben wir gehofft, daß die jetzt schon vollständig gelähmte Olga stürbe. Aber sie starb nicht, wer weiß, wann sie sterben wird. Und jetzt, da wir alle schon die Kraftlosigkeit selbst sind, hätte es auch gar keinen Zweck mehr, sie zu verlassen. Es ist alles eine Frage der Zeit und diese Frage erschreckt uns nicht mehr, weil wir wissen, daß wir am Ende sind und das Leben für uns keinen Sinn mehr hat.

Der Wetterfleck

Von dem Innsbrucker Anwalt Enderer, unserem Vormund, erfuhren wir (wörtlich) folgendes: ... zwanzig Jahre bin ich, vornehmlich in der Saggengasse und vornehmlich in der Mittagszeit, an dem Menschen vorbeigegangen, ohne zu wissen, wer der Mensch ist, umgekehrt ist dieser Mensch zwanzig Jahre vornehmlich in der Saggengasse und vornehmlich in der Mittagszeit, an mir vorbei gegangen, ohne zu wissen, wer ich bin ... dabei ist der Mensch aus der Saggengasse!, wenn auch aus der *Oberen* Saggengasse, während ich aus der *Unteren* Saggengasse bin, beide sind wir in der Saggengasse aufgewachsen und tatsächlich, denke ich, habe ich den Menschen schon immer gesehen, ohne zu wissen, daß er aus der Saggengasse ist und ohne zu wissen, wer er ist, umgekehrt hat der Mensch von mir nichts gewußt ... jetzt denke ich, daß mir seit Jahren etwas auffallen hätte müssen an dem Menschen, sein Wetterfleck hätte mir auffallen müssen ... vorwurfsvoll sage ich mir, wir gehen jahrelang, jahrzehntelang an einem Menschen vorbei, ohne zu wissen, wer der Mensch ist und wenn uns etwas auffallen sollte an dem Menschen, uns fällt an dem Menschen nichts auf und wir könnten ein ganzes Leben an einem solchen Menschen vorbeigehen und es fiele uns an dem Menschen nichts auf ... plötzlich fällt uns an dem Menschen, an welchem wir zwei Jahrzehnte vorbei gegangen sind, etwas auf, sei es der Wetterfleck, sei es etwas ganz anderes, plötzlich fiel mir an dem Menschen der Wetterfleck auf und in Zusammenhang damit, daß der Mensch in der Saggengasse wohnt und daß er mit Vorliebe an der Sill spazieren geht ... vor einer Woche hat mich dieser Mensch in der Herrengasse angesprochen und der Mann ist mit mir in die

Kanzlei herauf, während des Stiegensteigens war mir klar, den Menschen siehst du schon zwei Jahrzehnte, immer den gleichen Menschen, immer den gleichen alternden Menschen in der Saggengasse, in der Mittagszeit in diesem Wetterfleck, in diesem ganz gewöhnlichen aber ganz bestimmten abgetragenen Wetterfleck, noch während des Stiegensteigens war mir nicht klar, warum gerade der Wetterfleck des Menschen meine Aufmerksamkeit ... es ist aber ein ganz gewöhnlicher Wetterfleck, dachte ich, Zehntausende solcher Wetterflecke in den Gebirgen, Zehntausende solcher von den Tirolern getragener Wetterflecke ... gleichgültig, was die Leute sind, was sie tun, wo sie herkommen, sie tragen alle diese Wetterflecke, die einen die grauen, die andern die grünen, weil sie alle diese Wetterflecke anhaben, florieren auch noch immer die vielen Lodenfabriken in den Tälern, diese Wetterflecke werden in die ganze Welt exportiert, aber mit dem Wetterfleck meines neuen Klienten hatte es etwas auf sich: er hatte mit Chevreauleder besetzte Knopflöcher! Diese mit Chevreauleder besetzten Knopflöcher habe ich nur einmal in meinem Leben gesehen, nämlich am Wetterfleck meines Onkels, der vor acht Jahren in der unteren Sill ertrunken ist ... daß dieser Mensch genau den gleichen Wetterfleck anhat wie mein ertrunkener Onkel, denke ich, wie ich mit dem Mann in die Kanzlei hinauf gehe ... plötzlich denke ich, wie sie meinen Onkel Worringer aus der Sill herausgezogen haben, eine Verzweiflungstat war die eine, ein Unglücksfall die andere Meinung gewesen, mit Sicherheit aber glaube ich, daß sich Worringer in sogenannter *selbstmörderischer Absicht* in die Sill gestürzt hat, darüber besteht für mich kein Zweifel, Worringer hat sich umgebracht, alles in seinem Leben und schließlich alles in seinem *Geschäfts*leben deutet auf Selbstmord ... während man den Ertrunkenen oberhalb der Glasfabrik gesucht hat, war er unterhalb Pradl angeschwemmt worden, die

Zeitungen brachten ganze Seiten über den Vorfall, unsere ganze Familie war von ihnen in die Öffentlichkeit gezerrt worden, die Wörter *Geschäfts*ruin, *Holz*ruin, *Sägewerks*-sterben, schließlich *Wirtschafts*- und *Gesellschafts*ruin geisterten durch die Kolportageköpfe ... das Begräbnis in Wilten ist eines der größten gewesen, ich erinnere mich, Tausende Menschen, schreibt Enderer ... merkwürdig, sage ich zu dem Mann, mit dem ich die Treppe zur Kanzlei hinauf stieg, Ihr Wetterfleck geht mir nicht aus dem Kopf, mehrere Male, Ihr Wetterfleck geht mir nicht aus dem Kopf ... ob Sie es wahrhaben wollen oder nicht, Ihr Wetterfleck ... habe ich denken müssen, aber gesagt habe ich nicht, zwischen Ihrem Wetterfleck und meinem Onkel besteht der engste Zusammenhang, wer weiß, ob der Mann weiß, wovon ich spreche, habe ich gedacht und ich fordere den Mann auf, in die Kanzlei hinein zu gehen, gehn Sie herein! sage ich, weil der Mann zögert, dann bin ich in der Kanzlei und ziehe meinen Manel aus und der Mann kommt herein ... es sieht ganz so aus, als habe der Mann unten vor der Haustür auf mich gewartet, heute bin ich zwanzig Minuten zu spät, denke ich, dann: was will der Mann? Abwechselnd irritierten mich seine Schweigsamkeit und sein Wetterfleck, beim Eintreten in die Kanzlei sah ich noch deutlicher, noch besser, nachdem ich Licht gemacht habe, daß die Knopflöcher des Wetterflecks des Mannes mit Chevreauleder besetzt sind, mit schwarzem Chevreauleder und ich entdeckte, daß der Wetterfleck meines neuen Klienten genau geschnitten ist, wie der Wetterfleck meines Onkels Worringer, *auf die einfachste Art geschnitten*. Er solle sich setzen, sage ich zu dem Mann, zuerst müsse ich einheizen, ich sei allein, meine Sekretärin krank, Influenza, sage ich, Grippe, ich muß Feuer machen, aber ich habe am Abend schon alles vorbereitet, sage ich, dadurch macht das Einheizen jetzt keinerlei Schwierigkeiten, der Mann solle sich setzen, sage ich, er setzt sich, diese trübe Nebelstimmung, sage ich, alles ist verfinstert, äußerste Disziplin erfordere diese Jahreszeit, man müsse sich *beherrschen und durchkommen,* der Satz war rasch gesagt, wie schwerwiegend er auch gewesen war, gleichzeitig dachte ich, was für ein unsinniger Satz, diese überflüssigen unsinnigen Morgensätze, dachte ich, alles ist einer ungeheuerlichen Belastungsprobe ausgesetzt, sage ich, Körper, Verstand, Kopf, Verstand, Körper. Ganz natürlich behalten die Leute, wenn sie hereinkommen, ihre Mäntel an, auch der neue Klient seinen Wetterfleck, jetzt in der Kanzlei schien ihn noch mehr zu frieren als unten vor der Tür, es dauere nicht lange und die Wärme komme, sage ich, sei einmal eingeheizt, breite sich die Wärme rasch aus, auf die Vorzüglichkeit der amerikanischen Gußeisenöfen wies ich hin, machte eine Bemerkung über die Schädlichkeit von Zentralheizungen, immer wieder sagte ich, es sei viel zu finster für eine Büroarbeit, man könne die Vorhänge aufziehen, es nütze nichts, mehr Lampen anzünden, es nütze nichts, eine gewisse Unheimlichkeit, dachte ich, ist diese Situation, in der düsteren Kanzlei in der Frühe mit einem fremden Menschen zusammen zu sein, der ganz in seinen Wetterfleck eingewickelt ist, aber wenn man bedenkt, sage ich, daß in vier Wochen schon der kürzeste Tag ist, sagte ich, wirkungslos, ich redete von allem Möglichen, während ich am Ofen stand, war aber ausschließlich mit dem Wetterfleck des neuen Klienten beschäftigt. Wilten hat so etwas nie erlebt, sage ich, Tausende Menschen, mir machte der Neue den Eindruck, als sei er Realitätenvermittler, Liegenschaftsaufkäufer, diese Leute tragen solche Wetterflecke in solcher Körperhaltung und haben derartige Gesichter, dachte ich, oder der Mann ist Viehhändler, denke ich, sofort dachte ich, er ist Realitätenvermittler, einer von diesen Männern, die in ihren Wetterflecken herumgehen und wie die Ärmsten der Armen ausschauen und doch den ganzen Liegenschaftsmarkt der inneren Alpen beherrschen, andererseits, der Mann kann Viehhändler sein, weil er ja auch seinen Hut aufgelassen hat, denke ich, das spricht dafür, daß er Viehhändler ist, die Hände sah ich nicht, der Kopf war von großer Magerkeit, daran erkennt man die Viehhändler, daß sie ihren Hut aufbehalten, auch wenn sie in eine Kanzlei hineingehen, sich sofort hinsetzen und ihren Hut aufbehalten, im Stiegenhaus hatte sich der Mann vorgestellt, dachte ich, aber ich hatte seinen Namen vergessen, aber jetzt dachte ich: ein bekannter Name, ein für Tirol charakteristischer Name. Plötzlich fiel mir ein, der Mann heißt Humer. Humer? frage ich, Humer, sagte der Mann. Ich wollte wissen, was er will, ich sagte aber nicht: *was führt Sie zu mir?*, ich dachte auch nicht, *was führt Sie zu mir,* ich sagte einfach: diese Kanzlei ist die älteste Kanzlei in ganz Innsbruck. Schon mein Vater hat diese Kanzlei geführt, mehr in Notariatssachen, sagte ich, dann, einerseits ist es ein Vorteil, wenn eine Kanzlei schon so alt ist, andererseits ein Nachteil, ich fragte mich, warum sagst du das?, die Unsinnigkeit dieser Äußerung war mir, noch während ich sie machte, zu Bewußtsein gekommen, das hinderte mich aber nicht, gleich darauf noch eine Unsinnigkeit zu äußern, ich sagte: die Lage der Kanzlei ist die beste. Diese Äußerung, wie auch die vorausgegangene hatte aber auf den neuen Klienten, und um einen solchen handelt es sich zweifellos, dachte ich, keine sichtbare Wirkung. Da der Mann weiter beharrlich schwieg, andererseits meine Zeit zu kurz gewesen war, um ihn noch länger schweigen zu lassen, ganze Berge von unerledigten Akten hatten sich in den letzten Wochen vor mir aufgetürmt, sagte ich: die Leute kommen zu mir, wenn es sich *um etwas Einheimisches* handelt. In solchen Fällen muß man mit der Stadtmaterie vertraut sein, sagte ich und ich versuchte, Ordnung zu machen auf dem Schreibtisch, *Akten, nichts als Akten,* sagte ich, die Gedankenlosigkeit und die Gleichgültigkeit lassen einen fortwährend Sätze aussprechen, Sätze und Überbleibsel von Sätzen, solche leblosen Sätze und solche leblosen Überbleibsel von Sätzen, aber zu Humer hatte ich *Akten, nichts als Akten* zum erstenmal gesagt, dachte ich, gleichzeitig: der Mann hat bemerkt, daß du *Akten, nichts als Akten* schon Hunderte und Tausende Male gesagt hast. Plötzlich war ich über den ganzen Zustand verärgert und ich sagte, auf die Uhr schauend: wir müssen zur Sache kommen. Wir kamen aber noch lang nicht zur Sache. Anstatt daß mir der Mann nämlich jetzt den Grund seiner Anwesenheit in meiner Kanzlei eröffnete, machte er ein paar, wie mir schien, vollkommen bedeutungslose, dazu auch noch unzusammenhängende Bemerkungen über seine Herkunft, Vorstadt, abgeschlossenes, in nichts konsequentes Aufwachsen, bedauernswerte Kindheit und so fort, etwas über seine Geschäftsverhältnisse sagte er, daß er sich keine Eisenbahnfahrkarte zu seiner Schwester nach Linz leisten könne, er redete von Spitalaufenthalten, schwierigen Operationen in seinem Körperinnern, wobei er immer wieder die Wörter *Niere* (in Beziehung zu Verkühlungen) und *Leber* (infolge Alkoholismus) aussprach, daß er zeitlebens ein Vergnügen daran gehabt habe, an der Sill auf und ab zu gehen, *nicht den Inn auf und ab,* betonte er ausdrücklich, *an der Sill auf und ab,* schließlich, das Leben sei nichts anderes als Wiederholung der Wiederholung, erschöpfe sich sehr rasch in Monotonie. Ich hatte plötzlich den Eindruck, ich habe es mit einem Verrückten zu tun, mit einem jener Tausenden von Verrückten, die in den tirolischen Tälern und Schluchten herumlaufen mit ihrer Verrücktheit und keinen Ausweg aus ihrer Verrücktheit (aus Tirol) finden. Jetzt sagte ich, mir wäre doch recht, wenn er, Humer, sagte, aus was für einem Grund er bei mir sei. Darauf Humer: ich bin Besitzer des Bestattungswäschegeschäftes in der Saggengasse. Er wäre schon zweimal an meiner Kanzleitür gewesen, aber das sei bekannt, Anwälte hätten viel bei Gericht zu tun, in ihren Kanzleien seien sie kaum anzutreffen, so habe er unten vor der Haustür auf mich gewartet ... Während sich die Kanzlei rasch erwärmte, hatte ich das Gefühl, den Mann fror mehr und mehr, er zog sich mehr und mehr in den Wetterfleck zurück ... die alten, dicken Mauern, sagte ich, ich wollte sagen, die alten, dicken Mauern erwärmen sich nicht, sagte das aber nicht, weil mir unsinnig vorgekommen war, das zu sagen, so sagte ich nur: die alten, dicken Mauern. Ich denke, der Wetterfleck meines Onkels hat sechs Knopflöcher gehabt, sofort zähle ich die Knopflöcher an Humers Wetterfleck und zähle sie nocheinmal, ein drittes Mal, immer von oben nach unten und von unten nach oben und denke, auch der Wetterfleck Humers hat sechs Knopflöcher, sechs mit schwarzem Chevreauleder besetzte Knopflöcher, darauf der Gedanke, daß es sich bei dem Wetterfleck Humers um den Wetterfleck meines Onkels Worringer handeln *müsse* ... das sagte ich aber nicht, weil mir unsinnig vorkam, das zu sagen, dann aber gleich, ich sage doch etwas über den Wetterfleck, während ich etwas über die Obere Saggengasse sagte, *bei Hochwasser andauernde Überschwemmungen in der Oberen Saggengasse,* sagte ich, Humer nickte, ich sagte: es gibt kein nützlicheres Kleidungsstück als einen solchen Wetterfleck, verständlich, daß alle diese Wetterflecke anhaben, sagte ich, Ihr Wetterfleck ist aber ein besonderer Wetterfleck, er hat mit Chevreauleder besetzte Knopflöcher. Aber Humer reagierte nicht darauf oder besser, er reagierte nicht in der Weise darauf, wie ich es erwartet hatte. Er sagte, er habe noch nie einen Anwalt aufgesucht, ich sei der erste, er gebe zu, *der erstbeste,* keine Rekommandation, sagte er, nein, keine Rekommandation. Zwanzig Jahre bin ich an Ihnen vorbeigegangen, sagte er, aber ich habe nicht gewußt, daß Sie der Anwalt sind ... du gehst

einfach in diese Kanzlei, habe er gedacht, in diese alte
Kanzlei ... Besitzer des Bestattungswäschegeschäftes in
der Saggengasse, weder ist der Mann Realitätenvermittler, noch Viehhändler ... Selbstverständlich kenne ich
Ihr Geschäft, sagte ich, was hatte ich von der Lüge, daß
mir das Bestattungswäschegeschäft *selbstverständlich* bekannt sei, immer wieder sagst du die Unwahrheit, dachte
ich, dann, es ist mir gleichgültig, was der Mann denkt ...
man wehre sich längere Zeit gegen das Aufsuchen eines
Rechtsanwalts, dann komme aber doch der Augenblick,
in welchem man einen Rechtsanwalt aufsuche, plötzlich
könne man nicht mehr anders, man kann nicht mehr
weiter und geht zu einem Anwalt ... das Deprimierendste
sind Menschen, die in Ausweglosigkeit einen Anwalt aufsuchen und zweifellos handelt es sich bei Humer um einen
solchen Menschen, dachte ich ... man habe die Wahl, sich
umzubringen, oder zu einem Anwalt zu gehn, sagte Humer, schreibt Enderer, wie Humer das sagte, interessierte
mich seine Lage ... jetzt, schreibt Enderer, interessierte
mich alles an dem sich aufeinmal zu einem erschütternden
zusammenziehenden Fall ... der Mann sprach jetzt sehr
ruhig, ohne die geringste Erregung und ich notierte,
keine Abschweifung, Beschränkung auf das Faktische,
schreibt Enderer, die schmucklose Monotonie des Verzweifelten ... mich berühren die Menschen, die mich
aufsuchen, nicht, schreibt Enderer, aber dieser Mann war
eine Ausnahme ... plötzlich sagt Humer, schreibt Enderer: Vorbeigehende erkenne ich an ihrer Kleidung, ich
sehe die Kleidung, nicht das Gesicht. Die Füße, *ja,* das
Gesicht, *nein.* Zuerst schaue er auf die Schuhe. Darin
unterscheiden wir uns, ich sagte, ich sehe sofort das Gesicht. Das Gesicht nicht, sagt er. So habe er zwanzig Jahre
mein Gesicht nicht gesehen, nur meine Kleidung, während ich zwanzig Jahre sein Gesicht gesehen habe, nicht
seine Kleidung, daher kommt es, schreibt Enderer, daß

ich seinen Wetterfleck nie gesehen habe … Wielange
haben Sie denn Ihren Wetterfleck schon? sagte ich aufeinmal und Humer antwortete *Viele Jahre,* er sagte nicht *vier*
oder *fünf* oder *drei* oder *acht* oder *zehn* oder *zwölf* Jahre, wie
ich mir das erhofft hatte, er sagte *Viele Jahre,* es handelt
sich zweifellos um einen vollkommen abgetragenen, aber
doch *noch warmen* Wetterfleck, dachte ich, vor genau acht
Jahren hat sich mein Onkel Worringer in die Sill gestürzt,
meiner Ansicht nach ist der Wetterfleck des Humer schon
älter, an die zehn Jahre, der Wetterfleck meines Onkels ist
neu gewesen, höchstens ein Jahr alt … aber ich fragte
Humer nicht, woher er den Wetterfleck habe, obwohl das
Naheliegendste gewesen wäre, zu fragen: *woher haben Sie*
denn den Wetterfleck? Wo haben Sie denn den Wetterfleck ge-
kauft?, ich fragte nicht, ich hörte noch längere Zeit, wie er
sagte: *Viele Jahre.* Das ließ mir keine Ruhe, der Mann
konnte sagen, was er wollte, ich hörte nur immer das *Viele*
Jahre, und die Knopflöcher sind mit schwarzem Chevreauleder besetzt, dachte ich … zuerst schaue er auf die
Schuhe, dann, naturgemäß, auf die Hosenfüße, sagte Humer, schreibt Enderer, auf diese Weise sehe ich nie das
Gesicht, auf diese Weise habe ich Ihr (mein) Gesicht,
schreibt Enderer, nie gesehen, das kommt auch von seiner
gebückten Körperhaltung, dachte ich, Humers Oberkörper war gekrümmt, die Wirbelsäule des Mannes war so
stark gekrümmt, sah ich, während ich ihn, der noch mehr
in dem Wetterfleck zusammengesunken war, beobachtete, wie ich noch keine gesehen habe … die Qualität der
Schuhe und die Qualität der Hosen interessiere ihn an
einem Menschen, was für einen Anzug, was für einen
Rock er anhabe, was Stoffe betrifft, habe er ein genauso
ausgeprägtes Qualitätsempfinden, wie was Leder betrifft
… ist es *echtes* Leder? frage er sich, Kalbsleder, Rindsle-
der? *Chevreau*leder? oder: ist es vielleicht *ein englischer Stoff?*
Nie das Gesicht, sagte er und er hob die Schultern und war

dadurch noch kümmerlicher, mehrere Male wiederholte er *nie das Gesicht, nie das Gesicht* ... aber *ich* kenne *Ihr* Gesicht ganz genau, sagte ich, schreibt Enderer, augenblicklich hatte ich die Notwendigkeit, selbst etwas zu sagen, eingesehen, daß *ich* rede, *etwas von mir*, daß Humer, der aufeinmal *sehr viel* gesprochen hatte, schweigt und ich sagte: ich kenne Sie schon lange Zeit auf das Genaueste, dazu sagte ich überflüssigerweise auch noch *Ihr Gesicht ist ganz und gar außergewöhnlich*, sofort war ich mir der Peinlichkeit dieser Äußerung bewußt gewesen, die Infamie solcher Aussprüche wie *Ihr Gesicht ist ganz und gar außergewöhnlich* empfindet mein Gegenüber, habe ich denken müssen und ich sagte: zum Unterschied von Ihnen, der Sie immer gleich auf die Schuhe und auf die Hosenfüße schauen, schaue ich immer gleich auf das Gesicht, *in* das Gesicht. Immer zuerst das Gesicht, sagte ich. Nach einer Pause: die Kleidung der Leute interessiert mich nicht, mich interessiert nur das Gesicht und ich wiederholte das mehrere Male, mich interessiert nicht, was die Leute anhaben, mich interessiert nur ihr Gesicht ... indem ich in ihr Gesicht schaue, weiß ich sehr viel über diese Leute, sagte ich, schreibt Enderer, ich dachte, diese Menschen, die in ihren grauen und grünen Wetterflecken herumrennen und sich gegenseitig auf die Nerven gehen in ihren Wetterflecken und ich sagte zu meinem Gegenüber plötzlich laut: *mit einem solchen Wetterfleck kann einem kein Unwetter etwas anhaben!*, während ich mir innerlich sagte, du haßt alles, was mit diesen Wetterflecken zusammenhängt, trotzdem sagte ich nocheinmal: es gibt nichts nützlicheres, als einen solchen Wetterfleck, und je länger man einen solchen Wetterfleck trägt, sagte ich, tatsächlich sagte ich *trägt*, was unstatthaft ist, es ist absolut unstatthaft *trägt* zu sagen, und je länger man einen solchen Wetterfleck *trägt* sagte ich, desto besser, man gewöhnt sich an das Tragen eines solchen Kleidungsstücks, sagte ich, der Gedanke,

daß es sich bei dem Wetterfleck Humers um den Wetterfleck meines vor acht Jahren in der Sill ertrunkenen Onkels handeln könne, *handelt,* ließ mir keine Ruhe, einerseits
interessierte mich Humers *Schicksal,* andererseits interessierte mich sein Wetterfleck, mir war nicht klar, was
interessiert dich mehr, Humers Wetterfleck oder Humers
Schicksal, aber doch, zugegeben, doch immer mehr der
Wetterfleck Humers als sein *Schicksal,* die Katastrophe
Humers, wie längst herausgekommen war, die Katastrophe dieses Menschen also immer weniger als sein Wetterfleck, ich fragte aber nicht: *wo haben Sie denn den Wetterfleck
her?,* möglicherweise muß man einen solchen Menschen
wie Humer, habe ich gedacht, *direkt* fragen, *das Indirekte
nützt nichts,* ich fragte ihn aber nicht, ich überlegte die
ganze Zeit, ob ich ihn frage, fragte ihn aber nicht, einerseits war ich neugierig, was Humer antwortet, wenn ich
frage: *wo haben Sie denn Ihren Wetterfleck her* (gekauft, gefunden etcetera)?, andererseits *fürchtete* ich die Antwort,
tatsächlich hatte ich vor gleich was für einer Antwort
Angst. Ich dachte, schreibt Enderer, du sagst jetzt nichts
mehr von dem Wetterfleck, den Wetterfleck vergessen,
dachte ich, nichts mehr mit dem Wetterfleck, aber kaum
hatte ich mir vorgenommen, nicht mehr vom Wetterfleck
Humers zu reden, seinen Wetterfleck zu vergessen, den
Wetterfleck *auszuschalten,* beschäftigte mich doch wieder
nichts mehr als der Wetterfleck. Ich getraute mich aber
nicht zu fragen, woher Humer den Wetterfleck hat. Ich
rechnete und sagte mir: acht Jahre, natürlich, vor acht
Jahren hat sich mein Onkel Worringer mit dem Wetterfleck in die Sill gestürzt und ist ohne Wetterfleck unterhalb Pradl angeschwemmt worden, *ohne* Wetterfleck, *ohne*
Wetterfleck, dachte ich, während ich anstatt *Zur Sache* zu
sagen oder zu fragen, woher haben Sie denn den Wetterfleck? vor allem aus der Tatsache, daß der Wetterfleck
Humers wie der Wetterfleck meines Onkels Worringer

sechs mit Chevreauleder besetzte Knopflöcher hat, darauf
schloß, daß es sich bei dem Wetterfleck Humers einwandfrei um den Wetterfleck meines Onkels handeln müsse,
sagte ich, ich beurteile die Menschen nach ihrem Gesicht,
keine andere Urteilsbildung, sagte ich, über Menschen
keine andere Urteilsbildung als die über das Gesicht,
während *Sie* die Menschen nach ihrer Kleidung beurteilen
... tatsächlich sei ja auch meine Kleidung von minderwertiger Qualität, sagte ich, erstaunlich bei einem Anwalt
... daß seine, Humers Kleidung von minderwertiger
Qualität sei, hänge mit seiner sich nach und nach durch die
letzten zwei Jahrzehnte vor allem auf das schmerzlichste
verfinsternde Existenz zusammen, tatsächlich habe seine
Verfinsterung, wie er selbst sagte, nicht erst mit der Ver-
heiratung seines Sohnes, sondern schon viel früher, zehn
oder noch mehr Jahre vorher, sagte er, eingesetzt, mit der
plötzlichen Zollsenkung und der radikalen Verbilligung
von Krepp- und Seidenpapier, Rohstoffe für die Bestattungswäscheerzeugung. Vor Gericht hat man selbstverständlich in vorzüglicher Kleidung zu erscheinen, sagte
ich, schreibt Enderer, die Unsinnigkeit auch dieser Äußerung war mir bewußt, noch ehe ich sie gemacht habe, aber
ich bin auch vor Gericht nicht vorzüglich gekleidet, gut
angezogen, ja, sagte ich, nicht vorzüglich gekleidet, ein
Unterschied, sagte ich, schreibt Enderer. Ich hätte auf
vorzügliche, wie überhaupt auf Kleidung nie Wert gelegt.
Was ist Kleidung? sagte ich und der Satz war mir beinahe
unerträglich, aber ich hatte den Satz schon gesagt. Ich
frage mich nicht, bin ich ordentlich gekleidet? sagte ich,
ist meine Kleidung von minderwertiger Qualität? diese
Fragen stellen sich mir nicht ... daß ich nicht vorzüglich
gekleidet bin, heißt ja nicht, daß ich auf abstoßende Art
und Weise angezogen bin, sagte ich und: die meiste Zeit
bin ich gut angezogen, weiter, mir sind Schneider verhaßt, hoffentlich verletze ich Sie nicht, sagte ich, schreibt

Enderer, wenn ich sage, daß mir Schneider verhaßt sind, *Herrenschneider vor allem,* sagte ich und ich wußte nicht, warum ich sagte *Herrenschneider vor allem* und ich sagte: *ich gehe in die großen Kaufhäuser.* Es kommt auf die Figur an, sagte ich ... es fragt sich, sagte ich, ob ich es weiter gebracht hätte, wenn ich auf Kleidung größeren, also überhaupt Wert gelegt hätte ... es fragt sich, ist die Chance des gutgekleideten Mannes größer als die des schlechtgekleideten? ... aber Fragen dieser Art interessieren mich nicht, sagte ich, schreibt Enderer, dann plötzlich: Wetterflecke bekommt man überall zu kaufen, wenn man auch noch weiß, wo man Prozente bekommt ... es kommt auf die Profession an, die man hat, sagte Humer dann, schreibt Enderer, ob man sich eine die Kleidung betreffende Nachlässigkeit erlauben könne oder nicht, hänge von dem Beruf ab, den man aus*übe* ... oft ist gute Kleidung ganz einfach die Voraussetzung, sagte ich ... jetzt forderte ich Humer plötzlich auf, seine Sache nocheinmal vorzubringen, mir sei klar, was er gesagt habe, aus allen seinen Andeutungen, angefangenen langen oder ganz einfach kurzen Sätzen, hätte ich mir von seinem Fall und das heißt um das, um was es geht, wozu er hier in meiner Kanzlei sei, ein Bild machen können, meine Gewohnheit sei es aber, den Klienten seine Sache unmittelbar auf das erstemal ein zweitesmal vorbringen zu lassen, in der Wiederholung des Sachverhalts kommt das, worauf es ankomme, zum Vorschein, sagte ich, alles erscheint in einem anderen Licht, in einem *unbestechlichen* Licht, sagte ich, wenn man die erste Vorbringung des Sachverhalts mit der zweiten Vorbringung des Sachverhalts decke, das heißt, den Versuch mache, erste und zweite Vorbringung *oder Schilderung* des Sachverhalts, zu decken, oft zeige sich dann: das vorher Unbedeutende ist im Grunde bedeutend, das zuerst Bedeutende, aufeinmal unbedeutend und alles in allem gehe es plötzlich um etwas ganz anderes ... so

notierte ich jetzt zu meinen Notizen von vorher, was
Humer *jetzt* sagte und dachte, ich werde mir von dem
Manne *mehrere Male* seine Sache vorbringen lassen, nicht
nur zweimal, wie üblich, vielleicht dreimal, vielleicht viermal ... das bedeutet Sicherheit im Zusammenhang ...
daß er jetzt nocheinmal alles vorbringe, sagte ich zu Humer, schreibt Enderer, sei notwendig, denn sein Fall sei
mir, wenn auch schon klar, doch noch nicht vollkommen
klar ... jetzt brachte Humer, schreibt Enderer, nicht nur
Stichwörter, sondern er entwickelte seine Sache folgerichtig und war in der Lage, Wichtiges und Unwichtiges, zum
Sachverhalt gehörendes und zum Sachverhalt nicht gehörendes, den Sachverhalt stützendes oder den Sachverhalt
nur verwirrendes auseinanderzuhalten, was mich betrifft,
so bin ich in meiner Praxis *an diesen Leuten für diese Leute*
geschult, mir ist ihr Denken und mir ist ihre Redeweise
vertraut ... einerseits sei seine Angelegenheit die komplizierteste, andererseits wieder nicht, sagte Humer, schreibt
Enderer, mit größter Eindringlichkeit schilderte Humer
die Vorgänge in seinem Haus in der Oberen Saggengasse,
während ich, weil ich wieder nachlegen habe müssen, vom
Ofen aus beobachtete, wie er jetzt auch noch seine Knie
mehr und mehr in den Wetterfleck einwickelte, daß ich
ihn auf das unstatthafteste vom Ofen aus beobachtete, mit
jener Schärfe, die anzuwenden keinem Menschen keinem
Menschen gegenüber erlaubt ist, bemerkte er nicht, weil
er zu Boden schaute, bei diesen Leuten weiß man nie,
schauen sie zu Boden, weil sie unsicher sind in der Men-
schenbegegnung, also was Humer betrifft, weil er sich in
meiner Kanzlei absolut unsicher fühlte, aus was für einem
Grund immer, diese Leute schauen zu Boden, aus Furcht
oder aus Gemeinheit, aus Unsicherheit oder aus verbre-
cherischer Absicht, die unglaubliche Größe des Wetterflecks fiel mir, wie ich Humer vom Ofen aus beobachtete,
auf; dann auch noch seine derben Schuhe, diese unge-

wöhnlich derben und ungewöhnlich großen Schuhe aus Juchtenleder, seine Hose war von der altmodischen Art, breite Stulpe etcetera, mir kam vor, ausgefranst, eine Struxhose, dachte ich ... die Umständlichkeit dieser Leute ist immer die gleiche, dachte ich, während ich Humer beobachtete, wie er, wie das Frierende tun, in dieser charakteristischen Kälteverkrampfung frierender Hilfloser in fremder Umgebung, den zugeknöpften Wetterfleck mit beiden Händen fest an den Brustkorb drückte ... jetzt wußte ich schon, um was es sich handelte und ich sagte, ich weiß, um was es sich handelt, aber wenn Sie mir nocheinmal alles genau beschreiben, genau aufzählen, nichts auslassen, nichts auslassen, sagte ich, kann ich die Sache besser verstehen und um die Sache auf die nützlichste Weise angehen zu können, brauche ich eine nochmalige Schilderung aller Umstände, *aller* Umstände, wiederholte ich ... oberflächlich, wie gesagt, habe ich den Humer noch im Stiegenhaus, noch in der Kanzlei für einen Realitätenvermittler oder für einen Viehhändler gehalten, dieser Irrtum ärgerte mich wieder, daß Sie der Inhaber des Bestattungswäschegeschäfts sind, sagte ich plötzlich, ich habe das gar nicht sagen wollen, ich sagte das aber plötzlich, *weiß ich selbstverständlich,* wieder ließ ich mich auf diese Lüge ein, Humer meinte, in diesen Häusern in der Saggengasse und vor allem in den Häusern der Oberen Saggengasse, in diesen viel älteren Häusern, verkomme man, wenn man nicht fortwährende Überaufmerksamkeit walten ließe, man gehe unter, sagte er pathetisch, plötzlich hatte er sich aufgerichtet und pathetisch gesagt: *man geht unter* ... zuerst werden sie mit ihrer Umständlichkeit nicht fertig, aber dann gehen sie aus sich heraus und reden viel mehr als man hören will, schreibt Enderer, aber Humer beschränkte sich nur auf Brauchbares und selbst die Bemerkungen, die ich anfänglich für lauter überflüssige Bemerkungen seinerseits gehalten

hatte, über seine Kindheit, über die Zellwollezuschneide-
kunst etcetera, stellten sich jetzt als wichtig heraus ...
auch daß er gleich am Anfang gesagt hatte, seine Schwiegertochter sei aus Matrei gebürtig ... daß diese Leute
dann, einmal warm geworden, aus sich herausgehen und
im Besitze ihrer einfachen aber zuverlässigen Mittel ver-
trauenerweckend und schließlich vertrauensvoll sind,
schreibt Enderer, zuerst zögernd, dann ganz bestimmt,
furchtlos, und mir fiel jetzt am Ofen auf, wie nützlich es
ist, einen solchen Menschen wie Humer längere Zeit
warm werden zu lassen, nicht gleich abzufertigen, nicht
gleich mundtot zu machen, nicht durch überfallartiges
Fragen zu irritieren, was ich früher immer auf so unglückliche Weise getan habe, dadurch habe ich immer alles
ruiniert ... so unansehnlich Humer war, schreibt Enderer, so alt, denn zweifellos handelte es sich um einen
fünfundsechzigjährigen, beinahe siebzigjährigen Menschen, in seiner ganzen Armseligkeit, ich hatte den Eindruck, er sei ein Geschöpf, mit Sicherheit habe ich plötzlich das Gefühl gehabt, ein Geschöpf ist in meiner Kanzlei
... und mit diesem Geschöpf habe ich ganz behutsam
umzugehen ... doch dann irritierte mich der Gedanke,
den ich noch nie gehabt habe, und ich beschäftigte mich
wieder mit Humers Wetterfleck ... wenn der Mann eine
Struxhose anhat, dachte ich, hat er auch eine Struxjacke
an, einen Struxrock, dachte ich, die wegen ihrer Wärme
einerseits, wegen ihrer Billigkeit andererseits bei den Leuten sehr beliebt sind, tatsächlich glaubte ich an dem Geruch der Kleidung Humers auf eine solche komplette
Struxkleidung, Struxhose, Struxrock, Struxjacke, schließen zu können, denn zweifellos war die Hose Humers eine
Struxhose, wie ich auch in dem Halbdunkel der Kanzlei,
das elektrische Licht ist an den Novembervormittagen das
schwächste, Ursache sind die einerseits fast versiegenden
Hochgebirgsquellen, andererseits die unglaublich ent-

wickelten Industrien, feststellen habe können; eine Struxhose und eine Struxjacke und einen Struxrock, das paßt
ganz zu seiner Person dachte ich ... und darüber der
Wetterfleck ... und der schwarze Hut auf dem Kopf und
die grauen Schladmingersocken ... einerseits ist meine
Angelegenheit die komplizierteste, andererseits nicht,
sagte er wieder, schreibt Enderer und wie zur Bekräfti-
gung dessen, was er bisher gesagt hatte, wiederholte er in
bestimmmten Abständen immer wieder den Ausgangs-
punkt seiner *Tragödie,* (sein Wort), schreibt Enderer, er
sagte: wie mein Sohn zweiundzwanzig Jahre alt geworden
ist, immer wieder, *wie mein Sohn zweiundzwanzig Jahre alt
geworden ist* und dann: *wie mein Sohn geheiratet hat* und *wie
meine Schwiegertochter ins Haus gekommen ist aus Matrei* ...
nach fünf oder sechs oder acht Sätzen sagte er immer
wieder *wie mein Sohn einundzwanzig Jahre alt geworden ist* oder
wie meine Schwiegertochter ins Haus gekommen ist aus Matrei,
der Eindruck, alles, was Humer sagte, sei düster, wenn
nicht gänzlich verfinstert, war naturgemäß durch die
schwache elektrische Beleuchtung und überhaupt durch
die Jahreszeit, noch verstärkt. Aufeinmal sagte er: weil Sie
überhaupt nichts von mir wissen und weil wir zwei Jahrzehnte aneinander vorbei gegangen sind ... der Satz hing
längere Zeit in der Luft, bis er sagte: wenn Sie aber mein
Geschäft kennen ... darauf ich, schreibt Enderer: ich bin
nie in Ihrem Geschäft gewesen, tatsächlich kenne ich das
Bestattungswäschegeschäft in der Saggengasse, aber ich
bin nie in dem Geschäft gewesen, ich wollte Humer darüber nicht in Zweifel lassen. Mein Vater hat mir vor
vierzig Jahren das Geschäft hinterlassen, sagte Humer,
schreibt Enderer, dann: mit dem Geschäft ist es aufwärts
gegangen, mit mir abwärts. Auch diesen Satz, schreibt
Enderer, hat Humer schon mehrere Male gesagt. Was das
Geschäft betrifft, so Humer, schreibt Enderer, Verbesse-
rung, was mich betrifft, Verschlechterung. Die Sache fing

damit an, daß er seinen Sohn die Bestattungswäscheerzeugung erlernen habe lassen, eine Art von höherem Schneiderhandwerk, schreibt Enderer, wie ich jetzt weiß, schreibt Enderer, tatsächlich ein überaus subtiles Kunsthandwerk, er, Humer, seinen Sohn, wie Humers Vater ihn, Humers Großvater, Humers Vater und so fort. Mit siebzehn waren sie, war auch sein Sohn ausgelernt, und zwar im Vatergeschäft, dem einzigen Bestattungswäschegeschäft Tirols. Man kann fragen, kein Mensch weiß davon, schreibt Enderer, tatsächlich gibt es aber das Bestattungsgeschäft Humer schon an die achtzig Jahre in der Oberen Saggengasse. Und wenn man weiß, wie groß der Aufbahrungsaufwand ist und vor allem hier in Tirol ist der Aufbahrungsaufwand der allergrößte, muß man annehmen, daß ein solches Geschäft ein gutes Geschäft ist. Das verschweigt Humer auch nicht, während er spricht, in allem, was er sagt, denkt man fortwährend, was für ein gutes Geschäft! und vor allem das spielt in dem Geschehen um Humer, das er plötzlich auf seinem Höhepunkt nicht mehr auszuhalten imstande gewesen war, die Hauptrolle. Aber, so Humer, schreibt Enderer: wir arbeiten sogar für den Export. Bei dem Wort *Export* ist seine Stimme unsicher. Wie gesagt, so Humer, schreibt Enderer, ich suche Sie wegen der Unerträglichkeit auf, in welcher ich existieren muß. Allein daß ich, Besitzer eines so gut gehenden Geschäfts, mit einer Struxhose herumlaufe und mit einem Struxrock, sollte Ihnen zu denken geben, sagt Humer, schreibt Enderer, als Geschäftsinhaber in einer Struxhose und in einem Struxrock und in solchen derben Schuhen . . . das soll mir zu denken geben, schreibt Enderer und er schreibt: Sie kennen meinen Sohn nicht, sagt Humer, aber gesehen haben Sie meinen Sohn schon oft, wahrscheinlich haben Sie meinen Sohn schon öfter gesehen als mich, alle Augenblicke läuft er durch die Obere Saggengasse, dieser große Mensch in dieser auffallenden Kleidung, sagt Humer und dann: seit Jahren geht mein Sohn in den *Grauen Bären,* wissen Sie, was das heißt! Dazu hat ihn meine Schwiegertochter aus Matrei gebracht, daß er tagtäglich in den *Grauen Bären* geht, während ich selbst mit dem allereinfachsten vorliebnehmen muß, und mein Sohn, sagt Humer, schreibt Enderer, gibt viel aus! Und außerdem und immer wieder auch noch in ein anderes Restaurant und sehr oft in das Stadttheater. Man fragt sich, sagt Humer, schreibt Enderer, was geht in so einem Menschen vor! Das ganze Problem ist aber, daß sich mein Sohn auf die unglücklichste Weise verheiratet hat und zu dem ungünstigsten Zeitpunkt, nur gibt er das nicht zu, ich weiß genau, diese Ehe ist unglücklich, nur gibt er das nicht zu. Mein Sohn ist unglücklich, diese Frau hat sein Leben verpfuscht, sagt Humer, schreibt Enderer. Im übrigen gehe Humers Sohn jetzt schon längere Zeit nicht mehr in den *Grauen Bären,* sondern in die *Kaiserkrone,* stellen Sie sich vor, sagt Humer, schreibt Enderer, *er geht in die Kaiserkrone!* Da Sie selber, sagt Humer zu mir, schreibt Enderer, wie ich weiß, sehr oft in den *Grauen Bären* gehen, müssen Sie ja meinen Sohn kennen, wie gesagt, auffallend groß und auffallend angezogen, eine auffallend große Erscheinung, sagt Humer und ich frage mich, schreibt Enderer, woher Humer weiß, daß ich tatsächlich sehr oft in den *Grauen Bären* gehe, wie Sie wissen, schreibt uns Enderer, gehe ich jeden Samstag und Sonntag in den *Grauen Bären,* das ist noch das beste. Aber natürlich kann es einem auch im *Grauen Bären* passieren, daß man etwas vorgesetzt bekommt, das nicht zu essen ist, schreibt Enderer und: Humer sagt, seine Schwiegertochter habe überdurchschnittlich lange Haare, und fortwährend, schreibt Enderer, sagt Humer *ungekämmt, ungekämmt, meine Schwiegertochter ist immer ungekämmt,* dabei hasse ich nichts tiefer als einen ungekämmten Menschen, sagt Humer, aber allein, daß sie ungekämmt ist, ist nicht

Ursache meiner Abneigung, sagt Humer, durch diese Frau, die *aus der untersten Kategorie* kommt, ihr Vater ist noch heute als Zimmeranstreicher in Matrei tätig, sagt Humer, ihre Mutter bessert sich den Unterhalt als Zugehfrau auf, *wie* er das sagt, darin ist alle nur mögliche Verachtung, schreibt Enderer, wie gesagt, seit längerer Zeit gehen die beiden schon in die Kaiserkrone, schreibt Enderer, in der Kaiserkrone bezahlen sie für alles doppelt so viel wie im *Grauen Bären*, sagt Humer und ich denke, mit meinem Geld, sagt Humer, in wie kurzer Zeit, sagt Humer jetzt, werden sie, weil sie mehr dem Vergnügen als dem Geschäft leben, alles verwirtschaftet haben, und ein solches Geschäft wie mein Geschäft zu verwirtschaften, *noch gehört es ja mir!* ruft Humer aus, *noch gehört es mir!*, dazu gehöre eine große Portion Dummheit und Vaterhaß. Ich hätte richtig gehört, *Vaterhaß,* sagt Humer und dann: sechzehn Nähmaschinen, Herr Doktor, wenn Sie sich vorstellen, heute schon sechzehn Nähmaschinen und ich dachte, schreibt Enderer, sechzehn Menschen an sechzehn Nähmaschinen, wir liefern auf Vertragsbasis, sagt Humer, schreibt Enderer, auch nach Vorarlberg und nach Salzburg und in neuerer Zeit auch nach Bayern, in Bayern ist die Bestattungswäsche doppelt so teuer als bei uns, sagt Humer, da kann man schon einen höheren Zoll zahlen, an die vierzig Bestattungsunternehmen bezögen Bestattungswäsche aus der Humerschen Werkstatt in der Oberen Saggengasse, schreibt Enderer. Und alles das, was ich in Jahrzehnten aufgebaut habe, wirtschaftet mein Sohn in Gemeinschaft seiner ordinären Frau in der kürzesten Zeit herunter, und geht in die *Kaiserkrone!* sagt Humer, dann weiter Humer: was mich betrifft, ist der Tatbestand folgender: solche Rede beweist, daß Humer in der kurzen Zeit, in welcher er jetzt bei mir in der Kanzlei ist und wenn es wahr ist, daß ich der erste Anwalt in seinem Leben bin, schreibt Enderer und ich zweifle nicht an seinen Angaben,

der Mensch sagt die Wahrheit, und ist von größter Aufmerksamkeit im Zuhören, diese Ohren, habe ich immer
den Eindruck, hören alles, auch das, was ich *nicht* sage,
daß Humer jetzt schon die Juristensprache vertraut ist
und daß er jetzt schon in der Juristensprache spricht,
wenn er sagt, mein Tatbestand ist folgender: während ich,
wie Sie wissen, und wie ich das tatsächlich schon weiß,
denn Humer hat es schon mehrere Male gesagt, während
ich, sagt Humer also, dreißig Jahre in Ruhe und Frieden
ebenerdig und das heißt, neben dem Geschäft in der
Saggengasse meine Wohnung gehabt habe, von den ersten Atemzügen an, sagt er leidenschaftlich, habe ich in
dieser ebenerdigen Wohnung gewohnt, noch ein paarmal
mit Nachdruck, von den ersten Augenblicken an, dabei
zum erstenmal mit den auf einmal nicht mehr an seinem
Wetterfleck festgeklammerten Händen gestikulierend,
immer heftiger sprechend und auch seine verhältnismäßig
langen Beine ausstreckend, langsam streckte Humer seine
verhältnismäßig langen Beine aus, schreibt Enderer, der
ganze lange magere Körper löste sich, während der Mann
jetzt von seiner ebenerdigen Wohnung in der Saggengasse zu sprechen angefangen hatte, aus einer mindestens
einstündigen Verkrampfung, tatsächlich sitzt Humer jetzt
schon über eine Stunde in meiner Kanzlei und das, daß er
überhaupt hier sitzt, denke ich plötzlich, ist auch nur
möglich gewesen, weil ich den Mann ohne zu denken, daß
ich ja an diesem Vormittag überhaupt keine Kanzleistunde habe, in die Kanzlei heraufgelassen habe, ohne
daran zu denken, heute keine Kanzleistunde!, habe ich den
Mann einfach aufgefordert, mit mir herauf in die Kanzlei
zu gehn, durch die Art und Weise wie der Mann unten vor
der Tür gestanden war, zweifellos auf mich wartend, in
etwas Wichtigem, habe ich gedacht, der Mann kommt in
einer Wichtigkeit, ohne mich zu fragen, ob es Sinn hat, ob
es nützlich ist, den Mann heraufzulassen, habe ich ihn

aufgefordert heraufzugehn, schreibt Enderer, Montag ist ja gar keine Kanzleistunde dachte ich, schreibt Enderer und ich sagte plötzlich zu Humer *Montag ist ja gar keine Kanzleistunde!*, darauf reagierte er aber nicht, er saß da, jetzt hoch aufgerichtet, schreibt Enderer, plötzlich mit gerader Wirbelsäule und redete von seiner ebenerdigen Wohnung, eine sehr schöne Wohnung, Herr Doktor, sagte er. Wenn man in einer solchen geräumigen ebenerdigen Wohnung aufgewachsen ist, und jetzt war er wieder beim *Eigentlichen,* schreibt Enderer, kann man nicht von heute auf morgen aus der einem vollkommen angemessenen Wohnung ausziehen. An alles in dieser Wohnung habe er sich von frühester Kindheit an gewöhnt gehabt, schreibt Enderer, alles in dieser Wohnung ist ihm das Vertrauteste und einen Menschen, der gewohnt ist, in einer ebenerdigen Wohnung zu wohnen, kann man nicht nach Jahrzehnten auf einmal und noch dazu unter den fadenscheinigsten Gründen, aus seiner ebenerdigen Wohnung hinauswefen, glauben Sie mir, sagte Humer, schreibt Enderer, es gibt nichts Fürchterlicheres. Man hat mich aus meiner ebenerdigen Wohnung hinausgeworfen. Über Nacht. Er, Humer, solle in den ersten Stock hinaufziehen, habe man ihm gesagt, schreibt Enderer und Humer sagt: hinter allem steckt meine Schwiegertochter aus Matrei, denn mein Sohn, Herr Doktor, hätte mich nicht hinausgeworfen, dazu ist er zu schwach, so etwas tut mein Sohn nicht. Aber, schreibt Enderer: die Söhne heiraten, so Humer, und sind bald von der gleichen Rücksichtslosigkeit wie ihre Frauen und das Einheiraten einer solchen wie meine Schwiegertochter bedeutet die Auflösung des Geschäfts, *seine Vernichtung.* Unter dem Vorwand einer Geschäftsvergrößerung (Anschaffung eines doppelt so großen Zellstofflagers!), hat mich mein Sohn gezwungen, aus der ebenerdigen Wohnung aus- und in den ersten Stock hinaufzuziehen. Er hat aber gar kein größeres Zellstofflager angelegt, sagt Humer, dann, nach und nach, sah ich, er legt sich ja gar kein größeres Zellstofflager an und ich machte ihn darauf aufmerksam, daß ich nur, weil er sich ein größeres Zellstofflager anlegen hat wollen, aus der ebenerdigen Wohnung ausgezogen bin, darauf redete er von einer Sargabteilung, die er zu dem Bestattungswäschegeschäft aufmachen wolle, er habe schon um die Konzession angesucht, aber die Landesregierung lasse sich Zeit, schließlich habe ich herausbekommen, daß mein Sohn gar nicht um eine Konzession für eine Sargabteilung angesucht hat. Wie er lügt! sagt Humer, schreibt Enderer. Zuerst, ein größeres Zellstofflager, dann, eine Sargabteilung, dann: Platz für sechs neue Näherinnen!, was aber auch gelogen war, denn bis heute habe ich keine von den sechs neuen Näherinnen gesehen, im Gegenteil, anstatt achtzehn Näherinnen *noch vor zwei Jahren,* beschäftigen wir heute nur sechzehn. Und plötzlich, sagt Humer, schreibt Enderer, daß wir vom Bestattungswäschegeschäft allein nicht mehr leben könnten, solches sagt ein Mensch, der in die *Kaiserkrone* essen geht und nicht allein, sondern zu zweit, und dort Tausende ausgibt! Von dem Augenblick an, in welchem er seine Schwiegertochter ins Haus nehmen habe müssen, sei alles an seinem Sohn nurmehr noch Lüge *und nichts als Lüge* gewesen. Gegen einen Menschen wie meine Schwiegertochter kommt man aber nicht auf, sagt Humer, schreibt Enderer, alles wird nur noch schlimmer. Nun hätte Humer sich aber tatsächlich weigern können, aus seiner ebenerdigen Wohnung auszuziehen, schreibt Enderer, aber eine solche Weigerung geht meistens über die Kräfte eines Mannes wie Humer, wie überhaupt über die Kräfte eines jeden Mannes. Schließlich gehört das Geschäft ja noch mir! sagt Humer. Aber verheiratet sich der Sohn, kann der Vater in seinem Haus nicht mehr tun, was er will. Noch wußte er nicht *das ganze Ausmaß der Katastro-*

phe, so Humers Worte, die dadurch, daß ich aus meiner ebenerdigen Wohnung ausgezogen und in den ersten Stock hinauf gezogen bin, erst recht sich entwickeln konnte. Erschöpft sagt Humer, schreibt Enderer: und ich bin in den ersten Stock hinauf. Tagelang habe ich mir gesagt, ich gehe nicht hinauf und bin dann doch hinauf gegangen. Und wie ich oben gewesen bin, habe ich gesehen, alles Lüge, nichts als nur Lüge, daß ich einer plumpen Lüge hereingefallen bin. Man hat mir ja nicht vorgeschlagen, auszuziehen, man hat mich hinausgeworfen, regelrecht hinausgeworfen, wiederholte Humer mehrere Male. Schwer, aber doch nach und nach, habe er sich an den ersten Stock gewöhnen können, sagte er, schreibt Enderer und Humer begann den Wetterfleck aufzuknöpfen. Während er den Wetterfleck aufknöpfte, es war jetzt nicht warm, es war heiß, bemerkte ich auf der Innenseite des Wetterflecks ein größeres Schneidersiegel, das gleiche Schneidersiegel, das mir vom Wetterfleck meines Onkels in Erinnerung ist. Oder habe ich mich getäuscht? schreibt Enderer, ist es vielleicht doch nicht das gleiche Schneidersiegel?, dachte ich und schon war das Schneidersiegel nicht mehr zu sehen, denn Humer hatte auf einmal den Wetterfleck so gefaltet, von der linken und von der rechten Schulter herunter so gefaltet, daß das Schneidersiegel nicht mehr zu sehen gewesen war. Tatsächlich entdeckte er, Humer, schreibt Enderer weiter, sogenannte Ersterstockvorteile. Wie Sie wissen, sagt Humer, ist es in allen diesen Häusern und vor allem in den Saggengassenhäusern ebenerdig feucht, im ersten Stock aber ist es trocken. Sofort habe er eine Linderung seiner rheumatischen (er sagte, eine Besserung meiner rheumatistischen, er sagte nicht rheumatisch, sondern rheumatistisch), also eine Linderung seiner rheumatischen Zustände konstatieren können, schreibt Enderer. Er war zur Überzeugung gekommen, daß es ein Vorteil ist, aus der ebenerdigen Wohnung aus- und in den ersten Stock hinauf gezogen zu sein. Gleich in den ersten Tagen eine Besserung meiner Rückenschmerzen, sagt Humer. Davon sagte ich aber nichts, damit sie (meine Kinder) das nicht ausnützen konnten, denn hätte ich auch nur den geringsten Vorteil zugegeben, sie hätten das sofort ausgenützt. Ich bin auf einmal imstande gewesen, schneller zu gehen, mich zu bücken und zwar bis auf den Fußboden zu bücken, wozu ich schon Jahrzehnte nicht mehr imstande gewesen war, er erfreute sich ganz allgemein einer größeren und *beinahe schmerzfreien* Beweglichkeit im ersten Stock. Davon sagte ich aber nichts, sagt Humer, im Gegenteil. Auch machte er die Beobachtung, im ersten Stock ist es heller. Man kann Licht sparen, die Luft ist besser, mehr Sauerstoff, geringerer Lärm. Aber daß er den Geschäftsgang und also die Machenschaften, die unten im Geschäft vor sich gingen, nicht mehr so leicht kontrollieren konnte wie von seiner ebenerdigen Wohnung aus, verbitterte ihn. In der Ersterstockwohnung war ich vollkommen abgeschlossen vom Geschäft, damit rechneten sie, sein Sohn und seine Schwiegertochter, daß ich nicht alle Augenblicke vom ersten Stock hinunter kann ins Geschäft, um eine Kontrolle zu machen, das kalkulierten sie alles ein, meine Unbeweglichkeit, die Schwierigkeit, diese steile Treppe auf- und abzusteigen. Alles Berechnung, sagte er. Betrug und Berechnung. Ich war abgeschlossen im ersten Stock, ja ich hörte von dort oben aus nicht einmal das Klingeln an der Geschäftstür, sagt Humer, das vergrößerte meinen Verdacht. Ungestört konnte sich der Betrug unter mir, der ich im ersten Stock oben saß, ausbreiten, und *wie* sich der Betrug unter mir ausbreiten konnte, das sehen Sie ja an den Papieren, die ich mitgebracht habe. Durch den verheerenden Einfluß seiner Frau war mein Sohn auf einmal *zu allem* fähig. Hinter Lügen verschanzt alles, sagt Humer, schreibt Enderer. Eine ungeheure Verheimlichungstaktik, sagt Humer. Abgesehen davon, hatte er sich aber *über Anfangsschwierigkeiten weg* rasch an den neuen Zustand, wohnen im ersten Stock, gewöhnt. Aber, was er mir vorher schon gesagt und was ich schon längst notiert hatte, schreibt Enderer, nach drei Monaten ist mir nahegelegt worden, ich solle aus dem ersten Stock aus- und in den zweiten Stock hinauf ziehen, auf einmal sollte ich auch aus dem ersten Stock ausziehen und in den zweiten hinauf, sagt Humer, schreibt Enderer. Überall Haß gegen mich, meines Sohnes Haß, meiner Schwiegertochter Haß. Einzig und allein mein Aufundabgehen an der Sill, sagte Humer, schreibt Enderer, sonst nichts als Haß gegen mich, *der ich noch da bin.* Ein Kind komme, hieß es. Gerade davor hatte ich wie vor nichts Angst, Herr Doktor, so Humer, schreibt Enderer, daß der Augenblick kommt, in welchem von einem Kind die Rede ist, ist ein Kind da, trennen sich die Eheleute nicht mehr so leicht, aber auch ohne Kind hätten sie sich nicht mehr getrennt, denn meine Schwiegertochter ist die Berechnendste, sagte Humer. Ein Kind also und man komme mit dem vorhandenen Wohnraum, ist das Kind da, nicht mehr aus, jetzt war es das bevorstehende Kind, zuerst war es ein anzulegendes Zellstofflager, dann ein Sarglager gewesen, aber während Zellstoff- und Sarglager Lüge gewesen waren, sagt Humer, glaubte ich doch an das Kind. Keine Nacht Schlaf, sagt Humer, schreibt Enderer, ein Kind, ein Kind. Ich wehrte mich aber nicht lange und zog noch den gleichen Tag in den zweiten Stock, so Humer, die Schwierigkeit war gewesen, mit den Möbelstücken über die doch recht schmale Treppe vom ersten in den zweiten Stock hinauf zu kommen, tatsächlich brachten sie aber alle Möbelstücke in den zweiten Stock hinauf, ich zweifelte nicht einen Augenblick an dem Kind, sagt Humer, ich mußte ja daran glauben, das Kind war ja schon da, wie ich aufeinmal gesehen habe, *ist* das Kind ja schon da, es sei *so vieles auf so schmerzhafte Weise absurd,* sagte ich, schreibt Enderer, darauf Humer: das Enkelkind kam, aber ich habe natürlich nicht eingesehen, warum ich wegen des Enkelkinds in den zweiten Stock ziehen habe müssen, aber ich hatte mich mit der Tatsache abgefunden, endgültig im zweiten Stock zu sein, das war mein Opfer, Herr Doktor, sagt Humer, schreibt Enderer, wenn mir auch nicht klar werden wollte, warum. Im zweiten Stock ist es noch trockener als im ersten und die Luft ist im zweiten noch besser als im ersten und der Lärm kaum mehr zu hören. Aber das mich noch immer und das heißt jetzt, nachdem ich auf die Machenschaften meines Sohnes und meiner Schwiegertochter gekommen bin, mit noch viel größerer Intensität als vorher interessierende Geschäft unten, und alles mit dem Geschäft unten zusammenhängende war mir jetzt oben noch weiter entglitten, zu mühselig, um alle Augenblicke hinunter zu gehn, sagt Humer, schreibt Enderer, auch zu auffällig, andauernd hinunter und wieder herauf und wieder hinunter und wieder herauf zu gehn, vor allem, was das heißt, sagt Humer, unter ihren haßerfüllten Blicken! so kam ich also kaum mehr in das Geschäft, und wenn, dann doch nur für einen Augenblick um meine Indizien, meinen Verdacht ihren Betrug betreffend zu vermehren, Gefälschtes, sagt Humer, schreibt Enderer, an mich zu nehmen, Abschriften zu machen in aller Eile und mit großer Vorsicht unbemerkt, was das schwierigste gewesen ist, denn mein Sohn und meine Schwiegertochter hatten ja längst umgekehrt Verdacht geschöpft, daß *ich* Verdacht habe ... in der Nacht beschäftigten mich dann ausschließlich diese Papiere, sagt Humer, weil man mich im zweiten Stock in Ruhe ließ, vollkommen ungestört, sagt Humer, das sicher ein Vorteil, sagt Humer, schreibt Enderer, der plötzlich ausruft: *alles gefälscht! Einfach alles gefälscht! Die ganze Buchhaltung gefälscht! Und nicht, wie man annehmen möchte, Fälschungen gegen die Finanzbehörde, nein*

Fälschungen gegen mich! Es ist mir nichts anderes übrig geblieben, als mich an Sie zu wenden, sagt Humer zu mir, schreibt Enderer. Das ganze muß vor Gericht, sagt er, alles vor Gericht, wer denkt da noch an Rücksicht, wo es sich um ein Komplott gegen den eigenen Vater handelt! Natürlich, der zweite Stock ist der idealste, habe ich *gedacht,* aber nichts davon *gesagt.* Im Gegenteil. Er schwieg und spielte, was er in der Zwischenzeit mit Könnerschaft erlernt gehabt hatte, Opfer. Die Beschwerlichkeit, die unmenschliche Anstrengung, in den zweiten Stock hinauf und wieder vom zweiten Stock herunter zu steigen, er nahm sie in Kauf. Keine Lifte, wie Sie wissen, in der Saggengasse keine Lifte, sagt Humer. In den zweiten Stock lud ich mir meine alten Freunde ein, sagt er, schreibt Enderer, die bestärkten ihn nicht nur in dem Verdacht, daß man ihn betrügt, was ja offensichtlich gewesen ist an Hand unzähliger, jetzt auf meinem Schreibtisch liegender Beweise, sondern in der Absicht, mit der ganzen Sache zu einem Anwalt und das heißt, vor Gericht zu gehn. Ich habe ja schon jahrelang nicht mehr nur von Verdacht sprechen können, sagt Humer, das halte ich meiner Aufmerksamkeit zugute, meiner Liebe zum Geschäft in der Saggengasse, plötzlich rief er aus: *die Liebe zu meinem Geschäft hat mir kein Mensch nehmen können!* schreibt Enderer, dann, schreibt Enderer, setzt Humer sich in den Sessel und wickelt sich, so gut es geht, in den Wetterfleck ein. Jetzt wirst du das Schneidersiegel nicht mehr sehen, dachte ich, schreibt Enderer, alles deutet darauf hin, daß er den Wetterfleck nicht mehr auszieht, im Gegenteil, er wird sich von jetzt an nur noch mehr in den Wetterfleck einwickeln, mehr und mehr einwickeln in den Wetterfleck, während Humer noch ein mit Haushaltsspagat zusammengeschnürtes Paket aus dem Wetterfleck hervorholte und auf meinen Schreibtisch legte. Alles weitere Beweise, als weitere Indizien, sagte er, schreibt Enderer.

Und jetzt notieren Sie, sagt Humer, schreibt Enderer und Humer eröffnete mir zum erstenmal: vor einer Woche ist mir plötzlich gesagt worden, ich solle *auch aus dem zweiten* Stock auszuziehen und *in den dritten* Stock. Mein Sohn machte mir den sonderbaren Vorschlag, wie ich gerade mit der Lektüre von Zellstoff- und Preßpapierprospekten beschäftigt bin. Nicht einen Augenblick zweifelte ich daran, daß, während mein Sohn mich aufforderte, aus dem zweiten Stock auszuziehen, mich in Wirklichkeit, durch seinen unverschämten Mund allerdings, sagt Humer, mich meine Schwiegertochter dazu aufforderte. Ja, habe ich gesagt, sagt Humer und er habe sich dabei bemüht, ruhig zu bleiben, nicht in Erregung zu kommen, ja, also auch aus dem zweiten Stock heraus und in den dritten! Und er habe mehrere Male wiederholt: und in den dritten, und in den dritten, weil, inzwischen waren noch zwei geboren, ein viertes Kind kommt ... ein viertes Kind, sagt Humer zu mir, schreibt Enderer, ist das nicht unsinnig? Ist das nicht unsinnig und stumpfsinnig zugleich? Mehrere Male sagt Humer zu mir: ist das nicht vollkommener Stumpfsinn? Ein Verbrechen, ein viertes Kind! sagt Humer, schreibt Enderer. In diesen Zeiten, habe ich gesagt, so Humer, schreibt Enderer, in welcher um Hunderte Millionen Menschen zuviel sind, ein viertes Kind? Dann soll er, seiner Angabe nach, mehrere Male ausgerufen haben: ein viertes Kind! Ein viertes Kind! Ein viertes Kind! Und ein fünftes Kind! und ein sechstes Kind! Und ein siebtes Kind! Und ein achtes Kind! Und so fort! Und so fort! Mehrere Male: und so fort! Und so fort! Von unten herauf hörte ich die Schwiegertochter, sagt Humer, schreibt Enderer, wie sie sagt: wenn er nicht in den dritten Stock hinauf geht, muß er ins Altersheim! Das hörte ich von unten herauf, sagt Humer, schreibt Enderer. Und mein Sohn sagt, sagt Humer: du ziehst in den dritten Stock! Darauf habe er, Humer, die Beherrschung verloren

und so laut er konnte, geschrien: ein viertes Kind! Ein
viertes Kind! In den dritten Stock! In den dritten Stock!
Ein viertes Kind! Ein fünftes Kind! usf. und dann nur
noch: Kinder! Kinder! Kinder!, bis zur völligen Erschöpfung, schreibt Enderer, dann sagt Humer, schreibt Enderer: dein Sohn versteht dich nicht, er versteht dich nicht
mehr, habe ich denken müssen und: was diese Frau aus
deinem Sohn gemacht hat. Und Humer stand auf, schreibt
Enderer und fing an, in der Kanzlei hin und her zu gehen,
ab und zu zeigte er auf die mitgebrachten Papiere auf
meinem Schreibtisch und sagte: *alles schon durch und durch
kriminalistisch, alles schon durch und durch kriminalistisch. Alles schon fürs Gericht! Kein Zurück,* sagt er, *kein Zurück.*
Plötzlich, sagt Humer, schreibt Enderer, habe ich gesagt:
nein, in den dritten Stock nicht, in den dritten nicht. Katego-
risch! *Nicht in diese menschenunwürdigen Kammern!* habe ich
gesagt, sagt Humer, so Enderer, *nicht in diese finsteren
Schlupfwinkel* hinauf. Dann sei er weggegangen, an die Sill
und dann stundenlang an der Sill auf und ab, so Enderer,
dann Humer, wie Enderer schreibt: und wie ich nach
Hause gekommen bin, hat mein Sohn schon den Großteil
meiner Sachen in den dritten Stock und das bedeutete, auf
den Dachboden hinauf geschleppt gehabt. Sofort habe ich
gesehen, sagt Humer, schreibt Enderer, der hat schon
beinahe alle deine Sachen in den dritten Stock geschleppt,
alles hinaufgeschleppt. Und da haben sie, mein Sohn und
meine Schwiegertochter, auch schon angefangen, meine
Möbelstücke vom zweiten Stock in den dritten Stock
hinauf zu schleppen, wenn Sie in der Saggengasse wohnen, sagt Humer zu mir, schreibt Enderer, dann wissen
Sie ja, wie der dritte Stock aussieht, in der ganzen Saggengasse schaut es im dritten Stock so aus, für Wohnzwecke
vollkommen ungeeignet, das mehrere Male: *für Wohnzwecke vollkommen ungeeignet. Herrichten, bewohnbar machen,*
sagten sie, sagt Humer. Und alles mußte *sofort* sein, alles

sofort. Die Möbelstücke und den Vater gleich hinauf auf den Dachboden, Herr Doktor, sagt Humer, schreibt Enderer. Notdürftig haben sie mir zwei Spanische Wände auf dem Dachboden aufgestellt und mir einzureden versucht, der Dachboden sei bewohnbar. Bis es kalt wird und zu schneien anfängt, haben wir hier heroben alles wintersicher gemacht, sagt mein Sohn, sagt Humer, schreibt Enderer, man kann dann heizen heroben, sagt mein Sohn. Und stellen Sie sich vor, sagt Humer, die ganze Zeit während mein Sohn und seine Frau meine Möbelstücke auf dem Dachboden hin- und herrücken, kann ich nicht sprechen, *als ob ich die Sprache verloren hätte,* sagt Humer, ich *will,* aber *kann* nicht sprechen, ich stehe eingewickelt in den Wetterfleck da und kann nichts sagen. Und *wie* ich auf einmal schweigen habe müssen! sagt Humer. Dieser grauenhafte, ekelerregende Dachbodengeruch, den ich von Kindheit an gehaßt habe, sagt Humer. Alles Moder, alles Schmutz und Moder. Fortwährend sagt mein Sohn das Wort *umbauen,* sagt Humer, schreibt Enderer, immer wieder *umbauen, heizbar machen.* Schließlich haben sie alle meine Möbelstücke auf dem Dachboden gehabt und mir auch noch das Bett gemacht, und ich habe zuschauen müssen, *unbeweglich,* mir war es nicht möglich gewesen, sie zu verjagen, kein Schritt, kein Wort, sagt Humer, schreibt Enderer. Während des Umbaues solle ich zu meiner Schwester nach Hall, haben sie gesagt, sagt Humer, schreibt Enderer, du fährst in der Zwischenzeit nach Hall, höre ich meinen Sohn, sagt Humer. Aber ich habe gedacht, ich fahre nicht nach Hall, nicht nach Hall, nicht nach Hall, habe ich gedacht. Immer wieder: *nicht nach Hall.* Und plötzlich: jetzt vor Gericht!, jetzt einen Anwalt aufsuchen und vor Gericht! und er sei aus dem Haus gegangen und die ganze Saggengasse bis zum Ende und in ein Gasthaus in der Gänsbacherstraße und sei mehrere Male an die Sill und wieder zurück und an den Inn und wieder zurück und habe schließlich in dem Gasthaus in der Gänsbacherstraße übernachtet. Zweimal sei er schon hier in der Herrengasse gewesen und habe auf mich gewartet. *Zu diesem Anwalt,* habe er sich gedacht, er weiß nicht, warum, aber immer wieder, *zu diesem Anwalt,* immer wieder: *zum Enderer.* Die ganzen Tage habe ich die ganzen Papiere an meinem Körper, sagt Humer, schreibt Enderer, immer unter dem Wetterfleck versteckt, diese Indizien, sagt er und dann: wenn diese Papiere nicht ausreichen! darauf ich, schreibt Enderer: natürlich, aus den Papieren geht ja alles ganz einwandfrei hervor. *Einen Prozeß machen, einen Prozeß machen,* habe er sich immer wieder gesagt, meinem Sohn und meiner Schwiegertochter einen Prozeß machen. Plötzlich stand er auf und ging weg, schreibt Enderer. Herr Humer! hatte ich ihm nachgerufen, weil ich vergessen hatte, ihn die Generalvollmacht unterschreiben zu lassen, Herr Humer!, aber da war er schon weg, unten. Er wird wiederkommen, dachte ich und ich ging an die Erledigung meiner wochenlang so vernachlässigten Arbeit. Währenddessen aber dachte ich doch nur an Humer. Mehrere Verbrechen und Vergehen, dachte ich, wie sie unter den Einzelhändlern an der Tagesordnung sind einerseits, gegen Humer andererseits und mehr und mehr ärgerte mich, daß ich Humer dann doch nicht nach der Herkunft seines Wetterflecks gefragt habe. Darauf hatte ich dann doch, obwohl ich es mir fest vorgenommen gehabt habe, vergessen. Das Schneidersiegel ist der Beweis, dachte ich. Was hatte Humer gesagt? Lange Zeit bin ich vor Ihrer Tür gestanden und habe auf Sie gewartet, sagt Humer, schreibt Enderer, das habe ich noch im Ohr, Enderer, *läuten oder nicht läuten,* hat er gedacht, *ich läute nicht* einmal, dann wieder, *ich läute* und immer wieder *nur zum Enderer* und *ist es vernünftig?* oder *ist es nicht vernünftig?*, bis ich dann doch geläutet habe . . . da habe ich mit Ihnen in die Kanzlei heraufgehen *müssen,* wie

Sie auf einmal vor mir gestanden sind ... *einen Prozeß machen gegen meinen Sohn!* hat Humer gesagt, schreibt Enderer. Zuerst macht man Andeutungen, dann das Ganze, denke ich, schreibt Enderer, es ist immer das gleiche, die Wahrheit wird gesagt und doch nicht die Wahrheit ... ich hätte nicht zu Ihnen heraufkommen sollen, sagt Humer mehrere Male, erinnere ich mich, schreibt Enderer, nicht in diesem Zustand und er sagt: nicht an die Öffentlichkeit! denn nichts sei fürchterlicher, als, gleich mit was, an die Öffentlichkeit zu gehen, das fühle er, Humer, aber er ziehe nichts zurück, er betreibe jetzt nurmehr noch alles, halte nichts mehr auf, halte sich vor nichts mehr zurück, schrecke vor nichts mehr zurück ... *Ich hätte Sie nicht belästigen sollen,* einerseits, und *ich bin an die Öffentlichkeit gegangen* andererseits ... wie sollten Sie einem alten Mann in seiner Verzweiflung auch helfen können, dann wieder: was mich betrifft, ist es vielleicht doch das Unbedeutendste einerseits, es bringt mich um, andererseits, schreibt Enderer über Humer. Es sei alles falsch, was die Menschen angehen und was sie dann machen und entwickeln wollen und wenn man es gründlich bedenkt, ist das ganze Leben falsch ... fassen Sie das ganze als Episode auf, hat Humer auch gesagt, schreibt Enderer, als eine Sie überhaupt nichts angehende Episode ... zwanzig Jahre sind wir aneinander vorbeigegangen und haben uns nicht kennengelernt und jetzt haben wir uns kennengelernt ... *ich will aber nichts rückgängig machen,* mehrere Male, mehrere Male ganz entschieden: *ich will aber nichts rückgängig machen* ... wie er gesagt hatte: *das ist das Füchterlichste, an die Öffentlichkeit gehen,* gleich wieder: *ich will aber nichts rückgängig machen!* schreibt Enderer und macht uns auf eine Meldung in den »Tiroler Nachrichten« vom vergangenen Dienstag aufmerksam, in welcher steht, der Geschäftsmann H. habe sich vergangenen Freitag in der Saggengasse aus dem dritten Stock gestürzt. Sofort denke ich, das ist Humer, schreibt Enderer und ich bin der Sache nachgegangen und tatsächlich hat sich Humer am vergangenen Freitag vergangener Woche aus einem Dachbodenfenster seines Hauses gestürzt. Er sei sofort tot gewesen, schreibt die Zeitung, schreibt Enderer. Was ihm aber, schreibt Enderer und uns darauf aufmerksam zu machen, sei ihm Verpflichtung, was ihm, Enderer, aber keine Ruhe gelassen habe, nachdem er die Zeitungsnotiz gelesen hat, wäre nicht Humer gewesen, nicht diese, wie Enderer schreibt, allem Anschein nach außergewöhnliche und zwar außergewöhnlich niederschlagende, in Wirklichkeit aber doch ganz alltägliche Lebensgeschichte eines letztenendes ganz einfachen Menschen, sondern der Wetterfleck, den der Mensch, Humer, angehabt habe und er, Enderer, habe sich angezogen, es sei schon vier Uhr nachmittag und also schon finster gewesen, man weiß, die Novembertage sind kurz und sind eigentlich gar keine Tage, und sei in die Obere Saggengasse gegangen in das Bestattungswäschegeschäft Humer hinein und habe sofort gesagt, wer er, Enderer, sei und daß er wegen des Wetterflecks des Verstorbenen komme. Bei dem Wetterfleck des Verstorbenen, ich sagte natürlich nicht *Selbstmörder,* schreibt Enderer, handele es sich um den Wetterfleck meines vor acht Jahren in der Sill ertrunkenen Onkels Worringer, sagte ich. Durch Zufall sei mir der Umstand bekannt, daß es sich bei dem Wetterfleck des Verstorbenen um den Wetterfleck meines Onkels handle. Ich sagte nichts von Humers Besuch in meiner Kanzlei, weil ich die ganze Sache als für mich abgeschlossen betrachtete, schreibt Enderer. Der junge Mann im Geschäft, zweifellos der Sohn des Verstorbenen, tat so, als seien ihm die mit dem Wetterfleck seines Vaters und also mit dem Wetterfleck meines Onkels Worringer zusammenhängenden Umstände bekannt und er sagte, ja, der Wetterfleck ist vor ein paar Jahren an der Sill angeschwemmt worden. Darauf, schreibt Enderer, ich: Ihr Herr Vater ist, wie ich weiß, tagtäglich an der Sill auf und ab gegangen. Ja, sagt der junge Mann und greift an den Kleiderständer und händigt mir ohne Umstände den Wetterfleck des Verstorbenen aus . . ,

Am Ortler

Mitte Oktober machten wir uns von Gomagoi aus auf den Weg zu der uns schon vor fünfunddreißig Jahren von unseren Eltern hinterlassenen Sennhütte, einer kleinen Weidewirtschaft aus Mauerwerk auf dem Scheibenboden unter dem Ortlermassiv, unsere Absicht war gewesen, auf dem Scheibenboden oben zwei, drei Jahre gemeinsam zu verbringen, ungestört und gänzlich allein mit unseren Erfahrungen und Ideen und mit den Gedanken an eine uns jetzt, was mich betrifft, im achtundvierzigsten, was meinen Bruder betrifft, im einundfünfzigsten Jahre nichts mehr angehenden Welt beschäftigt. Die achtzehnhundert Meter hoch gelegene Weidewirtschaft erschien uns in allem, was wir über sie in Erfahrung gebracht oder noch in Erinnerung hatten, als für unsere Zwecke, über die wir uns keinem Menschen gegenüber äußerten, weil wir unser Vorhaben absolut geheim und durch keinerlei Angaben darüber oder durch vorlautes unüberlegtes Geschwätz in Gefahr bringen und weil wir nicht für Narren gehalten werden wollten, am allergeeignetsten. Ein, nicht der letzte Grund, geehrter Herr, die Weidewirtschaft auf dem Scheibenboden zu reaktivieren, war der Gedanke an die außerordentliche Billigkeit einer Existenz im menschen- und dadurch ablenkungslosen Hochgebirge gewesen. Gut ausgerüstet und mit für wenigstens acht oder zehn Tage Proviant in unseren Rücksäcken (unsere Absicht war gewesen, den Besitz auf dem Scheibenboden zuerst einmal im Hinblick auf unser Vorhaben: Einzug in die Sennhütte Anfang November, in realistische Inspektion, auf seine Bewohnbarkeit hin in gründlichen Augenschein

zu nehmen) ließen wir gegen vier Uhr früh Gomagoi
hinter uns, die Nacht war klar, wir brauchten die englischen Lampen nicht und kamen durch Schweigsamkeit
und in dem einzigen fortgesetzten und faszinierenden und
absolut fesselnden Gedanken, keine Engagements, keine
Wissenschaft einerseits, unsere phantastische Unternehmung andererseits, rasch vorwärts. Es zeigte sich aber
bald, geehrter Herr, daß wir, obwohl ausschließlich mit
unserer Unternehmung beschäftigt, mit der Sennhütte auf
dem Scheibenboden als Ziel, doch für doppelte Schweigsamkeit ungeeignet, plötzlich mit mehreren Bemerkungen betreffend ganz anderes, unsere Schweigsamkeit un-
terbrechen mußten und wir waren auf einmal in eine
merkwürdige, uns zuerst irritierende, uns dann aber bald
vollkommen geläufige und uns nicht zuletzt ein verab-
scheuungswürdiges Vergnügen machende Unterhaltung
hineingekommen über unseren Lebensgegenstand oder
besser, Existenzgegenstand, geehrter Herr, die wegen ihres ganz eng mit der offensichtlich sich verschlimmernden
Krankheit meines Bruders und mit der durch die Ver-
schlimmerung der Krankheit meines Bruders hervorgeru-
fenen Veränderung auch meiner Person zusammenhängenden bruchstückehaften Charakters, die wohl einer
Analyse einer ganz andern als der meinigen Person bedarf,
auch Ihr Interesse beanspruchen wird, waren Sie doch
zeitlebens und nicht nur in Ihrer Eigenschaft als Agent,
wie kein anderer Mensch mit meinem Bruder in Kontakt.
Wir unterhielten uns, schon weit außerhalb Gomagoi
plötzlich auf die folgende Weise: wenn du dein Kunststück gemacht hast, sagte ich zu meinem Bruder, der, wie
Sie wissen, zeitlebens nichts anderes als Kunststücke gemacht hat, habe ich immer denken müssen, daß dein
Kunststück ein lebensgefährliches Kunststück ist, umgekehrt hast du, wenn ich meine Arbeit (über die Luftschichten) gemacht habe, denken müssen, meine Arbeit

sei lebensgefährlich. So hatten wir beide uns zeitlebens, während du deine Kunststücke gemacht hast und während ich meine Arbeit (über die Luftschichten) gemacht habe, ständig in Lebensgefahr befunden, sagte ich. Wir fragen uns aber nicht, sagte er, wie wir zu unseren Kunststücken, wie wir zu unserer Arbeit (über die Luftschichten) gekommen sind und wie ich zu meinen Kunststücken (die auf dem Boden und die auf dem Seil) und wie du zu deiner Arbeit (über die Luftschichten) usf. Und wie wir unsere Kunststücke und wie wir unsere Arbeit vervollkommnet haben usf., sagte er. Zuerst habe er geglaubt, sein Kunststück werde ihm nicht gelingen, überhaupt kein Kunststück, aber dann ist ihm das Kunststück gelungen, wie ich geglaubt habe, meine Arbeit (über die Luftschichten) werde mir nicht gelingen und die mir dann doch gelungen ist. Immer: *ein anderes, ein komplizierteres Kunststück!* habe er denken müssen und es ist ihm auch immer ein anderes, ein komplizierteres Kunststück gelungen, wie mir immer wieder eine andere (und doch die gleiche) und immer kompliziertere und immer wieder eine noch viel kompliziertere Arbeit (und doch immer wieder die gleiche über die Luftschichten) gelungen ist. Zuerst das erste Kunststück, dann das zweite Kunststück, dann das dritte, das vierte, das fünfte usf. Verdoppelung der Anstrengung auf das Kunststück habe ich immer wieder gedacht, sagte er, Verdoppelung der Anstrengung auf die Arbeit (über die Luftschichten) habe ich mir immer wieder gesagt, dachte ich. Wir überquerten jetzt den Trafoier Bach. Ich habe ganz einfach die Anstrengung verdoppelt und das Kunststück ist mir gelungen, sagte er. Schließlich das komplizierteste Kunststück. Du hast gesehen, wie meine Kunststücke immer komplizierter geworden sind, aber du hast mir das nicht gesagt, ihn nicht darauf aufmerksam machen, hast du gedacht, ihm meine Beobachtung vorenthalten, nichts verraten, wie ich dir nicht gesagt habe, daß ich beobachte, wie sich deine Arbeit über die Luftschichten kompliziert, und immer mit noch größerem Interesse, mit allergrößter Aufmerksamkeit, größter Angst usf., sagte er. Zuerst habe ich mir gedacht: *ein Kunststück!* und dann: *ein komplizierteres Kunststück!* und dann: *ein noch komplizierteres Kunststück!* und dann: *jetzt das komplizierteste Kunststück!* Vom Kopf aus, sagte er. Deine Arbeit, sagte er, hat sich mehr und mehr kompliziert, die Tausende, die Hunderttausende von Ziffern und Zahlen, sagte er, dadurch habe ich immer kompliziertere Kunststücke gemacht. Der Zusammenhang zwischen meiner Arbeit (über die Luftschichten) und seinen Kunststücken sei der größte. Das zu analysieren, sagte er, sei eines Tages eine Notwendigkeit und gerade die Zeit in der Sennhütte dafür die nützlichste. Wie wir ja in der Sennhütte nicht nur in Meditation und in nichts als immer nur in Meditation aufgehen könnten, sagte er, er wünsche doch sehr, daß wir in der Sennhütte verschiedene uns wichtig erscheinende Punkte unseres Denkens auf dem Papier konkretisierten. Wenn wir auch beschlossen haben, die Sennhütte auf dem Scheibenboden nicht für Schreibarbeit zu mißbrauchen, sagte er, ich habe doch Schreibpapier mitgenommen, selbstverständlich, sagte er. Durch das Studium, durch die ununterbrochene Beobachtung deiner Arbeit über die Luftschichten, sagte er, erreichte ich nach und nach und vor allem in meiner Zürcher Zeit, sagte er, gleichzeitig mit dir in dem Ausmaße, in welchem du dich in deiner Arbeit über die Luftschichten vervollkommnet hast, in meinen Kunststücken Vollkommenheit. Eine *gewisse* Vollkommenheit, sagte er, gleich darauf sagte er: rascher, gehen wir rascher, der Weg auf die Sennhütte ist der weiteste, der Aufstieg auf den Scheibenboden der schwierigste, beschwerlichste, ich erinnere mich. Durch bestimmte Arm- wie auch Bein- wie auch Kopfbewegungen und deren Kontrolle, durch diesen bestimmten vorwärtsschnellenden Körperrhythmus, sagte er, ist es möglich, noch rascher zu gehen, noch rascher vorwärts zu kommen, kommen wir noch schneller vorwärts. Diesen Satz hatte er ganz im Tonfall unseres Vaters gesagt, der den Satz alle Augenblicke während unserer frühen Ortleraufstiege zu uns, die wir diese Ortleraufstiege gehaßt haben, immer gesagt hatte, um uns anzutreiben. Wenn du mich nur eindringlich beobachtest, unablässig und eindringlich, sagte mein Bruder, habe ich immer gedacht und wenn ich dich immer genauso unablässig und eindringlich beobachte, wenn wir uns gegenseitig immer unablässig und eindringlich meine Kunststücke und deine Arbeit betreffend, der eine den andern unablässig und mit einer immer noch größeren, immer noch rücksichtsloseren Eindringlichkeit, beobachten, *was* er tut und *wie* er es tut, immerfort *was* und *wie*, bis an die Grenze der Verrücktheit, sagte er, dadurch schulten wir uns zeitlebens gegenseitig. Alles sei eine Frage der Beobachtungskunst und in der Beobachtungskunst eine Frage der Rücksichtslosigkeit der Beobachtungskunst und in der Rücksichtslosigkeit der Beobachtungskunst eine Frage der absoluten Geisteskonstitution. Weil wir schließlich an nichts als an unseren Kunststücken und an unserer Arbeit Interesse gehabt haben, sagte er, wodurch es uns in fürchterlicher Weise unmöglich gemacht worden ist, mit unserer Umwelt auszukommen, die uns dafür mit ihrem totalen Desinteresse bestrafte. Die Umwelt ignorierte uns einfach in dem Augenblick, in welchem wir an ihr keinerlei Interesse mehr hatten, sagte er, selbstverständlich. Diesen Zustand aushalten allerdings, meinte er, grenze an absolute Unerträglichkeit, andauernder Versuch oder die andauernde Versuchung oder der andauernde Wunsch zum Tode hin, sagte er, uns wie nichts vertraut. Wie gleichmäßig du immer *vor* und *nach* deinem Kunststück geatmet hast, sagte ich. Atmung ist das wichtigste, er. Wenn man die Atmung beherrscht, beherrscht man alles. In diese Schule gegangen zu sein, bereue er nicht, in die Atmungsschule, in die einzige von ihm anerkannte Schule, in die Atmungsschule. Kopf, Denken, Körper durch die Atmung beherrschen, sagte er und allein die Beherrschung der Atmung zu der schönsten aller Künste entwickeln. Zuerst hast du geglaubt, sagte ich, du beherrschst dein Kunststück nicht, weil du die Atmung nicht beherrscht hast, zuerst, du kannst dein Kunststück nicht, weil du nicht in dem Kunststück entsprechender Weise atmen kannst, wie man ja immer dem Kunststück, das man vorhat, entsprechend atmen können muß, der Arbeit, Geistesarbeit, die man vorhat, die man macht, entsprechend atmen können muß, sagte er, die Atmung ist alles, nichts ist so wichtig wie die Atmung, Körper und Gehirn allein aus der Atmung heraus, sagte er, zuerst, du kannst dein Kunststück nicht, weil du nicht dem Kunststück entsprechend atmen kannst, ich, dann, du kannst dem Kunststück entsprechend atmen, er, aber du kannst dein Kunststück nicht, das alles ein jahrelanger, ein jahrzehntelanger Prozeß, sagte er, und dann kannst du, weil du dem Kunststück entsprechend atmen kannst, dein Kunststück und kannst es nicht *vortragen!* Denn die Vortragskunst ist, alle Künste in allem, die allerschwierigste Kunst. Du beherrschst dein Kunststück, aber du kannst es nicht vortragen, nichts Deprimierenderes, keine größere Deprimation, kein grauenhafterer Zustand, sagte er. Daraus erklärt sich auch der Titel meiner kleinen Schrift *Kunststück und Vortragskunst,* ein Thema, das mich zeitlebens beschäftigt hat, wie du weißt und ein Thema, das nicht aufgehört hat, mich zu beschäftigen und ein Thema, das mich immer beschäftigen wird. Das allerheikelste Thema allerdings, sagte er, vor welchem sich nicht nur die sogenannte künstlerische Welt fürchtet. Und was für ein Thema sonst solle man angehen, sagte er, wenn nicht ein Thema, vor welchem sich die ganze Welt fürchtet. Er scheue nicht davor zurück, zu behaupten, das Thema der Vortragskunst in allen seinen Berechnungen, sei das wichtigste Thema überhaupt. Denn was wäre beispielsweise mein Kunststück ohne meine Vortragskunst und was wäre beispielsweise die ganze Philosophie und was wäre die ganze Mathematik und die ganze Naturwissenschaft und die ganze Wissenschaft überhaupt und die ganze Menschlichkeit und die ganze Menschheit überhaupt ohne die Vortragskunst? sagte er. Immer setzte ich mit dieser Schrift an, an einem bestimmten, mich fesselnden Punkt, sagte er, setzte an und entwickelte sie und entwickelte sie bis zu dem Grade ihrer Vollkommenheit, welcher gleichzeitig der Grad ihrer Auflösung, ihres Zerfalls gewesen ist, sagte er. Auf diese Weise sind an die hundert Schriften zu diesem Thema entstanden, die erstaunlichsten, die merkwürdigsten, die unerhörtesten Folgerungen, sagte er. Freilich, ein paar Zettel existieren noch, ein paar Zettel, ein paar Themapartikel. Schriften, sagte er, sind ja im Grunde nur dazu da, vernichtet zu werden, selbst eine Schrift über die Vortragskunst, sagte er. Ursache aller Schriften, Zweifel über ihr Thema, du verstehst, alles anzweifeln, alles aus der Finsternis herausrecherchieren und anzweifeln und vernichten. Alles. Ohne Ausnahme. Schriften sind zu vernichtende Schriften. Die Schwierigkeit ist die, sagte er: alles immer *vom gleichen Kopf* aus, alles in dem Gedanken, *von einem Kopf* aus, *von einem Kopf* aus, *von einem Hirn* aus, dann auch: *mit einem einzigen, immer dem gleichen einzigen Körper*. Die Schwierigkeit, das Geistesprodukt oder das Körperprodukt, also mein Kunststück oder deine Arbeit, meine Körperkunst oder deine Geisteskunst (die meinige auf dem Boden und auf dem Seil) und die deinige über die Luftschichten, das Geistesprodukt oder das Körperprodukt, zu zeigen oder zu veröffentlichen, ohne augenblicklich Selbstmord machen zu müssen, diesen fürchterlichen

Beschämungsprozeß durchzumachen, ohne sich umzubringen, etwas zu zeigen, das man ist, etwas zu veröffentlichen, das man ist, sagte er, durch die Hölle des Vortragens und durch die Hölle der Veröffentlichung durchzugehen, durch diese Hölle durchgehen zu können, durch diese Hölle des Vortragens und durch diese Hölle der Veröffentlichung gehen zu müssen, rücksichtslos durchzugehen durch diese fürchterlichsten aller Höllen. Wir erblickten die Payerhütte und mein Bruder sagte, obwohl er jetzt vollkommen erschöpft gewesen war: *nicht langsamer, nicht, weil wir aufwärts gehen, langsamer.* Dieser Vatersatz war von ihm immer beispiellos gut kopiert. *Nicht langsamer, weil wir aufwärts gehen, nicht langsamer, weil wir aufsteigen.* Dann auch noch: *scharfe Luft! scharfe Luft!* wie mein Vater. Du hast immer Angst vor deinem Kunststück gehabt, sagte ich. Angst *vor* dem Kunststück, Angst *nach* dem Kunststück. Keine Angst *während* des Kunststücks. Deine Kunststückeangst, sagte ich. Und du Angst vor deiner Arbeit, vor deinen Forschungsergebnissen. Immer Angst, sagte er. Deine Wissenschaftsangst und meine Kunststückeangst, sagte er. An dieser Äußerung hatte er Gefallen und er wiederholte sie zwei, drei Male, während wir wieder ruhiger atmeten und dadurch tatsächlich noch rascher vorwärts kamen, jetzt schon längere Zeit bergauf. Nicht *im* Kunststück, sagte er, nicht *im* Kunststück, Angst nicht *im* Kunststück. Aber deine Angst immer, deine Angst als ununterbrochene Angst, sagte er. Und ich: dafür hatte ich immer auch noch für dich Angst. Während deiner Kunststücke, sagte ich. Während ich mein Kunststück machte, sagte er, hatte ich nicht Angst, es plötzlich nicht zu beherrschen, weil ich nicht daran dachte, weil ich nicht daran denken konnte, ich machte mein Kunststück, während des Kunststückes hatte ich auch niemals Angst, aber *du* hattest immer Angst, wenn ich mein Kunststück machte. Daß es ihm auf einmal nicht mehr möglich gewesen war, etwas anderes als seine Kunststücke zu machen, davon sprach er im Wald, wie ich darüber, von einem Augenblick auf den andern mit nichts anderem als mit meiner Arbeit völlig allein gewesen zu sein, mit den Luftschichten, sagte ich, mit nichts sonst. Und was das bedeutete, wozu ich den Ansatz zu einer längeren Studie zwar im Kopf, aber doch nicht *so* im Kopf hatte, daß ich die Studie hätte vortragen können, aus diesem Grund blieb es bei der Andeutung: und was das bedeutete. Augenblicklich war ich mir wieder der Tatsache bewußt gewesen, daß man nicht nur fortwährend üben muß, Gedanken zu haben und ganz einfach diese Gedanken üben muß, man muß auch fortwährend üben, diese Gedanken jederzeit aussprechen zu können, denn unausgesprochene Gedanken sind nichts. Für ihn zweifellos aus dem Zusammenhang, sagte ich plötzlich: unausgesprochene Gedanken sind nichts. Darauf sagte er, daß gerade die unausgesprochenen Gedanken die wichtigsten Gedanken seien, die Geschichte beweise das. Denn die ausgesprochenen Gedanken seien in jedem Falle verwässerte Gedanken, die unausgesprochenen, die wirkungsvollsten. Zugegeben die verheerendsten, sagte er, aber darauf näher eingehen, wolle er nicht, eine solche Thematik verbiete sich ihm. Der Grund? Von hier aus, gab er zur Antwort, die keine Antwort war, sieht man die Königsspitze, wenn man sie sieht, heute sieht man aber die Königsspitze nicht. Eine solche Reaktion und ein solcher Satz von ihm charakterisieren ihn besser als anderes. Weil sich auf einmal alles in mir auf die Kunststücke konzentrierte, wodurch ich den Großteil meines Lebens der verzweifeltste Mensch gewesen bin, sagte er. Du existierst nur für deine Kunststücke und bist, genau genommen, deine Kunststücke, habe ich mir immer wieder gesagt. Alles Kunststücke. Alles Kunststück. Die ganze Welt Kunststück. Ich sagte: immer habe ich gedacht, wenn er nur nicht abstürzt, wenn er nur nicht tödlich verunglückt und wie viele Jahre habe ich das denken müssen, sagte ich und du bist nicht abgestürzt, du bist nicht tödlich verunglückt. Jetzt gehen wir auf den Scheibenboden, sagte ich und gehen zu der Sennhütte hinauf. Der Endpunkt, der Augenblick ist immer der lächerlichste, sagte er. Daß wir beschlossen haben, auf den Scheibenboden zu gehen, daß wir beschlossen haben, die Sennhütte aufzusuchen, daß wir überhaupt wieder nach Gomagoi zurückgegangen sind!, sagte er. Wir telegrafierten, wir trafen uns in Gomagoi, wir beschlossen eine Unterbrechung meiner Kunststücke, eine Unterbrechung deiner Arbeit (über die Luftschichten), wir hatten auf einmal einen verrückten Plan und sind an die Ausführung dieses verrückten Plans herangegangen und gehen an die Ausführung unseres Plans heran, wir steigen höher und höher, auf den Scheibenboden, hinauf zur Sennhütte, sagte er. Plötzliche Zustandsveränderung, sagte er. Das Bedürfnis, auf einmal wieder, wie wenn darin alles zu beantworten wäre, in Abgeschiedenheit und Abgeschlossenheit zusammen zu sein, weil wir mehrere Jahrzehnte in unserem Zusammensein gestört gewesen waren, der Wille zu vollkommener Störungsfreiheit, noch dazu in frischer Luft, sagte ich, in höchster Höhe. Aufgegebene Wohnungen, aufgegebene Menschen, aufgegebene Städte, aufgegebene Vorhaben, alles aufgegeben. Das Kunststück war vorbei, wenn ich aufatmete, sagte ich. Und er: keine Angst, davor fürchte ich mich. Wenn du über die Luftschichten arbeitest und ich dachte, er arbeitet über die Luftschichten und wenn ich mein Kunststück probierte und machte und du hast gedacht, er probiert, er macht sein Kunststück, sagte er, sind wir ruhig gewesen. Und wenn wir in ein Gasthaus hinein gingen, wie zum Pinggera, sagte er, aber jetzt gehen wir nicht zum Pinggera, jetzt nicht zum Pinggera, keinesfalls zum Pinggera und wir gingen am Pinggera vorbei, einerseits wäre ich gern zum Pinggera hinein gegangen, andererseits hätte ein so früher Gasthausbesuch auf mich und auf uns beide eine verheerende Wirkung gehabt, ein paar Gläser Schnaps, eine verheerende Wirkung in der Frühe, und wenn wir in ein Gasthaus wie zum Beispiel zum Pinggera hinein gingen, sagte mein Bruder, während wir am Pinggera vorbei gingen, und uns ist nach und nach warm geworden, hast du gesagt, *in die Ecke,* gleich: *in die Ecke,* deine Gewohnheit, sagte er, *keine Menschen im Rücken,* dein Wunsch. Erinnerst du dich? sagte er und der Pinggera war schon hinter uns, in den Wald hinein, in die Finsternis hinein, aufwärts, höher, höher. Einmal kurz stehen geblieben, sagte er: dein Experiment mit der Universität! Und ich: dein Experiment mit der Akademie! Dann weiter, noch rascher weiter, hatten sie uns anfangs behindert, jetzt behinderten uns unsere Rucksäcke nicht mehr. Und wenn du dir Schuhe kauftest, sagte er, fragtest du mich, ob du die Schuhe kaufen sollst. Sind es die richtigen Schuhe? fragtest du. Wenn du dir einen Rock kauftest, ist es der richtige Rock? Was für ein Wahnsinn, sagte er, auf die Universität zu gehn, er und ich: Unsinn, Zeitverschwendung, die Akademie. Unter den Krankheiten, die gefährlichsten, langwierigsten. Fortwährend Infektionen, sagte er. Fortwährende Körperanfälligkeit. Infektionen, sagte er. Einerseits die Krankheiten unserer Mutter, andererseits die Krankheiten unseres Vaters. Und dann Krankheiten, die Krankheiten unserer Mutter *und* unseres Vaters sind. Ganz neue, unerforschte Krankheiten. Immer von größtem Interesse für alle Ärzte. Monotonie. Antipathie. Sehr früh alleingelassen, zugrundegegangen, sagte ich. Kein Widerspruch. Und dann die Kunststücke und dann deine Wissenschaft und abwechselnd mehr Interesse an den Kunststücken und mehr Interesse an der Wissenschaft, aber immer intensiveres Interesse. Beispiellosigkeit. Wie wir aus unse-

rem Alleingelassensein und aus unserer Angst unsere
Kunststücke und unsere Wissenschaft gemacht haben.
Keine Hilfe. Kein Zuspruch. Keine zufälligen Ovationen,
sagte er. Unsere Bedürfnislosigkeit, die uns zuhilfe gekommen ist. Sonst nichts, sagte er. Und die Kunst, nicht
daran zu denken. Deine Wörter, sagte er: Genauigkeit,
mehr und mehr Genauigkeit, Unbestechlichkeit, Geistes-
schärfe. Meine Wörter: Effekte, Verfeinerungsmöglich-
keiten, Zurschaustellung. Unser beider fortwährende
Verachtung gegen die Umwelt. Abwehren, abweisen,
schlußmachen, sagte er. Immer wieder: unter allen Umständen, bei jedem Wetter, unter allen Umständen. Erinnerst du dich? In Basel hatte ich Angst, es gelingt nicht, in
Wien hatte ich Angst, in Zürich, in Sankt Valentin.
Angst, es gelingt nicht. Zuviel Menschen einmal, dann
wieder zuwenig Menschen. Zuviel Aufmerksamkeit einmal, dann wieder: zuwenig Aufmerksamkeit. Zuviel Aufhebens, zuwenig Aufhebens, zuviel Ungeduld, zuviel Erfahrung. *Rascher, Kinder,* sagte er, *über den Suldenbach, rascher, Kinder, über den Suldenbach.* Ich höre noch unseren
Vater. Wenn wir sagen, was wir denken, er war der
rücksichtsloseste, es war etwas anderes. Warum hat er
dich gerade immer im Pinggera geohrfeigt? sagte ich.
*Rascher, Kinder, über den Suldenbach, rascher, Kinder, über den
Suldenbach.* Ich höre noch meinen Vater. Der Vorzug,
anstatt von ihm, von der Mutter geohrfeigt zu werden.
Mein Bruder sagte: erst als sie beide tot waren, entwickelten wir uns nach unseren Fähigkeiten und nach unseren
Bedürfnissen. Nach ihrem Tod getrauten wir uns aus
eigener Willenskraft unsere eigene Existenz zu existieren,
ohne Eltern waren wir frei. Keine Nachsichtigkeit, sagte
er, keine Nachsichtigkeit. Keine Unwahrheit. Wie ich
kränkelnd war und wie nach und nach nichts als nur noch
Kräfteverfall in mir gewesen ist, sagte er. Unter dem
Elterneinfluß, sagte er. Hörst du noch, sagte er, wie er

sagt: *rascher, Kinder, über den Suldenbach, rascher, Kinder, über den Suldenbach?* Keine Unwahrheit. Keine Freisprechung. Ihrer beider Rücksichtslosigkeit und unser beider Verletzbarkeit, sagte er. Keine Freisprechung. Ihrer beider Niederträchtigkeit, sagte er. *Rascher, Kinder, über den Suldenbach.* Keine Nachsichtigkeit. Zur Strafe auf den Scheibenboden, sagte mein Bruder jetzt, zur Strafe zum Scheibenboden hinauf und zur Strafe vom Scheibenboden herunter und zur Strafe durchs Suldental und zur Strafe nach Gomagoi und zur Strafe nach Hause, alles zur Strafe. Unser Leben, zur Strafe. Unsere Kindheit, zur Strafe. Alles zur Strafe. Plötzlich der Tabarettakamm. Und dann weiter durch Wald. Erinnerst du dich? Bücher. Schriften. *Nieder*schriften. Eltern. Kindheit und alles weitere. Der Isolierungsprozeß. Verzeiflungsbruchstücke. Wie wir in Berlin in Hubertusmänteln auftraten. Erinnerst du dich? Zwanzig Jahre eine zu kleine Schuhgröße und einen zu großen Kopf. Das Problem ist immer ein unlösbares Problem gewesen. Aber weiter, vorwärts. Alles immer vor den Kopf gestoßen, wo wir hinkamen. Ich frage, niemand antwortet. Das falsche Instrument gelernt, die falsche Schrittkombination, eine vollkommen falsche Choreografie, sagte er. Zwei Jahre mit den gleichen ausgefransten Hosenfüßen in Dortmund auf der Straße. Wir erhofften uns Unterstützung. Keine Unterstützung. Wir erhofften uns Antwort. Keine Antwort. Keine Briefe. Nichts. Wuppertal, der Schmutz! sagte er. Zwei Jahre sagst du nichts, zwei Jahre. Zwei Jahre nebeneinander und kein Wort. Erinnerst du dich? Plötzlich sagst du das Wort Kopf. Totale Verfinsterung. *Die Katastrophe wird kommen,* sagst du, immer wieder, *die Katastrophe wird kommen,* fortwährend, *die Katastrophe muß kommen.* Erinnerst du dich? Liebschaften, aber nicht ungeduldig, gleich vorüber, nichts. Zuerst gehen die Schuhe aus dem Leim, dann geht der Kopf aus dem Leim, fällt auseinander, bricht dir ruckweise. Du hörst zuerst nicht, wie dir der Kopf auseinander bricht, sagte er, ruckweise bricht dir der Kopf auseinander, du hörst es nicht. Schlaflosigkeit und Übelkeit wechseln ab. Verschiedene sinnlose Reisen, zwecklose Eingaben, mehrere Ausbruchsversuche. An Rückkehr nicht zu denken. An Gomagoi nicht. Unbefugnis, sagte er. Erinnerst du dich? Dein Rednertalent, meine politische Schwindsucht, dein Fanatismus, meine politische Unbrauchbarkeit. Erinnerst du dich? Mehrere Male sagte er jetzt: erinnerst du dich? Aufkommen revolutionärer Umtriebe. Unsere Meinungsverschiedenheit. Dann, zurückgezogen in die mauarachersche Villa bei Schruns nichts als Zeitungen, nurmehr noch Zeitungen. Alles nurmehr noch aus den Zeitungen, das ganze Leben, alles nurmehr noch aus Zeitungen, tagtäglich Haufen von Zeitungen. Erinnerst du dich? Plötzlich weißt du dein Geburtsdatum wieder. Bildung, *Ein*bildung, verstehst du, sagte er. Wenn wir kein Absolutes Gehör hätten! sagte er. Jeden Tag sage ich mir, ich habe ein Absolutes Gehör, jeden Tag, ich habe ein Absolutes Gehör, ich habe ein Absolutes Gehör, ich habe ein Absolutes Gehör! Meine Kunststücke nichts als musikalische Kunststücke. Musik. Aber dann auch: unser Absolutes Gehör hat uns *umgebracht*. Dann Straßenkehre *Unter*thurn, nicht *Ober*thurn, nicht, wie mit den Eltern, Straßenkehre *Ober*thurn, sondern Straßenkehre *Unter*thurn. Zuerst ist es das auseinandergebrochene Instrument, sagte mein Bruder, dann ist es der auseinandergebrochene Kopf. Erinnerst du dich? Wenn wir nicht so viel Geduld hätten! Das sagte ich oft: wenn wir nicht so viel Geduld hätten! Und diese hohe Kunst, das zu sagen, sagte er. Erinnerst du dich? Vor Einbrechern Angst, vor Zeitungen, Menschenansammlungen. Ertrinken zu müssen, abzustürzen. Wenn ich dich an der Hand über den Suldenbach geführt habe, sagte ich, deine ununterbrochene Lebensüberdrüssigkeit. In deinem ganzen Körper. Ununterbrochen das Wort *Anachronismus* auf weißes Papier, das Wort *Komplott*. Erinnerst du dich? Den Satz: *wir gehen gern mit unseren Eltern auf den Ortler* eintausendmal auf weißes Papier. Erinnerst du dich? Das Wort *Gehorsam* zweitausendmal. Weil wir die Menschen fürchteten, so viele Menschen. Weil wir die Eltern fürchteten, immer mit den Eltern zusammen. Weil wir die Städte haßten, in die Städte. Weil wir den Ortler haßten, auf den Ortler. Weil ich Kunststücke haßte, Kunststücke, weil du die Wissenschaft haßt, Wissenschaft. Über die Luftschichten, sagte er, weil du alles, was mit den Luftschichten zusammenhängt, haßt. Geschriebenes, sagte er. Müdigkeit schließlich, nichts als Müdigkeit und die Angst vor fahrplanmäßigen Zügen. Geistesangst. Und äußerste Schonungslosigkeit, äußerste Schonungslosigkeit, sagte er. Aufeinmal nurmehr noch kaltes Wasser, Ursache deiner Rückenschmerzen. Deine angezogenen Beine im Bett, sagte er, krampfhaft angezogen. *Wenn meine Existenz über mein Interesse an meiner Existenz hinaus dauert, bin ich in der Differenz nichts als tot.* Immer wieder: einen Brief! Nein, keinen Brief! Einen Brief! Nein, keinen Brief! Erinnerst du dich? Äußere Ruhe, innere Unruhe, innere Ruhe *nie*. In gleichen Kleidungsstücken auch nach dem Tod unserer Eltern, weil wir das immer gehaßt haben, in unseren gleichen, schwarzen Hosen, gleichen schwarzen Röcken, mit unseren gleichen schwarzen Hüten auf dem Kopf. Mit unseren *Schlapp*hüten, sagte er. Und in den gleichen Schuhen immer. Wenn ich an mein Kunststück denke, sagte er, kein Gedanke an Essen. Wenn du arbeitest, kein Gedanke an Essen. Dann, bei dem Gasthaus Laganda: die Natur einatmen, plötzlich wieder die Natur einatmen in vollen Zügen und die Wissenschaft ausatmen, alles ausatmen, alles. Den Unrat ausatmen. Alle Vorfälle immer wieder klassische Vorfälle. Erinnerst du dich? Das Leben mit den Jahren und mit der Zuverlässigkeit der

Wissenschaft in den Jahren zur Sterbensgewohnheit machen. Erinnerst du dich? Denken ist der Tod, sagte er, dann: aus Verlassenheit geglaubt, unter Menschen gehen zu müssen, Kunststücke machen zu müssen, Wissenschaft treiben zu müssen. Aus Verlassenheit Sprichwörter. Aus Verlassenheit Unzurechnungsfähigkeit. Und immer wieder aus Verlassenheit in Verlassenheit. Aus Überdruß an Komplizierung Vereinfachung, aus Überdruß an Vereinfachung Komplizierung. Verfeinerung, weil wir Vergröberung hassen. Vergröberung, weil wir Verfeinerung hassen. *Exaktheit,* sagte er. Naturgemäß immer der Verdacht auf Verrücktheit, sagte er. Mit ihrer Methode der Vereinfachung glaubten sie, an uns heranzukommen, aber nichts! Dadurch, durch alles, entfernten sie sich von uns mit den Jahren mehr und mehr, *wir* hatten uns ja nicht zurückgezogen, sagte er, *wir* nicht, *sie* entfernten sich, das ist ein Unterschied, das ist die Tatsache, die sie uns jetzt vorwerfen. Aber wir liefern uns nicht mehr aus, wir geben nicht mehr Anlaß zur Auslieferung unserer Person, unseres Kopfes, unserer Existenz. Wir lassen sie nicht mehr an uns herankommen. Leben als Gewohnheit, Wachsamkeit als Gewohnheit, nichts weiter. In Wahrheit haben mich meine Kunststücke längst umgebracht, wie dich deine Arbeit (über die Luftschichten) längst umgebracht hat, sagte mein Bruder. *Eines* dieser Kunststücke, das schwierigste, sagte er. *Einer* deiner Wissenschaftspunkte, wer weiß, welcher. Weil man aus Interesse an Kunststücken nicht damit aufhören kann, sagte er. Weil man nicht schlußmachen kann. Es ist das Vollkommenste, das *mich* umgebracht hat, es ist der konzentrierteste Gedanke, der *dich* umgebracht hat, sagte er. Das Kunststück lebt, der es macht, ist tot, sagte er. Sie kennen seine Redeweise und ich brauche Sie nicht auf ihre Besonderheiten aufmerksam machen. Und Sie sind mit meiner Redeweise vertraut und das heißt, wie ich zuhöre. Wie ich mich an die Redeweise

meines Bruders gewöhnt habe, weil ich mich an die
Krankheit meines Bruders gewöhnt habe, weil mir seine
Krankheit bis in die unscheinbarsten Einzelheiten hinein
vertraut ist. Und wie Sie wissen, bin ich zeitlebens auf die
Krankheit meines Bruders konzentriert gewesen, habe
mich größtenteils, über die längsten Strecken meiner Existenz im Hinblick auf die Krankheit meines Bruders aufgegeben, alles zurückgestellt, was mich betrifft, alles immer im Vordergrund, was ihn betrifft. Alles immer nur
aus unserem Zusammenleben, nichts aus mir, nichts
durch mich, alles aus uns, durch uns. Wahrscheinlich wird
mein Bruder nicht mehr auftreten, ich wünsche, er tritt
nicht mehr auf, er bleibt in Gomagoi. Alles deutet darauf
hin, daß er nicht mehr auftreten wird, wahrscheinlich
haben Sie in letzter Zeit, ohne daß ich Sie darauf hinwei-
sen muß, feststellen können, daß mein Bruder in der
Kunst, seine Kunststücke vorzutragen, nachgelassen hat,
es sind ja schon längst nicht mehr die vollkommenen
Kunststücke, die er früher gezeigt hat. Es sind längst
nicht mehr die Kunststücke, die uns verblüfft haben.
Seine Kunststücke sind nicht fehlerhaft, aber sie sind nicht
mehr die Kunststücke, die vollkommen sind. Das vollkommene Kunststück ist ihm schon lange Zeit nicht mehr
möglich, Fortschreiten seiner Krankheit, denke ich,
Zweifel, nicht nur an seiner Kunst, müssen Sie denken.
Und die Unmöglichkeit, diese ungeheure Anstrengung,
die wir an ihm gewohnt sind, fortzusetzen. Über so lange
Zeit hat mein Bruder die allerhöchste Anstrengung, eine
noch viel höhere Anstrengung, als für seine Kunst erfor-
derlich gewesen wäre, gemacht, aber jetzt hat er in dieser
Anstrengung nachgelassen. Er gibt nicht auf, denke ich,
aber er hat in seiner Kunst nachgelassen. Und so wünsche
ich, in seinem eigenen, wie in meinem, wie in Ihrem, wie
im allgemeinen Interesse, daß er nicht mehr auftreten
wird, daß wir eine Zeitlang, ich denke nicht, zwei, drei

Jahre, daß er ganz einfach einige Zeit in Gomagoi bleiben wird, warum nicht in der Sennhütte auf dem Scheibenboden, davon später. Unser Aufstieg verlangsamte sich dann doch. Tatsächlich beherrschten wir ja die Ökonomie solcher Aufstiege wie auf den Scheibenboden, die die höchste und die sorgfältigste Ökonomie erforderten, nicht. Wir waren für Aufstiege wie auf den Ortler, wie auf den Scheibenboden, wie überhaupt Unternehmungen suldentalaufwärts, nicht geeignet. Unsere Schritte verlangsamten sich, wahrscheinlich Ursache auch unseres Gesprächs, das kein Gespräch gewesen ist. Aber niemals sentimentalistisch, muß ich sagen, wenn es auch den Anschein hat, dadurch unterschieden wir uns von allen andern uns bekannten ähnlichen Charakteren ähnlichen Alters, daß wir das sentimentalistische ablehnten, nur, manchmal erscheint, was wir andeuteten sentimentalistisch, ist es aber nicht, das war es nicht. Das Wort *Kindheit,* wie andere immer schon weit zurückliegende Wörter bewirkt diese Vorstellung. Wieviel Landschaft! Wieviel Geisteskrankheit!, sagte er plötzlich. Wenn ich glaube, es ist genug, kommt wieder Landschaft zum Vorschein. Das ist das fürchterliche, daß immer wieder Landschaft zum Vorschein kommt. Wieder: wieviel Landschaft! Dann: es nützt nichts, zu behaupten, man sei tot. *Weiter! Weiter!* sagte er im Vatertonfall. Und: *höher! Höher!* im Vatertonfall. Sie kennen seine Nachmachkunst, Stimmen betreffend. Bei dem Gasthaus Laganda sagte er: wir gehen aber nicht in das Laganda, in das Laganda nicht. Zuviel Erinnerung, sagte er. Warum Kunststücke? fragte er plötzlich. Warum Kunststücke? Keine Frage, sagte er. Zuerst genügt es, die Zunge herauszustrecken, sagte er. Einen Kopfstand machen. Aufeinmal genügt es nicht mehr, die Zunge herauszustrecken und einen Kopfstand zu machen. Unaufhörliche Geistesarbeit und unaufhörliche Körperarbeit, sagte er. Das Problem ist das fürchterliche. Die verkehrt aufgesetzte Haube, sie genügt nicht mehr, der linke Schuh am rechten Fuß, umgekehrt der rechte Schuh am linken Fuß. Zweifel. Unerträglichkeit. *Ein anderes* Kunststück, *ein komplizierteres* Kunststück, sagte er. Das Problem ist, immer die gleichen und doch immer andere Kunststücke, immer die gleiche und doch immer eine andere Arbeit. Mit der Verfeinerung Verfeinerung der Verzweiflung, sagte er. Unerfüllbare Forderungen. Unerfüllbare Verträge. Die Schwierigkeit ist, in der sich mehr und mehr verfinsternden Finsternis immer noch mehr zu sehen, besser zu sehen, mehr zu sehen, alles zu sehen. Unerträglichen Schmerz nicht als unerträglichen Schmerz empfinden. Vordenkopfstoßen nicht als Vordenkopfstoßen. Nicht in das Laganda hinein, sagte er, weil er glaubte, ich wolle in das Laganda hinein, tatsächlich sind wir mit unseren Eltern immer in das Laganda hinein gegangen. Wir gingen aber vor allem aus der Vermutung, das Laganda habe sich in der Zwischenzeit zweier oder gar dreier Jahrzehnte nicht geändert, nicht in das Laganda hinein. *Höher! Höher!* sagte mein Bruder, Sie kennen seine Stimme, Sie kennen die Art und Weise, wie er spricht. Obwohl die Luft dünner wird, die immer dünner werdende Luft nicht als immer dünner werdende Luft empfinden, sagte er. Die Methode ist denkbar einfach: es ist alles anders. Und wenn wir unsere Kragen aufschlagen, sagte er plötzlich, friert uns nicht mehr so in den Hinterköpfen. Es war uns aber überhaupt nicht kalt, im Gegenteil, beide waren wir durch den raschen Aufstieg erhitzt. Keine Mitgliedschaft. Nichts. Keine Kirche. Nichts, sagte er. Aber zu lange Abgeschlossenheit, sagte er plötzlich, ist tödlich. Zu lange menschenlos, tödlich, sagte er. Die Sennhütte tödlich, sagte er. Immer wieder Übungen, nichts als Übungen. Über dem Rosimbach sagte er: an dieser Stelle wollte ich nicht mehr weiter. Erinnerst du dich? Wir waren beide erschöpft. Nasse Schuhe, nasse

Füße, Erschöpfungszustand. Die Angst vor dem Scheibenboden, sagte er, erinnerst du dich? Aber die Eltern waren die unbarmherzigsten. Keine Lüge, sagte er, keine Lüge, keine Rücksicht. *Weiter! Weiter!,* sagte er im Vatertonfall, dann: *weiter! Weiter!* im Tonfall der Mutter. *Weiter Buben! Weiter!* Hörst du? sagte er, die Eltern kommandieren uns, die Eltern kommandieren uns wieder zutode. Wie wir uns fürchteten, nicht mehr weiter zu kommen, sagte er. Erinnerst du dich? Aus Angst vor Strafe weiter. *Hinauf auf die Felsbrocken!* kommandierten sie. *Hinauf auf den Scheibenboden! Zur Sennhütte hinauf!* Erinnerst du dich? Der Vater drehte sich um und kontrollierte uns. Wir wußten, was das bedeutete, mehr als hundert Schritte hinter unserem Vater zurückzubleiben. Die Dreitageeinsperrung. Erinnerst du dich? sagte mein Bruder. Die Kopfstücke. Erinnerst du dich? Bei Razoi war uns alles bekannt, Baum, Bach, alles. Auch unter veränderten Luftverhältnissen und dadurch Bodenverhältnissen, geehrter Herr, mehr und mehr Einzelheiten, die uns bekannt waren, unauffällige Gegenstände, Wurzeln, Gestein, unverändert. Und mit diesen Gegenständen, mit diesem Wurzelwerk, Gestein zusammenhängende Züchtigungsandrohungen unserer Eltern. Gehorsam, sagte mein Bruder. Schon wenn wir durch Gampenhofen gingen, Angst vor plötzlicher Schwäche, Furcht vor Züchtigung. Unsere Schwächeanfälle, sagte er, unter dem Ortler, Geistesschädigungen als Folge der Ortleraufstiege. Der Vater, berggeübt, rücksichtslos, in die Berge vernarrt. Die Mutter untertänig. Aber schon damals Kunststücke, Schliche, sagte mein Bruder. Durch das Suldental bedeutete Schlimmeres als Unterdrückung. Ihre große Gehgeschwindigkeit, sagte er und unsere Hinfälligkeit. Erinnerst du dich? Und auf immer höhere Berge, auf immer unzugänglichere Gipfel. Erinnerst du dich? *Alles eine Frage der richtigen Atemzüge,* so unser Vater. Anmarsch und Aufmarsch und Abmarsch in die Erschöpfung. Unser Haß gegen Rucksäcke und gegen alles *in* den Rucksäcken. Unser Bergschuhehaß, sagte er. Wir hassen Rucksäcke und gehen mit Rucksäcken auf den Scheibenboden, sagte er. Wir hassen den Ortler und gehen auf den Ortler. Wir hassen was wir tun, sagte er. Der Grund, warum plötzlich, noch dazu in der finstersten Jahreszeit, auf den Ortler, war uns auf einmal doch wieder *un*klar. Unsere Eltern hatten uns die Sennhütte auf dem Scheibenboden hinterlassen, aber aus Haß gegen den Ortler und gegen den Scheibenboden und aus Haß gegen die Sennhütte und aus Haß gegen alles, was mit dem Ortler und mit dem Scheibenboden und mit der Sennhütte zusammenhängt, waren wir über zwei, wenn nicht gar drei Jahrzehnte nicht mehr durchs Suldental und hatten wir, weil wir jahrzehntelang in der Welt, nicht mehr in Gomagoi gewesen waren, überhaupt nicht mehr an die Sennhütte gedacht gehabt, waren wir nicht auf den Scheibenboden zur Sennhütte hinauf. Und jetzt stiegen wir auf den Scheibenboden. Aus einem *uns selber immer zweifelhafter* erscheinenden Grund aufeinmal, wie wir am Ende des Suldentals waren, war der Grund, weshalb auf den Scheibenboden, zweifelhaft. Wir redeten aber nicht darüber. Wir stiegen höher und höher und redeten nicht darüber. Wir dachten, wir zweifeln, aber wir sprachen nicht aus, daß wir zweifelten. Wir mochten beide gedacht haben: plötzlich hatten wir, in Gomagoi unten, wo wir uns aus Erschöpfung durch unsere, wie Sie wissen, sehr verschiedenen Professionen im Gasthaus Martell nur ein paar Tage aufhalten wollten, *nur ein paar Tage, dann wieder zurück, nur ein paar Tage, dann wieder weg aus Gomagoi,* tatsächlich, geehrter Herr, glaubten wir noch zwei Tage vorher, nur auf ein paar Tage in Gomagoi zu sein, dann plötzlich: *längere Zeit auf dem Scheibenboden, zwei, drei Jahre in der Sennhütte,* während auf einmal wieder alles in Zweifel gezogen war, also, geehrter Herr, glaubten wir am Vor-

abend an die Dauerhaftigkeit unseres Entschlusses, daß
wir auf zwei, drei Jahre in die Sennhütte auf dem Scheibenboden gehn werden, so plötzlich alles anders, am
Vorabend noch der Einfall, sofort in der Frühe durchs
Suldental in die Höhe, zu Inspektionszwecken hinauf zur
Sennhütte in der Absicht, zwei, drei Jahre auf dem Scheibenboden oben zu bleiben, wir waren dieser plötzlichen
Idee völlig verfallen gewesen, nicht, wie Sie denken werden, allein mein Bruder, wir beide, wir hatten nicht schlafen können und hatten nur an den Ortler gedacht, was wir
vorhatten und dem Einfall am Abend war der Aufstieg am
frühen Morgen gefolgt, eine mehr als zweifelhafte Skiz-
zierung, werden Sie denken, und wie lächerlich muß Ihnen erscheinen, was Sie möglicherweise schon übermor-
gen durch die Post zugestellt bekommen, aber die Wahrheit ist folgende: plötzlich hatten wir, nach einem mehrere
Stunden dauernden Hinundhergehen durch Gomagoi,
die Vorstellung gehabt, die Sennhütte auf dem Scheibenboden unter dem Ortler könnte für unsere Zwecke nützlich sein: *für einige Zeit,* ich wiederhole, *für zwei, drei Jahre*
nützlich. Und dann waren uns auf einmal in Zweidrittel-
höhe, Zweifel gekommen. Wir dachten aber aufeinmal,
daß diese Zweifel mit unserer Aufstiegserschöpfung zusammenhängen und hatten plötzlich wieder *keinerlei*
Zweifel. Und mit noch viel größerer Intensität stiegen wir
höher. Wir hatten nurmehr noch eine gute Stunde. In
dieser Zeit sagte mein Bruder folgendes, von mir jetzt,
wenn auch nicht wörtlich, so *beinahe wörtlich* protokolliert:
wir gehen nicht zum Laganda (zu dem schon erwähnten
Gasthaus) hinunter, weil wir nicht daran denken, zum
Laganda hinunter zu gehn, wie wir nicht nach Sulden
hinein gehn, weil wir nicht daran denken, nach Sulden
hinein zu gehn, oder, wir denken, wir gehn zum Laganda
hinunter und gehn nicht zum Laganda hinunter und denken, wir gehen nach Sulden hinein usf. und gehn nicht

nach Sulden hinein, wir sagen nicht, gehn wir zum Laganda hinunter, obwohl wir denken, wir gehn zum Laganda hinunter, sagen wir nicht, gehn wir nach Sulden hinein usf., wir hören, wir denken, wir gehen nach Sulden hinein, wir wissen, wir gehen nicht zum Laganda hinunter, weil wir wissen, daß wir nicht zum Laganda hinunter gehn usf., daß wir zum Laganda hinunter gehn, ist uns möglich, wie uns möglich ist, nach Sulden hinein zu gehn, aber wir gehn nicht zum Laganda hinunter, wir gehn nicht nach Sulden hinein usf. Wir denken an unser Gehen wie an unser Denken, während wir denken, wir gehen zum Laganda hinunter, wir gehen nicht nach Sulden hinein, weil wir wünschen, nicht nach Sulden hinein zu gehn, nicht zum Laganda hinunter usf., obwohl wir nicht zum Laganda hinunter und nicht nach Sulden hinein gehn, gleichzeitig, wir gehn nicht zum Laganda hinunter, gehn nicht nach Sulden hinein usf., während wir gehen, während wir denken, während wir denken, wir gehen nicht zum Langanda hinunter, nicht nach Sulden hinein. Wir gehn mit unseren Beinen und denken mit unseren Köpfen, während wir nicht nach Sulden hinein und nicht zum Laganda hinunter gehn usf., wenn wir plötzlich keine Beine, auf einmal keinen Kopf mehr hätten, sagte er, und plötzlich nicht mehr gehen könnten, weil wir keine Beine mehr haben, aber beide haben wir noch unseren Kopf usf. Wenn wir unsere Willensanstrengung verdoppeln, sagte er, noch einmal unsere Willensanstrengung verdoppeln und noch einmal zur äußersten Willensanstrengung machen, usf. Ich wünschte, wir wären schon auf dem Scheibenboden! in der Sennhütte!, geehrter Herr. Mein Bruder sagte in der auch Ihnen vertrauten Redeweise, nur mit noch viel größerer Atemlosigkeit dann: vielleicht ist uns, auch unter diesen Umständen, in dieser Höhe, möglich, unsere Schritte zu vergrößern, dadurch kommen wir noch rascher vorwärts, unsere Schritte zu vergrößern, ohne unsere Geschwindigkeit zu vergrößern zuerst, oder die Geschwindigkeit zu vergrößern, ohne die Schritte zu vergrößern usf.; entweder wir vergrößern die Schritte, oder wir vergrößern die Geschwindigkeit. Entweder du vergrößerst deine Schritte, sagte er und nicht die Geschwindigkeit, während ich die Geschwindigkeit, nicht aber meine Schritte vergrößere, oder umgekehrt oder umgekehrt, damit wir zusammen bleiben, nebeneinander, sagte er. Es ist die Überlegung, sagte er, zuerst die Schritte zu vergrößern, nicht aber die Geschwindigkeit, oder zuerst die Geschwindigkeit zu vergrößern, nicht aber die Schritte. Oder beide *gleichzeitig* die Schritte oder beide *gleichzeitig* die Geschwindigkeit oder beide *gleichzeitig* Geschwindigkeit *und* Schritte. Von dem Zeitpunkt, in welchem uns klar gewesen ist: alles vom Kopf aus!, immer größere Abgeschlossenheit, immer größere Kälte. Erinnerst du dich? fragte er. Ich erinnere mich nicht, sagte ich. Immer eine andere Methode, immer andere Menschen, immer andere Schauplätze, immer andere Verhältnisse. Erinnerst du dich? Ich erinnere mich nicht, sagte ich. Die Schule schwänzen. Geschichtsabscheu, sagte er. Wenn uns die großen Zusammenhänge klar gewesen sind und nicht das einzelne und nicht der einzelne und das einzelne und der einzelne und nicht die großen Zusammenhänge. Aus der Kälte keine Wärme machen, sagte er. Die Geistesanstrengung verdoppeln. Die Schritte vergrößern und die Geistesanstrengung verdoppeln. Keine Zuneigung, nichts. Keine Fragen, nichts. Keine Papiere, nichts. Keine Geldsummen, keine Verträge, nichts. Und dann: wenn wir noch weiter gehen, als bis jetzt, wo wir glauben, am weitesten gegangen zu sein und unsere Anstrengung noch einmal zur alleräußersten Anstrengung machen und wieder, wie wir das schon so oft gemacht haben, mindestens eine Verdoppelung unserer Willenskraft herbeiführen, worunter wir, wie wir wissen, zuerst eine Verdoppelung

unseres unmittelbaren Geistesvermögens und also eine
Verdoppelung der Ursachenenergien unseres Kopfes verstehen usf., können wir damit rechnen, weiter zu kommen
usf. und dadurch gleichzeitig eine Verdoppelung unserer
Willenskraft herbeiführen, worunter wir usf. Fähigkeiten,
die wir schon früh als unsere Fähigkeiten erkannt haben
usf., ohne ununterbrochen in der Unterdrückung unserer
Fähigkeiten existieren zu müssen usf. Angst haben allein
davor, Angst zu haben usf., dadurch, daß wir mit immer
größerer Willensanstrengung gehen und mit immer noch
größerer Willensanstrengung denken und während des
Gehens uns nicht fragen, warum und wie und wohin *in
Wirklichkeit* und während des Denkens nicht *warum,* weil
wir einfach gehen und einfach denken usf., gehen und
denken, was, wie wir wissen, im Laufe unseres Lebens
unsere Gewohnheit geworden ist usf. Plötzlich, geehrter
Herr: daß wir Angst haben vor der Leere unseres Kopfes
und vor der durch die Leere unseres Kopfes hervorgeru-
fenen Leere der Landschaft, vor der Überempfindlichkeit
unseres Kopfes, daß wir nicht wissen, wodurch wir denken und wodurch wir gehen, ob wir die Geschwindigkeit
unseres Gehens und unseres Denkens vergrößern oder
verlangsamen sollen, abbrechen, sagte er. Plötzlich sagte
er mehrere Male *abbrechen, abbrechen, abbrechen.* Weil wir
nicht wissen, *wie,* wenn wir gehen, wir über das Gehen
denken, *wie,* wenn wir denken, über das Denken, wie,
wenn wir denken, über das Gehen usf.; wie wir über die
Beherrschung unserer Kunst überhaupt nichts wissen.
Wovon wir uns aber nicht zu reden getrauen. Darauf,
geehrter Herr, nichts. Wir waren jetzt bei der Sennhütte
angelangt, geehrter Herr, aber von der Sennhütte war
nichts als ein Haufen ungeordneter Steine übrig. Kein
Schutzmittel, nichts. Steine und unter den Steinen das
Fundament der Sennhütte. Alles zerfallen, alles. Notdürftig richtete ich uns einen Platz aus Mauersteinen und

Holztrümmern her, denn ich wollte nicht, daß wir umkommen. Den gleichen Tag wieder abzusteigen, waren
wir zu erschöpft gewesen, aber den andern Tag gelang
uns, das Suldental zu erreichen. Im Gasthaus Laganda
konnte ich für meinen Bruder eine Bettstelle finden, während ich zuerst nach Sulden, dann nach Gomagoi gehen
mußte, um Hilfe zu holen. Seit heute früh befindet sich
mein Bruder in dem Innsbrucker Vorort Büchsenhausen
in einer Anstalt. Ich glaube nicht, daß er jemals wieder
auftreten wird.

Quellenhinweise

Das Verbrechen eines Innsbrucker Kaufmannssohns
aus: Prosa, edition suhrkamp 213,
6. Auflage, Frankfurt am Main 1976, S. 72-89

Der Zimmerer
aus: Prosa, edition suhrkamp 213,
6. Auflage, Frankfurt am Main 1976, S. 90-115

Jauregg
aus: Prosa, edition suhrkamp 213,
6. Auflage, Frankfurt am Main 1976, S. 49-64

Zwei Erzieher
aus: Prosa, edition suhrkamp 213,
6. Auflage, Frankfurt am Main 1976, S. 7-15

Die Mütze
aus: Prosa, edition suhrkamp 213,
6. Auflage, Frankfurt am Main 1976, S. 16-37

Ist es eine Komödie? Ist es eine Tragödie?
aus: Prosa, edition suhrkamp 213,
6. Auflage, Frankfurt am Main 1976, S. 38-47

Viktor Halbnarr. Ein Wintermärchen
aus: Dichter erzählen Kindern,
Verlag Middelhauve, Köln 1966, S. 250-256

Attaché an der französischen Botschaft. Ferientagebuch, Schluß
aus: Prosa, edition suhrkamp 213,
6. Auflage, Frankfurt am Main 1976, S. 65-71

An der Baumgrenze
aus: An der Baumgrenze, Residenz Verlag,
Salzburg 1969, S. 77-94

Midland in Stilfs
aus: Midland in Stilfs, Bibliothek Suhrkamp Band 272,
S. 5-36

Der Wetterfleck
aus: Midland in Stilfs, Bibliothek Suhrkamp Band 272,
S. 37-82

Am Ortler. Nachricht aus Gomagoi
aus: Midland in Stilfs, Bibliothek Suhrkamp Band 272,
S. 83-117

Thomas Bernhard
Sein Werk im Suhrkamp Verlag

Alte Meister. Komödie. Leinen und st 1553

Am Ziel. BS 767

Amras. Erzählung. BS 489 und st 1506

Auslöschung. Ein Zerfall. Leinen und st 1563

Ave Vergil. Gedicht. BS 769

Beton. Erzählung. Leinen, BS 857 und st 1488

Die Billigesser. st 1489

Claus Peymann kauft sich eine Hose und geht mit mir essen. Drei Dramolette. Bütten-Broschur

Der deutsche Mittagstisch. Dramolette. Mit zahlreichen Abbildungen. es 1480

Einfach kompliziert. BS 910

Elisabeth II. Keine Komödie. BS 964

Ereignisse. Bütten-Broschur

Erzählungen. st 1564

Frost. st 47

Gehen. st 5

Gesammelte Gedichte. Herausgegeben von Volker Bohn. Leinen

Heldenplatz. BS 997

Holzfällen. Eine Erregung. Leinen, BS 927 und st 1523

Der Ignorant und der Wahnsinnige. BS 317

In der Höhe – Rettungsversuch, Unsinn. BS 1058

In hora mortis. IB 1035

Die Irren. Die Häftlinge. IB 1101

Der Italiener. st 1645

Ja. BS 600 und st 1507

Die Jagdgesellschaft. BS 376

Das Kalkwerk. Roman. st 128

Korrektur. Roman. Leinen und st 1533

Der Kulterer. Eine Filmgeschichte. st 306

Die Macht der Gewohnheit. Komödie. BS 415

Midland in Stilfs. Drei Erzählungen. BS 272

Ritter, Dene, Voss. BS 888

Der Schein trügt. BS 818

Der Stimmenimitator. Leinen und BS 770

Stücke 1. Ein Fest für Boris. Der Ignorant und der Wahnsinnige. Die Jagdgesellschaft. Die Macht der Gewohnheit. st 1524

Stücke 2. Der Präsident. Die Berühmten. Minetti. Immanuel Kant. st 1534

Stücke 3. Vor dem Ruhestand. Der Weltverbesserer. Über allen Gipfeln ist Ruh. Am Ziel. Der Schein trügt. st 1544

22/1/2.92

Thomas Bernhard
Sein Werk im Suhrkamp Verlag

Stücke 4. Der Theatermacher. Ritter, Dene, Voss. Einfach kompliziert. Elisabeth II. st 1554

Der Theatermacher. BS 870

Über allen Gipfeln ist Ruh. Ein deutscher Dichtertag um 1980. Komödie. BS 728

Ungenach. Erzählung. st 1543

Der Untergeher. Roman. Leinen, BS 899 und st 1497

Verstörung. BS 229 und st 1480

Watten. Ein Nachlaß. BS 955 und st 1498

Wittgensteins Neffe. Eine Freundschaft. BS 788 und st 1465

Zu Thomas Bernhard

Thomas Bernhard. Werkgeschichte. Herausgegeben von Jens Dittmar. stm. st 2002

Augustin Baumgartner: Auf den Spuren Thomas Bernhards. Mit etwa 50 vierfarbigen Abbildungen. Gebunden

22/2/2.92

Neue deutschsprachige Literatur
in den suhrkamp taschenbüchern

Aschenbeck, Udo: Südlich von Tokio. st 1409

Bauer, Margrit: Überleben. Eine unsystematische Ermittlung gegen die Not aller Tage. st 1098

Behrens, Katja: Die weiße Frau. Erzählungen. st 655

Berkéwicz, Ulla: Josef stirbt. Erzählung. st 1125

– Michel, sag ich. st 1530

Blatter, Silvio: Kein schöner Land. Roman. st 1250

– Love me Tender. Erzählung. st 883

– Schaltfehler. Erzählungen. st 743

– Die Schneefalle. Roman. st 1170

– Wassermann. Roman. st 1597

– Zunehmendes Heimweh. Roman. st 649

Böni, Franz: Die Fronfastenkinder. Aufsätze 1966–1985. Mit einem Nachwort von Ulrich Horn. st 1219

Brasch, Thomas: Der schöne 27. September. Gedichte. st 903

Buch, Hans Christoph: Die Hochzeit von Port-au-Prince. Roman. st 1260

– Jammerschoner. Sieben Nacherzählungen. st 815

– Karibische Kaltluft. Berichte und Reportagen. st 1140

Cailloux, Bernd: Intime Paraden. Erzählungen. st 1707

Dinkelmann, Fritz H.: Das Opfer. Roman. st 1591

Fritsch, Werner: Cherubim. st 1672

Gall, Herbert: Deleatur. Notizen aus einem Betrieb. st 639

Genzmer, Herbert: Cockroach Hotel. Ängste. st 1243

– Freitagabend. st 1540

– Manhattan Bridge. Geschichte einer Nacht. st 1396

Goetz, Rainald: Irre. Roman. st 1224

Hänny, Reto: Flug. st 1649

Hengstler, Wilhelm: Die letzte Premiere. Geschichten. st 1389

Horstmann, Ulrich: Das Glück von Omb'assa. Phantastischer Roman. PhB 141. st 1088

– Das Untier. Konturen einer Philosophie der Menschenflucht. st 1172

Hürlimann, Thomas: Die Tessinerin. Geschichten. st 985

Innerhofer, Franz: Die großen Wörter. Roman. st 563

– Schattseite. Roman. st 542

– Schöne Tage. Roman. st 349

Kirchhoff, Bodo: Dame und Schwein. Geschichten. st 1549

– Die Einsamkeit der Haut. Prosa. st 919

– Ferne Frauen. Erzählungen. st 1691

– Mexikanische Novelle. st 1367

250/1/8.90

Neue deutschsprachige Literatur
in den suhrkamp taschenbüchern

Kirchhoff, Bodo: Ohne Eifer, ohne Zorn. Novelle. st 1301
– Zwiefalten. Roman. st 1225
Kiss, Ady Henry: Da wo es schön ist. st 914
Klix, Bettina: Tiefenrausch. Aufzeichnungen aus der Großstadt. st 1281
Kolleritsch, Alfred: Gedichte. Ausgewählt und mit einem Vorwort versehen von Peter Handke. st 1590
– Die grüne Seite. Roman. st 323
Konrad, Marcel: Stoppelfelder. Roman. st 1348
Laederach, Jürg: Laederachs 69 Arten den Blues zu spielen. st 1446
– Nach Einfall der Dämmerung. Erzählungen und Erzählungen. st 814
– Sigmund oder Der Herr der Seelen tötet seine. st 1235
Leutenegger, Gertrud: Gouverneur. st 1341
– Ninive. Roman. st 685
– Vorabend. Roman. st 642
Meinecke, Thomas: Mit der Kirche ums Dorf. Kurzgeschichten. st 1354
Meyer, E. Y.: Eine entfernte Ähnlichkeit. Erzählungen. st 242
– In Trubschachen. Roman. st 501
– Ein Reisender in Sachen Umsturz. Erzählungen. Neufassung. st 927
– Die Rückfahrt. Roman. st 578
Morshäuser, Bodo: Die Berliner Simulation. Erzählung. st 1293
– Blende. Erzählung. st 1585
– Nervöse Leser. Erzählung. st 1715
Neumeister, Andreas: Äpfel vom Baum im Kies. st 1748
Offenbach, Judith: Sonja. Eine Melancholie für Fortgeschrittene. st 688
Pedretti, Erica: Harmloses, bitte. st 558
– Heiliger Sebastian. Roman. st 769
– Sonnenaufgänge Sonnenuntergänge. Erzählungen. st 1653
Pietsch, Nikolaus: Der Gefangene von Heidelberg. st 1129
Rosei, Peter: Der Fluß der Gedanken durch den Kopf. Logbücher. st 1656
– Reise ohne Ende. Aufzeichnungsbücher. st 875
Rothmann, Ralf: Messers Schneide. Erzählung. st 1633
Schertenleib, Hansjörg: Die Ferienlandschaft. Roman. st 1277
Schimmang, Jochen: Das Ende der Berührbarkeit. Eine Erzählung. st 739
– Der schöne Vogel Phönix. Erinnerungen eines Dreißigjährigen. st 527
Schleef, Einar: Gertrud. st 942
Sloterdijk, Peter: Der Zauberbaum. Die Entstehung der Psychoanalyse im Jahr 1785. Ein epischer Versuch zur Philosophie der Psychologie. st 1445

Neue deutschsprachige Literatur
in den suhrkamp taschenbüchern

Stark, Angelika: Liebe über Leichen. st 1099
Strätz, Harald: Frosch im Hals. Erzählungen. st 938
Struck, Karin: Lieben. Roman. st 567
– Die Mutter. Roman. st 489
– Trennung. Erzählung. st 613
Wachenfeld, Volker: Camparirot. Eine sizilianische Geschichte. st 1608
– Keine Lust auf Pizza. Roeders Story. st 1347
Wigger, Daniel: Auch Spinnen vollführen Balzgesänge. st 1550
Winkler, Josef: Der Ackermann aus Kärnten. Roman. st 1043
– Menschenkind. Roman. st 1042
– Muttersprache. Roman. st 1044
Zschorsch, Gerald: Glaubt bloß nicht, daß ich traurig bin. Prosa, Lieder, Gedichte. Mit einem Text von Rudi Dutschke. st 1784

250/3/8.90

Philosophie
in den suhrkamp taschenbüchern

Adorno, Theodor W.: Erziehung zur Mündigkeit. Vorträge und Gespräche mit Hellmut Becker 1959-1969. Herausgegeben von Gerd Kadelbach. st 11

Alain: Die Pflicht, glücklich zu sein. Aus dem Französischen übertragen und mit einem Nachwort versehen von Albrecht Fabri. st 859

Arendt, Hannah: Die verborgene Tradition. Acht Essays. Den Essay »Der Zionismus aus heutiger Sicht« übersetzte Friedrich Griese ins Deutsche. st 303

Bloch, Ernst: Freiheit und Ordnung. Abriß der Sozialutopien. st 1264

Broch, Hermann: Philosophische Schriften. 2 Bde. st 375

Cioran, E. M.: Gevierteilt. Aus dem Französischen von Bernd Mattheus. st 1838

Dürckheim, Karlfried Graf: Erlebnis und Wandlung. Grundfragen der Selbstfindung. st 1945

Gadamer, Hans-Georg / Jürgen Habermas: Das Erbe Hegels. Zwei Reden aus Anlaß der Verleihung des Hegel-Preises 1979 der Stadt Stuttgart an Hans-Georg Gadamer am 13. Juni 1979. st 596

Grassi, Ernesto: Kunst und Mythos. st 1385

Gulyga, Arsenij: Immanuel Kant. Aus dem Russischen übertragen und mit einem Nachwort versehen von Sigrun Bielfeldt. st 1093

Horstmann, Ulrich: Das Untier. Konturen einer Philosophie der Menschenflucht. st 1172

Jonas, Hans: Der Gottesbegriff nach Auschwitz. Eine jüdische Stimme. st 1516

– Macht oder Ohnmacht der Subjektivität. Das Leib-Seele-Problem im Vorfeld des Prinzips Verantwortung. st 1513

– Materie, Geist und Schöpfung. Kosmologischer Befund und kosmogonische Vermutung. st 1580

– Das Prinzip Verantwortung. Versuch einer Ethik für die technologische Zivilisation. st 1085

– Technik, Medizin und Ethik. Zur Praxis des Prinzips Verantwortung. st 1514

Koestler, Arthur: Die Wurzeln des Zufalls. Einzig berechtigte Übertragung aus dem Englischen von Irmgard Schoppmeier, unter Mitwirkung von Hans-Joachim Grünzig. st 181

Lem, Stanisław: Das Katastrophenprinzip. Die kreative Zerstörung im Weltall. Aus Lems Bibliothek des 21. Jahrhunderts. Aus dem Polnischen von Friedrich Griese. PhB 125. st 999

Lenk, Hans: Kritik der kleinen Vernunft. Einführung in die jokologische Philosophie. st 1771

257/1/4.92

Philosophie
in den suhrkamp taschenbüchern

Plessner, Helmuth: Die Frage nach der Conditio humana. Aufsätze zur philosophischen Anthropologie. st 361

Ropohl, Günter: Die unvollkommene Technik. st 1213

Russell, Bertrand: Eroberung des Glücks. Neue Wege zu einer besseren Lebensgestaltung. Autorisierte Übersetzung von Magda Kahn. st 389

Sloterdijk, Peter: Der Zauberbaum. Die Entstehung der Psychoanalyse im Jahr 1785. Ein epischer Versuch zur Philosophie der Psychologie. st 1445

Sternberger, Dolf: Über den Tod. st 719

Weischedel, Wilhelm: Skeptische Ethik. st 635

Kunst und Musik
in den suhrkamp taschenbüchern

Barthes, Roland: Die helle Kammer. Bemerkungen zur Photographie. Übersetzt von Dietrich Leube. st 1642

Brassens, Georges: Ich bitte nicht nach deiner Hand. Chansons. Herausgegeben und aus dem Französischen übersetzt von Peter Blaikner. st 1632

Franke, Herbert W.: Leonardo 2000. Kunst im Zeitalter des Computers. st 1351

Franke, Herbert W. / Michael Weisser: DEA ALBA. Eine phantastisch klingende Geschichte mit Computermusik von SOFTWARE. Buch und Kassette. PhB 207. st 1509

Grassi, Ernesto: Kunst und Mythos. st 1385

Hart Nibbrig, Christiaan L.: Spiegelschrift. Spekulationen über Malerei und Literatur. Mit Abbildungen. st 1464

Hesse, Hermann: Musik. Betrachtungen, Gedichte, Rezensionen und Briefe. Mit einem Essay von Hermann Kasack. Herausgegeben von Volker Michels. st 1217

Hildesheimer, Wolfgang: Mozart. st 598

Johnen, Kurt / Carlferdinand Zech: Allgemeine Musiklehre. Mit 233 Notenbeispielen. st 1218

Kaiser, Joachim: Erlebte Musik. Band 1: Von Bach bis Verdi. Band 2: Von Wagner bis Zimmermann. st 1987

Kiefer, Anselm: Über Räume und Völker. Ein Gespräch mit Anselm Kiefer. Mit einem Nachwort von Klaus Gallwitz. st 1805

Lindlar, Heinrich: Wörterbuch der Musik. st 1452

Mayer, Hans: Richard Wagner in Bayreuth. 1876-1978. st 480

Paz, Octavio: Nackte Erscheinung. Das Werk von Marcel Duchamp. Aus dem Spanischen von Rudolf Wittkopf. st 1833

Piper, Ernst: Nationalsozialistische Kunstpolitik. Ernst Barlach und die ›entartete Kunst‹. Eine Dokumentation. st 1458

Platschek, Hans: Engel bringt das Gewünschte. Kunst, Neukunst, Kunstmarktkunst. Mit Abbildungen. st 1399

– Von Dada zur Smart-Art. Aufsätze zum Kunstgeschehen. Mit Abbildungen. st 1657

Stuckenschmidt, H. H.: Neue Musik. Mit einem Vorwort von Carl Dahlhaus. st 657

261/1/4.92